MILLIARDENSCHWERES GLÜCK
HEIMLICHE MILLIARDÄRE: RAE
BUCH 4

Von
Blair Babylon

Ins Deutsche übersetzt von
Carola Beck

Autorin: „—Und dann lebten der einsiedlerische Prinz Wulf von Hannover und die auf einer Farm aufgewachsene Studentin Rae Stone glücklich bis an ihr Lebensende …"

Leser: „Und was ist dann passiert?"

Autorin: „Aber am Ende von *Heimliche Milliardäre: Rae* sind Wulf und Rae verlobt und haben vor, am nächsten Tag zu heiraten. Außerdem ist sie schwanger. Das ist das Ende der Geschichte."

Leser: *„Und was ist dann passiert?"*

Autorin: „Nun, okay, in anderen Kurzgeschichten und den Nebenhandlungen anderer Bücher von mir kannst du sehen, wie es mit den beiden weitergeht. Wenn du mir also folgen würdest …"

Leser: *„UND WAS IST DANN PASSIERT?"*

Autorin: „Ähm, okay? Hier ist alles in einem Buch? Ist jetzt alles gut?"

Leser: *„Besser."*

❧

"Diese Story ist der Hammer! Die Charaktere sind der Wahnsinn. So sympathisch rübergekommen und gut gestaltet. Die Handlung finde ich super!! Ich kann diese Story nur empfehlen!!!!!!!!!!" — Misty, Amazon Review

~

"Ich habe die drei teile nun in 1 1/2 Tagen gelesen, ich konnte sie einfach nicht aus der Hand legen!

Die Bücher sind aus drei Perspektiven geschrieben - aus der Sicht von Rae, von Wulf und aus der Sicht des Erzählers. Emotional wird man sehr gut mitgenommen und man will einfach wissen, wie es weitergeht und was hinter den Fassaden steckt. Hier geht es auch um BDSM, aber anders. In den Büchern, die ich bisher gelesen habe, wurde immer wieder der Akt beschrieben, hier wird einem nahe gebracht, wozu das Ganze dient. Dies fand ich faszinierend. Also auch für Leser/Innen geeignet, die nicht auf oben genannte Szene stehen.

Auf jeden Fall empfehlenswert." — Amazon Reviewer

MILLIARDENSCHWERES GLÜCK

Vollständige Epilog-Edition

BLAIR BABYLON

Übersetzt von
CAROLA BECK

INHALT

MILLIARDENSCHWERES GLÜCK

Vollständige Epilog-Edition

BLAIR BABYLON

Übersetzt von
CAROLA BECK

Malachite Publishing LLC

KAPITEL 1
KAPITEL EINS
VON BLAIR BABYLON

Wenn *Heimliche Milliardäre: Rae* die „vollständige" Reihe ist, warum gibt es dann dieses Buch?

Alle scheinen Rae und Wulf zu *lieben*, und seit ich den Sammelband veröffentlicht habe, bekomme ich immer wieder E-Mails mit der Frage: **„UND WAS IST DANN PASSIERT?"**

Diese Frage bekomme ich mindestens einmal die Woche, also ist hier der Grund, warum die Wulfie/Rae-Geschichte von *Heimliche Milliardäre: Rae* immer weitergeht:

Am Ende von *Heimliche Milliardäre: Rae* sind sie verlobt, werden am nächsten Morgen heiraten und Rae ist zudem ziemlich schwanger. (Wenn man die Tage im Buch zählt, haben die beiden am Tag vor Raes Eisprung ungeschützten Sex, und ihre Periode ist mindestens fünf Tage überfällig, als Wulf ihr einen Antrag macht.) Also gibt es bereits eine Menge Abschluss. Ehrlich gesagt wollte ich es dabei belassen. Früher habe ich literarische Fiktion geschrieben, bevor ich mich eines Besseren besonnen und angefangen habe, Liebesgeschichten zu schreiben.

(Und das meine ich wirklich. Da schwingt kein Funken Sarkasmus mit. Ich *liebe* es, Liebesgeschichten zu schreiben, und ich *liebe* die Romancelandia-Gemeinschaft. Die Leserschaft dieses Genres hat mich als Schriftstellerin gerettet. Das Einzige, was ich bereue, ist, dass ich nicht schon früher damit angefangen habe, Liebesgeschichten zu schreiben.)

Jedenfalls habe ich früher literarische Fiktion geschrieben, voller existenzieller Ängste, mit wenig Handlung und keiner emotional befriedigenden Auflösung in Sicht.

Laut der fiktionalen Theorie ist das *Buch* vorbei, wenn der *Konflikt* vorbei ist.

Am Ende von *Heimliche Milliardäre: Rae* sind Wulf und Rae wie gesagt verlobt, wollen am nächsten Morgen heiraten, und wir haben eine angedeutete Schwangerschaft. Das ist das Ende. Ich wollte den beiden armen Seelen nicht noch mehr Konflikte aufbürden. Sie haben bereits genug durchmachen müssen.

Dann fingen die E-Mails an.

Nicht zu vergessen die persönlichen Nachrichten auf Facebook.

Selbst ein Anruf über Facebook.

Und ein paar Tweets.

„UND WAS IST DANN PASSIERT?"

Gut, ich konnte schon verstehen, dass die Leser gerne die Hochzeit und das Ende der Schwangerschaft sehen wollten.

Also setzte ich ihre Geschichte in Lizzys Büchern (Heimliche Milliardäre: Lizzy, *Falling Hard*, etc.) fort, und ließ Lizzy ihre Hochzeit besuchen.

Die Lizzy-Bücher sollten die nächsten Bücher sein, die ihr im größeren Blair-Babylon-Universum lest. Sie beschreiben eine unglaubliche Geschichte, dunkel und spannend. Zudem enthalten sie Wulfs und Raes Hochzeit als inhaltliches Kernstück.

Mehr E-Mails. **UND WAS IST DANN PASSIERT?**

Also schrieb ich Epiloge für einige Boxsets, für die Leser 99 Cent bezahlten und eine Reihe Bücher von verschiedenen Autoren erwerben konnten (*The LOL Boxes* und *Red Hot Boxed Sets*). Das war ein guter Deal für alle. Die Leser bekamen einen Epilog und einen Haufen Bücher zu einem günstigen Preis.

Immer noch mehr E-Mails. **UND WAS IST DANN PASSIERT?**

Also schrieb ich in den Georgie-Büchern über ihre religiöse Hochzeit und den großen glamourösen Empfang.

Ich bin mir sicher, du kannst erraten, was ich als Nächstes in meinen E-Mails lesen konnte.

Also handelt die nächste Reihe von Büchern danach (nach dem letzten „Killer Valentine"-Buch, weil ich auch E-Mails bekomme, die fragten **UND WAS IST DANN MIT XAN UND GEORGIE PASSIERT?**) von Wulfs kleiner Schwester Flicka.

Aber ich nehme an, die Menschen haben ein Leben außerhalb meiner Bücher − oder das hat man mir zumindest gesagt − und sie wollten alle Teile zu Wulf und Rae in einem kompakten Band lesen.

Und ja, das konnte ich nachvollziehen. Es machte Sinn. Lieber Leser, an dieser Stelle wende ich mich mit einer Bitte an dich: Lies bitte auch die anderen Bücher, es passiert noch *so viel mehr* um Wulf und Rae herum, während sie darum kämpfen, alle

Gefahren zu überwinden und zusammen sein zu können. Es gibt am Ende Links zu den nächsten Büchern. Danach folgt eine Liste mit all meinen Werken, verlinkt zu dem Anbieter, wo du auch dieses Buch gekauft hast. Wenn du das Buch gerade in einer App liest, musst du vielleicht den Titel des Buches kopieren und in der App danach suchen. Ich entschuldige mich für die Umstände, aber es ist nahezu unmöglich, Verlinkungen in den Apps zu erstellen.

Aber bitte, lies weiter.

Vielen Dank für deine Unterstützung von Wulf und Rae. Die beiden liegen mir auch sehr am Herzen.

~~*Blair Babylon*

Georgie: **Habe ich dich gerade im Fernsehen gesehen, bei dieser königlichen Hochzeit in Paris?!?!?!? Mit dem Dom? Was zum Geier?!?!?!?!?**

Rae: Hast du einen Reisepass?

Georgie: Ja …

Rae: Pack ein paar Klamotten zusammen. Hol dir ein oder zwei Cocktailkleider vom DH. NICHTS NUTTIGES. Das Ticket für den Flug heute um 20 Uhr liegt am Lufthansaschalter bereit.

Georgie: Ich habe nächste Woche Unterricht.

Rae: Wir sind Montag früh wieder zurück.

Georgie: Lizzy ist hier im Wohnheim. Ich kann sie nicht zurücklassen.

Rae: Für sie gibt es auch ein Ticket. Verfrachte sie ins Flugzeug, bevor sie wieder auf dumme Ideen kommt.

Georgie: K. Sagst du uns, was zur Hölle hier los ist?

Rae: Ich sag es euch, wenn ihr hier seid. Geheimnis!

EPILOG II

W ulf lief unruhig auf und ab.

Die Empire Suite im George V Hotel in Paris war zu beengend für seine langen Beine. Er war an sein Haus im Südwesten Amerikas oder an die Korridore im Kensington Palast gewöhnt. Auf die Straßen von Paris hinauszugehen würde seinem Sicherheitspersonal große Umstände machen, denn nachts waren nur zwei von ihnen abgestellt. Er wollte Dieter und Hans nicht aus ihrem wohlverdienten Schlaf aufwecken.

Wulf wanderte um die gelben Rosen und die Veilchen herum. Er ging um den Esstisch herum, durchs Wohnzimmer, an den Alabasterbüsten von Napoleon und Josephine vorbei, die auf ihren Säulen thronten, und durch den Eingangsflur. Seine nackten Füße bewegten sich leise über den Teppich, aus Rücksicht auf die Leute, die unter ihm schliefen.

Dieser Schuss war ihnen zu nah gekommen. Er hatte all die Leute, die er liebte, an einem Ort versammelt und sie dann in die Schusslinie gebracht. In seinem Kopf hagelte es Schuldzuweisungen in zehn verschiedenen Sprachen.

Wulf lief auf und ab.

Er hatte all den innerlichen Aufruhr in sich selbst vergraben, wegen dem Hochzeitsempfang und dem Antrag, aber unterschwellig brodelte es immer noch in ihm.

Jetzt flackerten die Erinnerungen vor seinem inneren Auge auf.

Blut auf Constantin.

Blut auf Yoshi.

Blut auf Dieter, und sein Blut, das Flickas weißes Kleid verfärbte.

Blut auf ihm selbst.

Als Wulf zum Hotel zurückgekehrt war, hatte Dieters Blut an seinen Händen und seinem Hemd geklebt.

Wulf war auf Rae gefallen, als seine Security-männer sich auf ihn geworfen hatten, heftig genug, um ihr die Luft aus der Lunge zu treiben.

Seine Hände zitterten.

Wulf ging auf und ab.

Brunhilde die Katze beobachtete ihn von ihrem Aussichtpunkt oben auf einem der Stühle im Wohn-zimmer. Die nachtaktive Kreatur schien sein nächtli-ches Wachsein gut zu finden. Er kratzte sie hinter ihren weichen Ohren, als er an ihr vorbeikam.

Friedhelm, der im Wohnzimmer saß und auf seinem Tablet ein Buch las, schaute zu ihm auf. „Brauchst du etwas?"

„Nein. Alles in Ordnung."

Friedhelm widmete sich wieder seiner Lektüre, ließ Wulf an ihm vorbeigehen.

Der Pariser Himmel draußen vor den weitläufigen Fenstern war dunkelblau, so dunkel wie es in der Stadt der Lichter werden konnte. Ein blasser Schimmer hing über den Apartmentblocks und Hotels um sie herum. Weiter entfernt, vor dem dunklen Sternenhimmel, umhüllte grünes Licht das skelettartige Konstrukt des Eifelturms.

Wulf ging weiter.

Er war so darin vertieft, im Zimmer auf und ab zu tigern, verloren in den Erinnerungen an das Blut und die Schüsse im Laufe seines Lebens, in dem Horror, den er den Menschen, die er liebte, wieder einmal ausgesetzt hatte, dass er beinahe an Reagan vorbeigelaufen wäre, die gegen den Türrahmen zum Schlafzimmer lehnte.

Er blieb stehen. „Warum schläfst du nicht?"

Sie sah ihn mit gehobener Augenbraue an. „Warum schläfst *du* nicht? Was machst du?"

„Nichts. Alles ist gut."

Das brachte ihm einen ganz und gar nicht überzeugten Blick aus ihren hübschen Augen ein.

„Ehrlich. Mir fehlt nichts", sagte er.

„Wow. Du kannst das wirklich gut. Jeder andere hätte dir das geglaubt. Komm zurück ins Bett."

„Ich werde mich hin und her wälzen und dich wachhalten. Du brauchst deinen Schlaf."

Sie gähnte. „Ich kann nicht ohne dich schlafen", sagte sie und streckte ihre Hand nach ihm aus.

Er ergriff ihre warme, weiche, zierliche Hand.

Rae führte ihn zurück ins Schlafzimmer und schloss die Tür hinter ihnen mit dem Fuß.

„Ich will dich nicht um deinen Schlaf bringen", sagte Wulf.

Sie krabbelte unter die Decke und klopfte neben sich aufs Bett. „Komm her."

Er tat, wie ihm geheißen. Das Bettlaken legte sich wie sanfter Nebel über ihn. „Wenn ich dich wachhalte, sag es mir, und ich gehe zurück ins Wohnzimmer."

„Mach die Augen zu." Sie schlang ihre Arme um ihn. „Du heiratest morgen. Schlaf."

„Ich hätte nicht nach Paris kommen sollen", sagte er und legte seine Arme um ihren geschmeidigen Körper, der so warm neben ihm lag. „Ich hätte dich nicht herbringen sollen."

„Schhhh. Du bist nicht für die Handlungen eines Verrückten verantwortlich. Du bist nicht für all das Böse auf der Welt verantwortlich. Mach die Augen zu."

„Bist du dir sicher, dass du dich gut fühlst? Keine Schmerzen, keine Blutungen irgendwo?"

„Meine Füße fühlen sich wie Hamburger an, dank den Schuhen, auf die deine Schwester bestanden hat. Aber das ist alles. Schlaf."

Er legte seinen erschöpften Kopf aufs Kissen und schloss die Augen.

Rae streichelte langsam über seinen Rücken und seinen Arm.

„Ich liebe dich", wisperte er.

Nah an seinem Ohr hörte Wulf ihre geflüsterte Antwort. „Ich liebe dich auch."

Er atmete tief aus und legte eine Hand auf ihre Hüfte, zog ihr Becken näher, spürte ihren an ihn gepressten Körper.

Er würde alles tun, um sie beide zu beschützen.

Rae streichelte ihm über den Rücken, und der Impuls, auf und ab zu gehen, ließ nach.

Das lodernde Feuer in Wulfs Verstand kühlte ab, erstarb, und glühte nur noch wie warme Asche.

Raes warme braune Augen und ihr sanftes Lächeln waren das Letzte, woran Wulf sich erinnerte, bevor er einschlief.

IN PARIS
ZWISCHENSZENEN

(Szenen in der „Heimliche Milliardäre: Lizzy"-
Buchreihe)
Epilog III

VOR DER HOCHZEIT

WULFRAM VON HANNOVER

Wulf beobachtete, wie Theophile Valencia Lizbeth von ihrem Stuhl hochzog, leise mit ihr sprach und sie aus der Suite führte. Wenn Wulf auch nur im Geringsten um ihre Sicherheit besorgt gewesen wäre, wäre er ihnen nachgegangen, aber er glaubte, dass Lizbeth und Valencia früher oder später eine ehrliche und ausführliche Diskussion über den Stand ihrer Beziehung führen mussten. Sein giftiger Blick vorhin hatte Wulf gegolten.

Sicherlich war Valencia professionell genug, um zur Hochzeit zu erscheinen, wozu er vertraglich verpflichtet war. Wulf spürte, wie sich seine zusammengezogenen Augenbrauen wieder entspannten.

Rae hatte eine Hand auf seinen Arm gelegt, und jeder Impuls, eine grimmige Miene aufzusetzen, verschwand.

„Geht es dir gut?", wisperte sie.

„Sicher."

„Du siehst aus, als hättest du einen Freund verloren."

„Vielleicht." Er dachte an Lizbeth. „Ich glaube, Lizbeth hat einen Verehrer gewonnen und ich habe möglicherweise ein viel wertvolleres Gut verloren: eine kompetente Anwältin."

„Ach, hör schon auf." Sie gab ihm einen Schlag auf den Bizeps. Reagan zu triezen war für ihn einfach zu amüsant. Er schielte aus den Augenwinkeln zu ihr rüber, und der Ausdruck in Raes wunderschönen großen, braunen Augen wechselte von verspielt zu sinnlich.

Am anderen Ende des Frühstückstisches weiteten sich Georgianas dunkelbraune Augen bei dem Anblick, wie Rae ihn schlug. Sie hob eine Hand und zupfte an ihrem langen Zopf, der über ihre Schulter drapiert war, wobei sie ihn weiterhin anstarrte.

Ihr Blick schien ihn zu durchbohren, über sein Leben Bescheid zu wissen.

Reagan musste ihren Freundinnen bereits erzählt haben, wer und was er war, was ihm als Kind zugestoßen war.

Wulf erlaubte sich, Georgiana schief anzulächeln, seine kleine Freundin Georgie, die er bereits seit einigen Jahren kannte, aber die ihn jetzt zum ersten Mal wirklich sah. Er nickte ihr leicht zu.

Georgiana schaute weg und spielte mit der Spitze ihres Zopfes herum, so unwohl, wie er sie nie zuvor gesehen hatte. Viel beunruhigter als zu den seltenen Malen, wo sie ihn um Hilfe gebeten hatte. „Du hast mir nie erzählt, dass du Wulf von Hannover bist", sagte sie.

„Das konnte ich nicht", erwiderte er so sanft wie möglich.

„Das kann ich mir denken."

Ja, sie hatten alle ihre Geheimnisse, nicht wahr? Wulf hatte das Devilhouse mit Leuten gefüllt, die etwas über sich geheim halten wollten, weil Leute mit eigenen Geheimnissen nicht in denen von anderen herumschnüffelten. Er hatte gewusst, wer Elizaveta Pajari war, sobald er ihren Namen auf ihrer Bewerbung gesehen hatte. Bei Georgiana Johnson hatte es etwas länger gedauert, bis der Background-Check ihren Geburtsnamen enthüllt hatte, aber zu diesem Zeitpunkt hatte er ihr bereits einen Job angeboten und wollte sein Angebot nicht mehr zurücknehmen. Nicht nachdem er gesehen hatte, wie sehr sie sich anstrengte, sich ein neues Leben aufzubauen. Er neigte auch dazu, Leute anzustellen, die versuchten, über ihre Geheimnisse hinwegzukommen.

Wulf schaute zum Schlafzimmer. „Rae, kann ich mit dir etwas unter vier Augen besprechen?"

„Ähm, sicher?" Sie ging vor ihm her, und Wulf beobachtete nach wie vor fasziniert den Schwung ihrer Hüften.

Er schloss die Tür hinter ihnen, und einen Moment später hatte er sie in seine Arme geschlungen, gegen die Wand zurückgedrängt und küsste sie. Seine Lippen glitten über ihre, und er konnte ihren Atem in seinem Mund spüren.

„Wulf!", wisperte sie an seinen Lippen. „Georgie ist da draußen."

Ihre Proteste waren für ihn sogar noch verführerischer als ihr Körper, der sich weich an seinen schmiegte. Er wollte eine Hand auf ihren Bauch legen, nur um zu sehen, ob sich dieser auch weich anfühlen würde. Stattdessen legte er seine Hände auf ihren Rücken und zog sie enger an sich.

Ein dumpfer Knall hallte durch die Wände der Suite: eine Tür, die ins Schloss gefallen war.

„Georgiana ist sicher auf ihr Zimmer gegangen", meinte er. „Also, du hast ihnen alles erzählt, oder?"

„Dazu bin ich nicht gekommen. Ich habe ihnen deinen Namen gesagt, und das war auch schon alles. Ich hatte keine Zeit, den Rest zu erklären, bevor Mr. Valencia Lizzy gepackt und nach draußen gezerrt hat. Ob sie wohl in Ordnung ist?"

„Die beiden kommen schon klar." Georgiana musste anhand seines Namens eins und eins zusammengezählt haben, da sie eine sehr kluge junge Frau war. Wulfs Mund berührte Raes glatte Haut an ihrem Hals. „Du solltest dich für die Hochzeit umziehen. Ich dachte, du könntest dabei vielleicht etwas Hilfe gebrauchen."

Ihre Hände strichen an seinem Rücken hoch, und sein Herzschlag beschleunigte sich.

„Die Zeremonie ist erst in drei Stunden", meinte sie.

Er lächelte, öffnete seine Lippen und hauchte über die Stelle, wo der Puls an ihrer Kehle pochte.

LIZZY PAJARI

Lizzy folgte der Hochzeitsgesellschaft in ein großes Büro hinein, wo sie mit Georgie zusammen im hinteren Bereich der Menge blieb.

Raes standesamtliche Trauung wurde in einem Rechtsanwaltsbüro im Stadtzentrum von Paris abgehalten, was sehr ungewöhnlich war. Es gab etwas Aufregung und Hände wurden geschüttelt, als ein großer Mann mit ersten grauen Haaren an den Schläfen eintraf, und Wulf-der-Dom und Rae wurden dem Bürgermeister von Paris vorgestellt. Rae sah hübsch und gefasst aus, auch wenn Lizzy wusste, dass sie hinter dieser tapferen Miene eingeschüchtert war und sich überwältigt fühlte.

Lizzy beobachtete Wulf-den-Dom.

Seine Manieren waren so fein geschliffen wie glatter Alabaster, während er die Hand des Bürgermeisters schüttelte, Höflichkeiten austauschte und Theo vorstellte. Dieser zauberte Dokumente wie das *Certificat de Coutume,* ein *Certificat de Celibat,* ausführ-

liche Geburtsurkunden, die er ins Französische übersetzt hatte, und andere Papiere mit einem
Fingerschnippen aus seiner Aktentasche hervor. Bei
der ganzen Aktion sprach Theo melodisches, selbst-
sicheres Französisch, von dem Lizzy kein Wort
verstand. Ihr war es lieber, wenn er Spanisch sprach.
Davon konnte sie wenigstens etwas verstehen.

Der Kerl, der neben Wulf-dem-Dom stand, sein
Trauzeuge, sah vertraut aus, aber Lizzy konnte ihn
nicht einordnen. Er war kein Filmstar oder so etwas,
dafür sah er zu reinrassig britisch aus, und nun ja …
Lizzy schaute zum dünnen blonden Haar des
Mannes und versuchte, nicht zu gemeine Dinge zu
denken.

Das Gesicht von Wulf-dem-Dom wirkte jünger.

Er hatte nie alt ausgesehen, aber sie hatte ihn auf
Mitte dreißig geschätzt. Zweifellos ein Erwachsener.

Sein leichtes Lächeln in diesem Moment – so
glücklich und unbeschwert – ließ ihn jünger wirken.
Ende zwanzig vielleicht. Vielleicht nur ein paar Jahre
älter als sie selbst.

Er bewegte sich auch anders. Seine Haltung war
immer kerzengerade gewesen, hatte schon fast steif
gewirkt, als würde er sich mit einer großen Portion
Selbstkontrolle zusammenhalten.

Auch wenn seine Schultern immer noch breit
waren, schienen sie jetzt ein klein wenig tiefer zu
hängen, und auch seine Brust schien sich beim
Atmen nicht mehr so angestrengt zu heben und zu
senken.

Zum ersten Mal überhaupt wirkte er so, als wäre
er mit sich im Reinen, als würde er sich nicht
mühsam davon abhalten, sich abzuwenden.

Nicht dass irgendwas davon etwas mit Lizzys

Situation zu tun hätte. Wulf-der-Dom hatte geheim gehalten, dass er unvorstellbar reich war und anscheinend Verbindungen zu mächtigen Leuten hatte, wenn er den Bürgermeister von Paris innerhalb eines Tages antanzen lassen konnte, um seine Hochzeit abzuhalten. *Himmel.*

Lizzy verheimlichte ihr Versagen, etwas, was sie niemals wieder erleben wollte.

Das war etwas anderes.

So anders.

AUF DER HOCHZEIT: RAE

RAE

Rae Stone musterte das Anwaltsbüro, in dem auch Flicka vor ein paar Tagen vor den Augen der meisten hier Anwesenden geheiratet hatte. Regale mit ordentlich sortierten, in Leder gebundenen Büchern säumten die Wände, und der elegante Mahagoni-Schreibtisch mit handgeschnitzten Beinen grenzte fast schon an pompös.

Sie hielt ihr Kinn hoch gereckt, obwohl sie sich von den herumrennenden Anwälten eingeschüchtert fühlte, die französischen Beamten irgendwelche Papiere in die Hände drückten. Flickas Hochzeit, die über ein Jahr lang geplant worden war, war reibungsloser abgelaufen.

Zwei vergoldete Stühle mit weißem Samtpolster wurden mit einem Meter Abstand zueinander vor den Tisch gestellt, so wie bei Flickas Trauung.

Eine Hochzeit sollte nicht auf Stühlen gefeiert werden, die eine Armeslänge voneinander entfernt standen, so als würden sie alle noch im Mittelalter feststecken und die Hochzeit Teil eines Friedensabkommens sein, wo Rae im Austausch für die Hälfte Frankreichs und einen kleinen Teil Spaniens weggegeben wurde.

Diese königliche Analogie erschien ihr schrecklich anmaßend. Rae war auf einer Farm aufgewachsen. Ihr Brautpreis, den ihr Vater nicht als Mitgift zahlen, sondern für sie bekommen würde, wäre ein Dutzend Rinder und Farmrechte gewesen, vielleicht auch Wasserrechte, wenn sie hübsch wäre.

Sie wandte sich zu Wulf, der sich mit dem Bürgermeister über den Aktienmarkt unterhielt. „Entschuldigung", sagte sie, ohne sich für ihr Französisch mit amerikanischem Akzent zu schämen, denn sie war, wer sie war. „Wulf, kann ich kurz mit dir sprechen?"

„*Mais oui*, ich meine, ja." Er entschuldigte sich und drehte sich zu ihr um.

Rae nahm einen tiefen Atemzug. „Ich will nicht im Sitzen heiraten."

Wulfs Augenbrauen hoben sich leicht.

Rae fuhr fort: „Niemand sollte im Sitzen heiraten, als wäre es eine Transaktion. Wir sollten stehen, und uns an den Händen halten, und uns dabei ansehen."

Wulf hielt inne, und sie konnte beinahe sehen, wie sich die Zahnräder hinter seinen strahlend blauen Augen drehten, während er kalkulierte, welche Auswirkungen ihr Wunsch auf die Etikette von Anstand und Tradition haben würde.

Er streckte den Rücken durch und winkte Dieter zu sich. „Wir werden die Stühle umräumen müssen."

„Wohin?"

„Stellt sie einfach ganz nach hinten."

Die Securitymänner beeilten sich, die Stühle wegzuräumen.

Wulf schaute lächelnd zu ihr hinunter. „Besser so?"

Rae nickte, hatte das Gefühl, zu viel Aufstand um die Sache gemacht zu haben, aber es war wichtig, verflixt noch mal.

„Ich kann auf die Schnelle nicht alles perfekt machen", sagte er mit gesenkter Stimme, „aber ich werde tun, was ich kann. In einem Monat oder so, bei der kirchlichen Hochzeit, wird es perfekt sein."

„Oh, es muss nicht perfekt sein. Ich bin nicht allzu wählerisch."

„Ich schon."

Sie lächelte zu ihm hoch, wusste aber, dass er in seinem Leben nie eine Meinung zu Kleidung, Mode oder zum Dekor gehabt hatte. „Na dann, okay."

Wulf nahm ihre Hände, hielt sie sanft fest. Er schaute lächelnd auf Rae hinunter, seine dunkelblauen Augen so heiter wie der Sommerhimmel. „Sollen wir anfangen?"

Oh, Gott, ja. Sie war so was von bereit, ihr Leben mit ihm zu beginnen, und ganz egal, was Wulf glaubte, es würde ein langes Leben sein.

Selbst wenn er immer noch etwas verbarg, denn es musste einen Grund für diese übereilte Hochzeit geben, etwas Ernstes, etwas Schlimmes, und sie hatte Angst, was es sein könnte.

AUF DER HOCHZEIT: WULF

WULFRAM VON HANNOVER

Wulf hielt Raes kühle Hände in seinen, während er die Standardfragen des Bürgermeisters, ob er Rae zu seiner Frau nehmen wollte, mit „Oui" beantwortete. Die Welt schien sich für ihn langsamer zu drehen, damit er sich auf diese bedeutsamen Worte konzentrieren konnte, die sein Leben für immer verändern würden.

Neben Wulf stand sein Cousin William anstelle von Constantin. Constantin hätte nicht einfach nur die Ringe gehalten, sondern auch vor der Zeremonie mit seinen humorvoll funkelnden, grauen Augen unanständige Witze darüber gerissen, dass Wulf noch Zeit hätte, zu fliehen.

„Oui", sagte auch Reagan.

William legte Raes Ring – einen einfachen Platinring – in seine Hand, und Wulf schaffte es, ihn auf Raes schlanken Finger zu schieben, obwohl seine Hände etwas zitterten. Sie hätten mit den Ringen bis zur kirchlichen Hochzeit warten sollen, aber das könnte Wulf nicht ertragen. Er wollte einen

Beweis. Er wollte sich an den Anblick von seinem Ring an ihrer Hand erinnern.

William überreichte Rae den Ring für Wulf, und sie nahm ihn mit hochgehaltenem Kopf entgegen. Anscheinend war sie endlich über ihre Schüchternheit seiner Familie gegenüber hinweggekommen, Gott sei Dank. Sie steckte ihm den Ring an den Finger und wechselte ins Englische, als sie sagte: „Mit diesem Ring nehme ich dich zum Mann."

Ihre Worte rührten ihn. Das warme Gefühl ihrer Finger an seinen bedeutete ihm in diesem Moment alles.

Der Bürgermeister erklärte sie zu Mann und Frau.

Es war getan. Wulf atmete aus.

Rae schaute erwartungsvoll zu ihm auf.

Europäer küssten sich nicht immer bei standesamtlichen Trauungen, aber für sie würde er alles tun. Er glitt mit seinen Händen an ihren Armen hoch, um ihren Rücken herum, und spürte die Stärke in ihrem Körper. Seine Lippen strichen über ihre, küssten sie sanft, schmeckten sie nur kurz, bevor er sich wieder zurückzog.

Tränen stiegen in ihren warmen, braunen Augen auf.

Wulf sah Rae an, seine Rae, seine *Frau*. Ihre Hände lagen federleicht auf seinen Schultern, und er hielt sie weiterhin sanft um ihre schlanke Taille herum fest. Oh, Grundgütiger, dieser schelmische Blick in ihren bezaubernden Augen, dieses Glück und die Liebe, die er dort sah, ließen ihn wünschen, dass er noch tausend Jahre weiterleben könnte. Sein Herz zog sich zusammen.

Er hatte bis zu diesem Moment überlebt. Das war genug.

Er setzte seine Unterschrift auf die Hochzeitsurkunde, und sie tat es ihm nach. Alles andere würde sich später regeln. Erleichterung durchströmte ihn. Egal ob es jemals zu ihrer kirchlichen Hochzeit kommen würde oder nicht, sie waren jetzt rechtlich verheiratet, und Rae würde alles erben. Seine Schweizer Anwälte, wie auch die deutschen, hatten bereits die nötigen Formulare in ihren Büros liegen, sie mussten nur noch eingereicht werden. Er hatte alles unterschrieben, während Rae vor ein paar Tagen mit Flicka shoppen gewesen war. Ihre Autismuskliniken würden überall in der Welt aus dem Boden schießen, so wie die Pilze im Schwarzwald.

Die vier Trauzeugen unterschrieben die Dokumente, und Theophile Valencia sammelte die Hochzeitsunterlagen ein und überreichte sie einem französischen Beamten.

Wulf hatte einen kleinen Empfang im Hotel geplant, gefolgt von einem privaten Abendessen mit ein paar engen Freunden, und dann den Rückflug nach Hause. Rae würde rechtzeitig zu ihren Vorlesungen am Montagmorgen zurück sein, wie versprochen.

Das Schlafzimmer im Flugzeug würde ihnen etwas Privatsphäre geben, Zeit zu zweit.

Er konnte es kaum erwarten, sie zu fragen, was sie davon hielt.

Auch wenn ihn der Gedanke daran mit Vorfreude erfüllte, war es für ihn genug, sie geheiratet zu haben. Ganz egal, was sonst noch an diesem hellen, sonnigen Tag in Paris passieren würde, es war genug.

NACH DER HOCHZEIT: WULF

WULFRAM VON HANNOVER

Auf dem Empfang nach der Hochzeit beobachtete Wulf die hereinströmende Menge an Verwandten und Freunden. Die meisten waren direkt von Flickas Hochzeit letzte Nacht gekommen und waren sehr amüsiert gewesen, als er sie heute Morgen angerufen hatte. Viele hatten ihn verflucht, weil sie wegen ihm Wetten verlieren würden, was wiederum Wulf amüsiert hatte.

Er beratschlagte sich mit Dieter über die Sicherheitsvorkehrungen für das spätere Abendessen und die Fahrt zum Flughaufen für den nächtlichen Rückflug. Sie diskutierten gerade, ob er und Rae in separaten Wagen fahren sollten, als Wulf sah, wie sich seine Schwester Flicka Georgiana näherte – seiner kleinen Freundin Georgiana vom Devilhouse – und ihren Arm berührte. Es war offensichtlich, dass sie sich nicht gerade erst kennengelernt hatten.

Kalter Schweiß bildete sich unter Wulfs sommerlichem Anzug auf seinem Rücken.

Sie kannten sich. Von der Art zu urteilen, wie sie sich beieinander einhakten, kannten sie sich *gut.*

Eisiger Schweiß benetzte jetzt auch seine Arme und seine Brust.

Er hatte geglaubt, dass der amerikanische Südwesten eine ganz andere Welt als die seiner anderen sozialen Kreise war, aber Georgiana hatte sich in beiden bewegt. Sie hatte ihn heute Morgen nur anhand seines Namens erkannt, weil sie von Anfang an gewusst hatte, wer er war.

Schauder zogen sich über seine Haut, als wäre eine Pistolenkugel dicht über seinem Kopf durch die Luft gezischt.

Ein falsches Wort in all diesen Jahren hätte alle in Gefahr bringen können. Das Ende war so nah gewesen.

Dieter, der neben Wulf stand, hatte bemerkt, wo dieser hinstarrte. „Das ist überraschend."

„In der Tat", erwiderte Wulf.

„Soll ich mir das näher ansehen?"

„Nein", meinte Wulf. „Ich werde später mit Flicka darüber reden, aber es ist aus und vorbei. Ich habe nichts mehr mit dem Devilhouse zu tun."

Er schaute zum großen Tisch rüber, wo Rae und Lizbeth saßen und Flicka und Georgie hinterhersahen, wie sie davongingen. Lizbeth reichte Rae ein Glas Champagner.

Wulf schob sich durch die Menge, auf der Mission, den Alkohol abzufangen.

❧

Eine Stunde später ließ sich Wulf in einen leeren Stuhl neben Pierre sacken, seinem schwarzhaarigen, neuen Schwager, und sie sahen den Mädchen – Rae, Lizzy, Georgie und Flicka – beim Tanzen zu. Die vier schwangen sich kichernd zu der schnellen Musik, waren das Ebenbild von junger Schönheit und Glück. Wulf könnte ihnen ewig dabei zuschauen. Seine Schwester glücklich zu sehen, war eine Freude sondergleichen, und der Anblick seiner wunderschönen Rae erwärmte sein Herz bis in die letzten Winkel. Er musste Georgiana und Flicka fragen, wie gut sie sich kannten, aber die potenzielle Gefahr dieser Bekanntschaft hatte sich nicht entfaltet, also konnte er diese Sache vielleicht auch einfach ruhen lassen.

Außerdem war es recht amüsant, die beiden zusammen und in fröhlicher Stimmung zu sehen.

Während Wulf sein leichtes Lächeln beibehielt, lehnte er den Kopf zu Pierre und murmelte so leise, dass niemand sonst sie über die Musik hinweg hören konnte: „Wenn du auch nur eine andere Frau anschaust, bringe ich dich um."

Pierre rollte mit seinen dunklen Augen. „Oh Gott, Wulfram, du und dein grässlicher Sinn für Humor. Und dann auch noch an unserem Hochzeitswochenende und deiner eigenen Hochzeit. Wirklich, glaubst du nicht …" Er schaute zu Wulf. Seine Augen weiteten sich. „Himmel, das ist dein Ernst."

Wulf kontrollierte jeden Teil seines Gesichtes, verzog keine Miene. „Oh, ja."

Pierre zuckte leicht zusammen und schaute wieder zu den tanzenden Mädchen. „Du hast dich

zu lange in Amerika rumgetrieben. Mordandro-
hungen sind was fürs einfache Volk. Hat Raes Vater
dir mit so einem simplen Bluff gedroht?"

„Versuch nicht, vom Thema abzulenken." Wulf
stand auf und rückte seine Anzugjacke zurecht.
„Meine Schwester liebt dich. Falls du ihr das Herz
brichst, werde ich dich nicht einfach nur aus der
Ferne mit einem Scharfschützengewehr erschießen.
Ich werde dich mit meinen bloßen Händen ausein-
andernehmen."

Damit ging Wulf los, er wollte versuchen, das
Streichquartett wieder zum Spielen zu bringen,
damit er anständig mit Rae tanzen konnte. Er tanzte
gerne Walzer mit ihrem starken, geschmeidigen
Körper in seinen Armen.

Er tanzte auf seiner eigenen Hochzeit, also
schuldeten mehrere Leute ihm tausende Euros.

Auch wenn Wulf seine Gewinnchancen bei der
Wette, ob er noch heiraten würde, bevor er starb,
astronomisch niedrig eingeschätzt hatte, war ihm
sofort klar gewesen, dass selbst wenn er verloren
hätte, niemand von ihm Geld hätte einfordern
können. Er würde den Gewinn von den Idioten
allerdings auch nicht behalten, sondern an eine von
Flickas gemeinnützige Organisationen spenden
müssen.

NACH DER HOCHZEIT: RAE

RAE

Eineinhalb Stunden später schaute Rae zur Tanzfläche rüber, da die beschwingte Musik vom Streichquartett verstummt war und die Musiker ihre Instrumente mit hölzernem Geklapper zur Seite stellten.

Sie verstaute ihre Handtasche unter dem kunstvoll verzierten Tisch und machte sich bereit, aufzustehen, denn wenn die Streichmusik nicht mehr spielte, könnte der DJ vielleicht wieder die guten Lieder auflegen. Mit etwas Glück könnten Lizzy und sie Georgie noch mal zum Tanzen überreden, auch wenn Rae merkte, dass sie bereits etwas müde wurde. Sie konnte immer noch nicht glauben, was Wulf alles für diese Hochzeit getan hatte oder vielmehr andere hatte tun lassen. Die unzählig vielen roten und violetten Hortensien sowie Rosen hätte sie sich zuhause nirgendwo vorstellen können, nicht einmal im Marsden Hotel, dem prächtigsten Veranstaltungsort in Pirtleville. Die silbernen Stühle mit der Polsterung aus königlich blauem Satin sahen aus, als gehörten sie in Mrs. Hardings vorderen Salon, denn nur die Frau des Bürgermeisters könnte sich so eine edle Ausstattung leisten, und es gab hunderte von ihnen, die um die Tische herum verteilt worden waren. Bei ihr zuhause wäre das jenseits von extravagant gewesen und als haarsträubend verschwenderisch und Angeberei verachtet worden. Die Menschen aus ihrer Stadt hätten es nicht als das gutherzige Geschenk von Wulf angesehen, das es war.

Seltsamerweise spielte immer noch keine Musik. Rae ließ ihren Blick über die Männer in Anzügen und die Frauen in edlen Kleidern aus Seide und Spitze schweifen, auf der Suche nach dem Grund für die Stille. Vielleicht war der Empfang vorbei, und sie könnten sich eine Weile ausruhen, bevor es Zeit für das Abendessen war. Das große, weiche Bett in der Empire Suite rief nach ihr.

Lizzy ließ sich neben Rae auf einen Stuhl fallen und schaute Theo nach, der zur Bar zurückging. „Was ist los?", fragte sie Rae.

Rae zuckte mit den Schultern, während sie die Handflächen nach oben richtete. „Ich habe ehrlich gesagt keine Ahnung, was Wulf als Nächstes vorhat."

Das kleine DJ-Pult war auch nicht besetzt, also lehnte Rae sich in ihrem Stuhl zurück und schaute sich um. Die Menge drehte sich geschlossen in eine Richtung, als alle Aufmerksamkeit sich auf zwei Personen richtete, die bei einem Klavier in einer Ecke des Raumes standen.

Georgie setzte sich auf die Sitzbank, die sie näher ans Klavier heranzog, und der Kerl, neben dem sie an Flickas Tisch gesessen hatte, stand neben der geschwungenen Seite des Pianokörpers, lehnte sich gegen das Gehäuse. Rae hatte ihn letzte Nacht kurz auf Flickas Hochzeit kennengelernt, er war einer von Pierres Cousins.

Alexandre glättete sein langes Haar, strich es hinter seine Schultern zurück.

„Ich wusste gar nicht, dass Georgie Klavier spielen kann", sinnierte Rae.

„Oh, ja. Sie hat jeden Tag ein paar Stunden im Proberaum der Musikfakultät geübt, und an den Wochenenden noch länger. Sie trainiert so hart, als wäre sie eine olympische Pianistin."

„Hat sie jemals vor einer großen Menge gespielt?"

„Meines Wissens nicht", erwiderte Lizzy. „Nicht ein Mal."

Georgies Schultern hoben sich, als sie ihre Hände auf die Tasten legte.

Der Mann öffnete den Mund, um die ersten drei Noten zu singen, und Lizzy verschluckte sich an ihrem Champagner. Sie schlug mit dem Handrücken gegen Raes Arm.

„*Autsch*!" Rae rieb sich ihren Trizeps.

„Oh mein Gott! Ich habe ihn erst gar nicht erkannt!", wisperte Lizzy.

„Du solltest andere Leute nicht einfach so schlagen." Rae spielte mit dem Gedanken, Lizzys Arm dasselbe Schicksal erleiden zu lassen, weil sie mit mehreren Brüdern aufgewachsen war und man so ein Verhalten sofort zurückzahlen musste. Aber Lizzy war keiner ihrer Brüder, also schaute sie stattdessen zum Klavier rüber.

Alle im Raum waren still, ihre gesammelte Aufmerksamkeit richtete sich wie Bühnenscheinwerfer auf Georgie und den Sänger.

„Warum hast du mich geschlagen?", wisperte Rae.

„Oh mein Gott! Weißt du, wer das *ist*?"

„Alexandre de Valentinois. Ein Cousin von Pierre. Wahrscheinlich ist er auch irgendwie mit Wulf verwandt." All die hunderten von Gästen auf Flickas Hochzeit schienen irgendwie Cousins von Wulf zu sein, wie entfernt das auch sein mochte. Seine Familie war sehr produktiv gewesen. „Ernsthaft, du weißt, dass ich aus einer südwestlichen Grenzregion komme. Mein Familienbaum hat keine Zweige. Ich bin auf drei verschiedene Arten mit meinem Cousin Frank Tyra verwandt, aber die vielen Generationen von Inzucht in diesen Kreisen hier schockieren selbst mich. Es überrascht mich, dass all diese Leute keine Babys mit drei Köpfen haben."

Lizzy wirbelte zu Rae herum, ihre hellblauen Augen weit aufgerissen. „Du weißt nicht, *wer er ist*, oder?"

Rae schaute erneut hin, aber der Kerl war immer noch Pierres Cousin Alexandre. Sein goldbraunes Haar fiel in schimmernden Wellen über seine Schultern und war an den Spitzen von der Sonne gebleicht. Sein eng sitzender, dunkelblauer Anzug deutete seinen schlanken, vielleicht sogar athletischen Körperbau an. Allerdings sah er aus wie alle Cousins von Pierre: umwerfend und glamourös, als hätten sich die Hollywood-Gene von Grace Kelly in den folgenden Generationen von Grimaldis weitervererbt.

Rae blinzelte. Sie wusste, dass sie gerade wieder diesen dümmlichen, nichts wissenden Gesichtsausdruck machte, aber sie war in Paris, auf einer Hochzeit der High Society, also war das nicht weiter verwunderlich. „Er ist Pierres Cousin. Ich nehme an, dass er *jemand* ist. Jeder hier ist *jemand*, abgesehen von uns."

Lizzy deutete mit dem Zeigefinger nach vorne. „Schau dir Georgie an. Sie weiß es auch nicht!" Sie holte ihr Handy aus ihrer Handtasche, entsperrte es hastig und hielt es dann hoch. „Zumindest hat dieses nutzlose Ding immer noch eine Kamera."

„Du hast von den Securityleuten keine französische SIM-Karte bekommen?"

„Funktioniert dieses verfluchte Ding deshalb nicht?" Sie tippte auf den Knopf für die Video-aufnahme.

Am Piano spielte Georgie traumhaft schön, während Alexandre sang, und Georgie lächelte ihn über die schimmernde, schwarze Oberfläche des Klaviers hinweg an. Seine Tenorstimme hallte volltö-nend und in gut hörbarer Lautstärke wider, traf die höheren Noten mit offener Kehle und wechselte anmutig wieder zu den tieferen Tonsequenzen. Das Lied handelte von der Liebe, was gut zur Hochzeit passte, wie Rae fand, und er sang mit so hoffungs-vollen Emotionen, als hätte er einer Frau sein noch immer schlagendes Herz überreicht. Selbst Rae konnte sagen, dass er wirklich gut war.

Alle Gäste waren still und hörten aufmerksam zu. Handys stachen wie Sehrohre aus der Menge hervor.

Natürlich lächelte Georgie Alexandre an. Das tat sie in der Regel bei attraktiven Männern immer, und wenn man bedachte, was für Persönlichkeiten hier anwesend waren, war er wahrscheinlich auch stinkreich. Das würde Georgie ihm sicherlich nicht zum Vorwurf machen.

„Vielleicht weiß sie es und es ist ihr egal", meinte Rae zu Lizzy.

„Oh, es wäre ihr nicht egal. Georgie ist *so* ein Musiksnob. Wenn sie wüsste, wer er ist, würde sie jetzt gerade abwertend schnauben, anstatt ihn mit den Blicken auszuziehen. Wenn sie mit ihm schläft, bevor sie es herausfindet, wird sie danach völlig ausflippen. Und pst! Ich versuche, das hier zu filmen."

„Wir sollten es ihr sagen", sagte Rae und überlegte, ob sie Wulf fragen sollte, ob Alexandre der Herzog oder Graf von irgendwas war.

„Nein", widersprach Lizzy mit einem hinterlistigen Funkeln in den Augen. „Sie ist doch immer das verfluchte Genie. Dann soll sie es sich ruhig selbst zusammenreimen. Zwanzig Dollar, dass sie mit ihm ins Bett steigt, bevor sie eins und eins zusammenzählt."

Rae schaute auf ihr Handy. „Du weißt schon, dass unser Rückflug in sechs Stunden geht, oder?"

„So viel Zeit noch?", fragte Lizzy. „Ich erhöhe auf fünfzig."

EINES HELLEN, SONNIGEN NACHMITTAGES: WULF

WULF VON HANNOVER

Stunden später, nachdem die Musik verstummt und die meisten Hochzeitsgäste sich verabschiedet hatten, wartete Wulf mit Rae und einer kleinen Truppe Leute im Empfangssalon des George V Hotels, um die Ecke von der Lobby. Das Sonnenlicht der Pariser Nachmittagssonne schien durch die gläserne Vorderseite des Gebäudes und breitete sich auf dem blauen Teppich aus, bis hinter seine schwarzen Anzugschuhe.

Die SUVs würden innerhalb weniger Minuten vorfahren, so getimt, dass sie sich so kurz wie möglich in ungeschützten Bereichen aufhalten würden.

Security an öffentlichen Plätzen war ein großes Theater, so fabriziert, dass es Terroristen abschreckte und Airline-Kunden beruhigte. Echte Security war wie ein Ballett, wo der Haupttänzer in sorgfältig choreographierten Schritten von einem sicheren Bereich in den nächsten sprang.

Wulf gab Raes Hände frei, auch wenn sich ihre

zierlichen Finger in seinen so richtig anfühlten, dass er es eigentlich nicht tun wollte. Allerdings befanden sie sich in der Öffentlichkeit. Er konnte Rae nicht wie ein Schuljunge befummeln, während sie von der Hotellobby zu den Fahrzeugen liefen. Draußen könnten Fotografen sein.

Sehr wahrscheinlich würden dort Fotografen sein.

Eine Strähne von Raes im Licht schimmerndem, kastanienbraunem Haar hing nah an ihrem Mund, also strich er es hinter ihr Ohr zurück. Sie lächelte ihn an. Jede Chance, sie zu berühren, war eine große Versuchung für ihn, der er meistens erlag.

Jede Handlung und jeder Lichtstrahl wirkten unendlich bedeutungsvoll, als wäre das düstere Universum lange genug gütig gestimmt, um ihm ein Hochzeitsgeschenk zu gewähren. Es war nur ein Tag, ein Tag der Gunst in seinem Leben, das zu knapp an dem Abgrund der Sterblichkeit entlang-schlitterte.

Dieter legte den Kopf schief, lauschte den Stim-men, die über seinem Bluetooth-Ohrhörer zu ihm sprachen. „Die Autos sind hier."

Sie gingen zusammen, verließen den Empfangs-raum im George V Hotel und liefen durch die mit zigtausend grünen und gelben Blumen dekorierte Lobby in Richtung des an der Straße gelegenen Ausgangs. Wulf hakte Raes Hand an seinem Ellen-bogen ein, spürte ihre Körperwärme durch seinen Anzug hindurch.

Beinahe glaubte er, dass jeder Moment so sein könnte.

Die übrigen Hochzeitsempfangsgäste hatten sich grüppchenweise in der Lobby versammelt, einige saßen auf den samtbezogenen Stühlen, andere standen dicht beieinander, um sich zu unterhalten. Wie immer war Wulf der Letzte, der die ungesicherten Bereiche betrat, und der Erste, der sie wieder verließ; abgesehen von seiner Schwester, sowie jetzt auch Rae. Flicka und Pierre waren bereits durchgegangen und saßen im Wagen. Ihre Entourage sollte sich gerade auf den Weg machen.

Auch wenn er die Sicherheitsvorkehrungen in Zukunft neu überdenken musste, würden er und Reagan diesmal gemeinsam den Spießrutenlauf wagen.

Die Empfangsgäste befanden sich immer noch in der Lobby, verabschiedeten sich von Bekannten und warteten darauf, dass ihre Wagen vorfuhren. Theo, Lizbeth, Georgiana, ein paar von Pierres Freunden und Yoshi schlossen sich Wulf und Rae an, die zu den wartenden SUVs gingen.

Sie traten durch die Glastür in den hellen Pariser Sonnenschein hinaus. Ein paar Fotografen, die auf der anderen Straßenseite unter den Bäumen standen, zückten ihre Kameras mit langen Objektiven.

Nur ein weiterer sonniger Frühlingstag in Paris.

Wulf hielt sein Gesicht in die Sonne und nahm einen tiefen Atemzug. Das sanfte Tageslicht, die üppig blühenden Pariser Blumen, die Hand seiner Frau, die leicht auf seinem Arm lag, all das sollte er einen Moment lang genießen. Hier und zu dieser Jahreszeit zu heiraten, war eine exzellente Idee gewesen.

Der Bürgersteig war ein paar Meter breit. Töpfe mit aromatischen Blumen hingen an den weißen Wänden des alten Hotels und an den Gebäuden auf der anderen Straßenseite. Die Türen zu den schwarzen SUVs standen auf der anderen Seite des Bürgersteigs offen, die Motoren röhrten über die Geräusche der Stadt und des Verkehrs auf der nur ein paar Blöcke entfernten *Champs-Élysées* hinweg. Seine Männer hielten die Autotüren auf und sicherten die Straße für sie.

Rae hüpfte fröhlich neben ihm, balancierte vorsichtig auf ihren elfenbeinfarbigen Pumps, die zu ihrem dünnen Hochzeitskleid aus Seide passten.

Sie war nicht gut genug geschützt.

Wulf löste ihre Hand von seinem Arm und lehnte sich zu ihr, um seinen Arm um ihre schmale Taille zu schlingen.

Da explodierte der Knall eines Schusses an seinen Ohren.

Er wirbelte herum, warf sich schützend auf Rae, die erschrocken aufschrie.

Nein. Gott, nein.

EINES HELLEN, SONNIGEN NACHMITTAGES: RAE

RAE

Rae rang nach Luft. Ihre Seite schmerzte. Der schattige Bürgersteig war kalt an ihrem Hintern und ihren bloßen Beinen.

„Rae!", rief Wulf, der sich über ihr abstützte.

Die dunklen Anzüge der auf sie zustürmenden Securitymänner blockierte ihre Sicht. Sie krümmte sich hustend zusammen, wieder einmal war ihr die Luft aus der Lunge getrieben worden.

Wulfs panische Stimme durchstach ihr Herz. „Alles okay? *Rae!*"

Ihre Hände umklammerten steif das Revers seines Anzugs. Alles, was sie denken konnte und herausschrie, war: „Nicht heute! Nicht *du*!"

„Alles okay?", rief Wulf erneut.

„Ja! Wulf! Haben sie …? Bist du okay?"

Neben ihrem Kopf knurrte Dieter: „In den SUV. Auf drei: eins, zwei, drei!"

Die Securitymänner sprangen auf. Wulf zog sie am Arm hoch und schlang dann seine Arme unter ihren Rücken und ihre Beine, trug sie. „Es geht mir gut. Lass mich runter."

Wulf rannte zwei Schritte und beugte sich dann nach unten, um sie auf den Rücksitz des SUVs zu schieben.

Sie rutschte weiter, griff nach Wulfs Arm und zerrte ihn zu sich rein. Über Wulfs Schulter erhaschte sie einen Blick auf Dieter, der mit dem Rücken zu ihnen die Umgebung musterte, bevor er ebenfalls einstieg.

Rae hielt Wulfs Arm fest, spürte seinen Bizeps in ihren Händen zucken. „Lizzy! Georgie!"

Dieter schlug gegen die Rückenlehne des Fahrers. „Los!"

Der Motor des SUVs heulte auf, als er von der Bordsteinkante wegraste. Rae klammerte sich an der Kopfstütze fest, als sie über den Ledersitz rutschte. „Wo sind Lizzy und Georgie?"

Wulf drehte sich zur Seite. „Dieter?"

Dieter lauschte mit geschlossenen Augen, was ihm über seinen Ohrhörer durchgesagt wurde. „Niemand ist zu Boden gegangen. Die meisten sind zurück ins Hotel gerannt. Luca bestätigt, dass Georgiana drinnen ist." Er lauschte weiter. „Lizbeth und Theo werden noch vermisst."

„Wir müssen zurück", meinte Rae zu Wulf. „Wir können sie nicht einfach im Stich lassen."

„Wen haben wir noch im Hotel?", fragte Wulf Dieter.

„Sechs Männer, einschließlich Luca Wyss", antwortete Dieter.

Rae hielt Wulfs starken Arm, hatte panische Angst und wollte dennoch rausspringen und nach Lizzy suchen. Hohe Gebäudedächer ragten über dem SUV auf. Von dort aus hätten Scharfschützen gute Sicht auf sie.

„Wir werden auf einer neuen Route zum Flughafen fahren", sagte Wulf und schlang seine Arme um Rae, schirmte sie wieder ab. „Das Flugzeug lässt sich besser verteidigen."

„Wir müssen umkehren und nach ihnen suchen! Dreh um!", schrie Rae den Fahrer an.

„Keins der Flugzeuge wird abheben, bis wir wissen, dass Theo und Lizbeth in Sicherheit sind", beruhigte Wulf sie. „Aller Wahrscheinlichkeit nach sind wir die Ziele. Wenn wir gehen, werden wir die Aufmerksamkeit der Attentäter von ihnen weglenken. Theo und Lizbeth werden in der Menge verschwinden und zurück zum Hotel oder zum Flughafen gehen. Ihnen wird nichts passieren. Wir werden sie finden." Wulf warf Dieter einen scharfen Blick zu. „Niemand ist zu Boden gegangen, *ja*?"

Dieter hob seine Hände. „Laut den Informationen, die ich von drei *Welfenlegion*-Männern bekommen habe, gibt es weder Verletzte noch Tote. Alle, die sich im Hotel aufhalten, sind erschüttert, aber wohlauf."

Der Fahrer schwenkte den SUV abrupt herum, während er das Auto auf den schmalen Straßen durch den dichten Pariser Verkehr manövrierte, wodurch Rae gegen Wulf geschleudert wurde. Sie hielt sich an seiner schmalen Taille fest. Wulf umklammerte ihre Schultern. Sie spürte, wie seine Lippen über ihr Haar strichen.

„Lucas meint, dass sich eine unserer SIM-Karten in Valencias Handy befinden muss", sagte Dieter. „Wir haben seine Nummer. Wir werden ihn anrufen, herausfinden, wo er ist und die beiden innerhalb weniger Minuten einsammeln." Dieter lehnte sich nach vorne und schaute Rae in die Augen. „Wulfram hat recht. Wir werden das Feuer auf uns ziehen. Du und Wulfram, ihr seid die Ziele."

„*Ich* bin ein Ziel?", fragte Rae, aber sie sah den Grund dafür ein, sobald ihr die Worte über die Lippen gekommen waren. Sie hielt sich eine Hand vor den Mund.

Wulf schlang wieder seine Arme um sie, lehnte ihren Kopf gegen seine starke Schulter. „Kannst du dir die Schlagzeilen vorstellen, wenn ich dich auch verlieren sollte? Wenn du auf dem Bürgersteig in meinen Armen sterben solltest? Die Presse würde die zwei Schreckensfotos nebeneinander abdrucken." Der Griff seiner starken Arme um sie wurde fester, als würde er seinen muskulösen Körper zwischen sie und allem anderen bringen wollen. „Ich hätte mich dir nie annähern sollen."

„Diese Mistkerle", fluchte sie, ihre Stimme hart vor lauter Zorn auf diese bösen Männer dort draußen.

Seine Arme hielten sie noch fester. „Ich würde es verstehen, wenn du nicht so leben willst. Ich kann dem Beamten sagen, dass er die Anträge nicht einreichen soll. Wir würden nicht einmal eine Annullierung brauchen."

„Sag so etwas nicht", bat sie ihn, vergrub jedoch das Gesicht an seiner Schulter, während sie mit den Zähnen knirschte.

IM FLUGZEUG: WULF

WULF VON HANNOVER

Wulf lehnte sich in der Gulfstream gegen die Trennwand und beobachtete, wie sich alle auf den breiten Ledersitzen festschnallten, während die Jetmotoren dröhnend im Leerlauf liefen. Rae saß in der hinteren Reihe und schaute aus dem runden Fenster, während sie an einer Strähne ihres kastanienbraunen Haares kaute. Das Fenster zeigte zur Rollbahn, einem geschützten Bereich innerhalb des Flughafens, also war es sicher für sie, so nah am Glas zu sein, auch wenn es ihm nicht gefiel, dass sie für jeden sichtbar wäre, der aufs Flugzeug zielte.

Wulf überkreuzte seine Beine an den Fußgelenken, stellte sicher, dass seine Körperhaltung entspannt aussah. Sein ganzes Leben lang hatte er nach außen hin vorgegeben, dass alles in Ordnung war.

Georgiana saß in der dritten Reihe, und er war sehr erleichtert darüber. Jemanden zurücklassen zu müssen, war immer ein absolut grauenhaftes Gefühl.

Sie verzögerten den Abflug der Gulfstream, damit noch mehr Leute vom Hotel eintreffen konnten, und um sicherzugehen, dass alle in Sicherheit waren, bevor auch nur eines der Flugzeuge zu seiner Reise nach Europa aufbrach.

„Haben wir Lizbeth und Theo bereits gefunden?", fragte Wulf Dieter diskret auf Alemannisch, dem Schweizer Dialekt, den er mit seinen Freunden aus diesen Tagen sprach.

Dieter nickte. „Luca Wyss hat mir versichert, dass die beiden von der *Welfenlegion* mitgenommen wurden und im Hotel sind. Sie stehen nur etwas unter Schock, also wollen sie sich für ein paar Stunden dort erholen. Wir werden hier sowieso voll sein, sobald die restlichen Wagen eintreffen. Die beiden werden dann die Challenger nehmen."

Ein vollständiger Bericht von Dieter. Es geschahen noch Wunder. „Gut." Das kam mit mehr hörbarer Erleichterung heraus, als er beabsichtigt hatte. „Brauchen die beiden noch irgendetwas?"

„Nein. Etwas Essen, etwas Ruhe, ein starker Drink, dann werden sie wieder."

„Sorge dafür, dass Luca weiß, dass sie alles bekommen sollen, was sie wollen."

Dieter grinste ihn an. „Ich glaube nicht, dass sich jemals jemand über deine Gastfreundschaft beschwert hat, Wulfram."

„Sorge einfach dafür, dass er es weiß, Schwarz."

Die steife Professionalität kehrte in Dieters Körperhaltung zurück. „Dafür werde ich sorgen. Wir sollten so bald wie möglich aufbrechen, Herr von Hannover. Sobald wir in der Luft sind, wird es für alle sicherer sein. Das ist der einzige Weg, wie wir im Moment eure Sicherheit garantieren können."

Wulf nickte. „Wie viele Leute sind noch vom Hotel aus hierhin unterwegs?"

„Zehn. Sie sollten innerhalb der nächsten Stunde eintreffen."

„Danke, Dieter."

Wulf kam an mehreren Reihen leerer Sitzplätze vorbei, während er nach hinten durchging.

Georgiana, die angeschnallt war und auf einem Tablet las, schaute zu ihm hoch. „Lizzy?", fragte sie.

„Sie wurde gefunden und ist im Hotel. Es geht ihr gut. Sie wird den späteren Flug nehmen."

Erleichterung zog sich über Georgianas blasses Gesicht, und ihre Wangen färbten sich pink. „Oh, Gott sei Dank." Sie hielt eine Hand an ihre Brust. „Jesus, Maria und Joseph."

Wulf lächelte. „In der Tat." Er ging weiter nach hinten durch, setzte sich neben Reagan und zog sie vom durchsichtigen Glas weg, wo jemand durch ein Scharfschützenvisier auf sie zielen könnte.

„Haben deine Leute sie gefunden?" Rae lehnte sich an seine breite Brust.

Wulf schlang seine Arme um seine Frau, während er geistesabwesend aus dem Fenster schaute, um nach einer im Licht reflektierenden Linse Ausschau zu halten. „Ja. Sie sind beide mit Luca im Hotel. Sie sind in Sicherheit. Wir sind in Sicherheit. Alles ist gut."

DIETERS OPFER

WULF VON HANNOVER

Eine Stunde später dröhnten die Jetmotoren, als das voll besetzte Flugzeug gewendet wurde, um auf die Startbahn zu rollen. Dieter saß hinter einem der weißhaarigen amerikanischen Anwälte, die wahrscheinlich kein Alemannisch verstanden.

Dieter verrenkte seinen muskelbepackten Körper auf seinem Platz – und bereute sofort, dass er sein Flexibilitätstraining vernachlässigt hatte – um sich davon zu überzeugen, dass Wulfram immer noch ganz hinten im Flugzeug neben Rae Stone saß.

Die meisten Leute hätten wahrscheinlich keinen Unterschied an ihm bemerkt, aber Dieter schon. Jedes Mal, wenn Wulfram seine Frau anschaute, atmete er entspannter, als hätte sein Herz wieder angefangen zu schlagen. Und jedes Mal, wenn ein anderer Mann sie ansah, hielt Wulfram den Atem an, als würde er den Abzug seines Scharfschützengewehres im Anschlag halten.

Dieter wünschte sich, dass seine eigene Frau auch so eine Wirkung auf ihn hätte. Doch er liebte sie. Sie hatten eine gemeinsame Tochter, die eines Tages ebenso schön sein würde wie ihre Mutter. Außerdem ließ seine Arbeit kaum Zeit für möglichen Ehestreit übrig.

Er rief Luca an. „Habt ihr Valencia und Pajari gefunden?"

„Negativ", erwiderte Luca. „Valencia geht nicht ans Handy, wir bekommen kein Signal von der Ortungsapp und Pajari hat keine französische SIM-Karte in ihrem Gerät."

„*Elands*. Stell Grimaldis Security für das Hotel ab. Lass alle anderen die ganze Stadt absuchen. Wir müssen sie finden, bevor wir in den Staaten landen."

„Bevor ihr *landet*? Von Hannover fliegt heim, obwohl der Verbleib der beiden noch nicht feststeht? Wie zur infernalen Hölle konntest du ihn überzeugen, so vernünftig zu sein?"

„Ich habe ihm gesagt, dass wir Valencia und Pajari ins Hotel zurückgebracht hätten."

„*Verdammte Scheiße*."

„Sobald er das herausfindet, wird er mich feuern, ganz egal, was mit Valencia und Pajari passiert. Wenn ihr sie bis zu unserer Landung nicht finden solltet, wird er mich zudem mit bloßen Händen erwürgen."

Das war nur minimal übertrieben.

Er drehte sich wieder zu Wulfram und Reagan um. Die beiden unterhielten sich leise mit zusammengesteckten Köpfen. Wulfram lächelte sie an. Ein kleines, echtes Lächeln, nicht das kalte Pokerface, das er sonst der Welt präsentierte.

Dieter wandte sich wieder nach vorn, streckte seine langen Beine aus und sagte zu Luca: „Aber ich lasse ihn an seinem Hochzeitstag nicht sterben."

NACH DER HOCHZEIT

RAE

Wenn jemand Rae gefragt hätte, wo sie glaubte, dass sie ihre Hochzeitsnacht verbringen würde, hätte „zehntausend Meter über dem Atlantischen Ozean" es nicht einmal auf ihre Liste möglicher Antworten geschafft. Nach der kurzen standesamtlichen Trauung im Büro des Bürgermeisters von Paris und ihrem hastigen Abgang nach dem Empfang war die Karawane aus SUVs am Flughafen eingetroffen und sie waren ins Flugzeug geeilt.

Während Georgie, die Gäste und die Security-männer alle auf ihren nach hinten ausgeklappten Betten lagen und die Nacht den Himmel hinter dem Flugzeug in Dunkelheit und Sterne hüllte, folgte Rae Wulf ins Schlafzimmer im hinteren Bereich der Gulfstream und trat die Tür hinter sich zu. Die Wände des Flugzeuges brummten um sie herum.

Ihre Reisetaschen standen auf den Kommoden. Der Rest ihres Gepäcks – Rae war geschockt gewe-sen, wie viele Sachen sie innerhalb von nur einer

Woche angesammelt hatte – befand sich im Fracht-
raum unter ihren Füßen. Ein gewisser jemand hatte
drei neue gold-burgunderrote Taschen und einen
neuen Koffer für sie gekauft, für all ihre Kleider von
ihrer eigenen sowie von Flickas Hochzeit. Auch
wenn sie wahrscheinlich nie wieder eine Gelegenheit haben würde, solch formale Abendkleider zu
tragen.

Nun, an Wulfs Seite vielleicht doch.

Dieser begann damit, sein Handgepäck auszupa-
cken, holte seine Kulturtasche und seinen Pyjama
heraus. Sein Haar schimmerte im Licht der Deckenbeleuchtung. Er schaute zu ihr, so ruhig und gefasst
wie immer. Seine azurblauen Augen glichen der
Farbe eines stillen doch tiefen Gewässers.

Rae schluckte schwer, um ihre Stimme vom
Zittern abzuhalten. Wie sehr sie es auch den ganzen
Tag lang versucht hatte zu verdrängen, schreckliche
Gedanken hatten sich jedes Mal zurück in ihren
Kopf geschlichen, wenn sie einmal nicht von dem
Affenzirkus, der ihr Hochzeitstag war, abgelenkt
gewesen war.

Wulf hatte immer noch Geheimnisse vor ihr.
Letzte Nacht, als er um ihre Hand angehalten hatte,
hatte er aufrichtig gewirkt, zumindest so aufrichtig,
wie es bei ihm möglich war. Doch er konnte seine
schimmernde Hülle so gründlich versiegeln, dass
niemand – nicht einmal sie – wusste, was in seinem
Kopf vor sich ging.

Er könnte krank sein. Oder er könnte gewusst
haben, dass dort draußen noch weitere Männer mit
Pistolen auf sie warten würden. Es könnte aber auch
etwas viel Schlimmeres sein als alles, was Rae sich
gerade auch nur ansatzweise ausmalen konnte.

„Also gut", sagte sie. „Wir sind jetzt allein. Was ist dein verflixtes Geheimnis?"

Wulf zog eine lange, seidige Pyjamahose und ein weiteres Konzert-T-Shirt aus seiner Tasche. „Jetzt?"

„Wir müssen darüber reden."

Er legte seinen Pyjama über seine Tasche. Sein kühler Blick wusch über sie hinweg, als würde er abwägen, wie viel er ihr erzählen sollte. „Falls du dich erinnerst, ich habe vor zwei Wochen versucht, dir einen Antrag zu machen, und du bist davongerannt."

„Ja, als wir aus LA zurückgekommen sind, bin ich so schnell aus dem SUV gesprintet, als wäre ein tollwütiges Wildschwein hinter mir her. Jetzt rück schon raus mit der Sprache." Wulf streckte seine Hand aus, also überbrückte Rae die paar Schritte Distanz zwischen ihnen und ergriff sie. Ihr ungutes Gefühl wurde immer stärker. „Wulf, sag es mir."

Er zog sie in seine Arme. Sein Atem entwich hörbar, und sie lehnte ihren Kopf an seine Brust, die in demselben gebügelten, weißen Hemd steckte, das er auch heute Morgen getragen hatte. Dicke Muskeln verhärteten sich unter ihrer Wange, als eine seiner runden Schultern zuckte.

Wulfs tiefe Stimme vibrierte unter ihrer Wange: „Es war alles eine List. Ich habe gesagt, dass es einen Grund gäbe, warum wir so schnell heiraten sollten, dass es ein Geheimnis wäre, aber es war nur ein Vorwand, damit du mich so schnell wie möglich heiratest, bevor du wieder zu Sinnen kommen und erneut davonrennen könntest."

Rae zögerte. Das hörte sich plausibel an, auf seine eigene verdrehte Wulfie-Art, wo schwerwiegende Lebenstraumata mit den Worten „Wirklich, es geht mir gut" abgetan wurden und es in Ordnung war, anderen die Bedeutung des eigenen, unglaublich wichtigen Nachnamens zu verschweigen.

Dennoch schien diese Erklärung nicht alles zu beantworten.

Wulf legte sein Kinn oben auf ihrem Kopf ab. „Ich konnte es nicht ertragen, auch nur einen einzigen weiteren Sonnenuntergang zu erleben, ohne mit dir verheiratet zu sein. Wenn heute, oder an einem anderen sonnigen Morgen noch ein Verrückter mit einer Pistole aus dem Nichts auftauchen und mein Herz mit einem Schuss durchbohren sollte, wollte ich, dass du meine Frau bist. Ich wollte dir in die Augen sehen und ich wollte, dass du weißt, dass ich dich mehr liebe als alles andere auf der Welt."

Die Gewissheit, mit der er diese Worte sagte, ließ ihr Herz erbeben.

„Das wird nicht passieren", sagte sie.

Aber es war passiert. *Wieder.*

„Bist du wütend?", fragte er.

„Nein, aber wir hätten warten können. Meine Mutter wird dir versichern, dass ich von allen guten Geistern verlassen bin, also ist die Gefahr, dass ich zu Sinnen komme und dich sitzen lasse, mehr als gering."

„Ich habe wohl eine höhere Meinung von dir." Er drückte ihr einen Kuss auf den Kopf, in der Mitte, wo sie jeden Morgen gegen eine widerspenstige Locke kämpfte. „Ich habe lediglich so lange gewartet, bis ich einen schönen Ort gefunden hatte und einen anständigen Ring besorgen konnte."

„Ich kann nicht glauben, dass wir einfach so in

das Büro des Bürgermeisters gehen konnten und bereits alles vorbereitet war."

Wulf lachte leise. „Vielleicht war es nicht ganz so simpel, wie es aussah."

„Oh?"

„Ich habe an dem Nachmittag meine Absicht zur Eheschließung bekannt gegeben, als du aus dem SUV geflüchtet bist. Seit letzter Woche haben meine Anwälte hier sich um den Papierkram gekümmert. Ich habe unsere medizinischen Gutachten im Devilhouse kopiert und sie hierher mitgebracht. Dann musste ich noch meine Autorität spielen lassen, um die Wohnsitzerfordernis zu umgehen. Im Wesentlichen habe ich angemerkt, dass Frankreich mir gehört und ich daher jederzeit dort heiraten kann, wenn mir danach ist."

„Es war schrecklich anmaßend von dir, das alles zu tun und davon auszugehen, dass ich Ja sagen würde. Ich hatte nicht einmal zugestimmt, mit dir nach Frankreich zu gehen."

„Das war egomanische Arroganz, eine nicht ungewöhnliche Charaktereigenschaft bei den Hannoveranern."

Sie kuschelte sich an seine Brust. „Ja, das ist mir auch schon aufgefallen."

„Ich habe dafür gebetet, dass der Boulevardpresse meine Absicht zur Eheschließung nicht auffallen würde. Bei Flicka haben sie es drei Stunden später herausgefunden."

„Du hast das alles für mich getan."

Er rieb über ihren unteren Rücken. Gott, es fühlte sich so gut an, wie seine großen Hände den Stress aus ihren verspannten Muskeln rausmassierten. „Absolut."

„Okay, ich habe so ein Gefühl, dass du dabei auch deine Magie wirken lassen wirst, aber ich glaube nicht, dass ich mich innerhalb von sechs Wochen gut auf meine Abschlussprüfung vorbereiten und dann auch noch gleichzeitig eine Hochzeit für die höhere Gesellschaft planen kann."

Wulf lockerte den Griff seiner Arme. „Hast du das verschmitzte Funkeln in den Augen meiner Schwester gesehen, als sie dich gefragt hat, ob es eine kirchliche Hochzeit geben würde? Flicka wird in einer Woche aus ihren Flitterwochen zurückkommen. Ich prophezeie dir, dass sie in acht Tagen mit ihren Notizbüchern und einem professionellen Hochzeitsplaner im Schlepptau vor unserer Tür stehen wird. Sie liebt es einfach, Partys zu schmeißen. Natürlich kannst du so involviert sein, wie du möchtest, aber du kannst auch alles innerhalb eines Nachmittags aussuchen und dann nur noch am großen Tag auftauchen, wenn dir das besser passt. Ganz ehrlich, damit würdest du deiner Schwägerin eine Riesenfreude machen."

Rae lehnte ihre Wange an seinen Körper, lauschte dem starken Herzschlag in seiner Brust. Wulf und sie waren in Sicherheit. Heute Nacht und für den Rest ihres Lebens würde sie in seinen Armen schlafen. Sie umarmte ihn fester.

Wulfs Stimme war so weich wie die in die Farben des Sonnenuntergangs getauchten Wolken aussahen, die vor den Flugzeugfenstern an ihnen vorbeizogen, als er fragte: „Noch etwas anderes: Glaubst du, es wäre möglich, dass du schwanger bist?"

Jeder Muskel in ihrem Körper versteifte sich. „*Was?*"

„Es war nur so ein Gedanke."

„Nein ... Nein, natürlich nicht. *Nein.*"

„Oh." Wulfs einsilbige Erwiderung war so neutral wie die Schweiz.

Dennoch begann sie im Kopf zu rechnen. Der letzte Monat war Februar gewesen, damit kam sie insgesamt auf die Zahl *siebenunddreißig.*

Oh Gott. Siebenunddreißig. *Sie war neun Tage überfällig.*

Verblüffung breitete sich in ihr aus, und sie stellte sich ein Baby vor, das mit kristallblauen Augen zu ihr aufschaute, stellte sich vor, wie sie seinen winzigen Körper in ihren Armen hielt, und ihr stockte der Atem bei dieser schönen Vorstellung. Aber das alles wurde vom Schock verdrängt. „Oh mein Gott!"

Wulf nahm sie fester in den Arm, während ein Zittern ihren ganzen Körper erfasste.

Sie hielt sich an seiner Taille fest, versuchte, nicht zu zerbrechen. Seine starken Arme hielten sie eng an sich gedrückt. „Oh Gott, Wulf!"

„Bedeutet das, vielleicht doch?" Sein Körper hob sich etwas, als hätte er sein Gewicht auf seine Zehenspitzen verlagert.

„Ich kann jetzt nicht mein Studium abbrechen!"

„Natürlich nicht. Das würde ich nicht erlauben."

„Es *erlauben*! Du glaubst, mir *erlauben* zu müssen, was ich tue?" Trotz ihrer heftigen Worte vergrub sie ihr Gesicht an seiner warmen Brust und hielt sich weiter an ihm fest.

Er streichelte über ihr Haar. „So habe ich das nicht gemeint. Englisch ist meine dritte Sprache, und ich habe mich ungünstig ausgedrückt."

Sie umklammerte seine Taille so fest sie konnte. „Das will ich doch hoffen!"

„Ich meinte damit, dass du die Uni, das Medizinstudium, oder was auch immer du willst, beenden musst. Der Plan hat sich nicht geändert. Du wirst das Semester in sechs Wochen beenden, und dann werden wir entscheiden, wo wir leben werden. Ich habe stehende Angebote für Gastprofessuren in Oxford, Chicago und Princeton. Sag mir, wo du deine Ausbildung zu Ende bringen willst, wo du deinen Master machen oder Medizin studieren willst, und ich werde es möglich machen. Danach werden wir entscheiden, wo wir die erste Klinik für *A Ray of Light* aufbauen wollen."

Ein Wirbelsturm der Panik tobte durch ihren Kopf. „Jedes Mal, wenn meine Mutter ein Kind bekam, einen meiner Brüder, hat es sie beinahe umgebracht. Die Windeln, und die Wäsche, und das Kochen, und das Putzen, und das Füttern, es war alles unglaublich anstrengend. Sie hat manchmal sogar den Gottesdienst verpasst, weil sie nicht mit allem fertig geworden ist. Meine *Mutter* hat den *Gottesdienst* verpasst!"

„Das wirst du nicht alles tun müssen", meinte er.

„Aber Babys brauchen *all* diese Dinge. Man muss die Flaschen sterilisieren, die Windeln waschen, Essen für das Baby kochen, seine Kleidung nähen, Strampler bügeln und noch so vieles mehr, von dem ich nicht einmal weiß, wie man es tut!" Das konnte sie unmöglich alles schaffen und dann auch noch weiter zu ihren Kursen gehen, für Prüfungen lernen, ihre Abschlussarbeit schreiben, zu den Beratungsgesprächen mit den Dozenten gehen und ihr Therapeutenpraktikum machen. Vor Panik wurde ihr ganz schwindelig.

„Aber das musst du nicht alles tun", sagte Wulf wieder.

„Natürlich muss ich das, wenn ich tatsächlich schwanger bin. Wer sollte das sonst tun?"

„Meine Angestellten", erwiderte Wulf. „Wir würden ein paar extra Leute einstellen, die uns helfen."

„Oh nein. Kein Kindermädchen. Das könnte ich nicht." Flicka hatte ihr davon erzählt, wie sehr es Wulf und Constantin verletzt hatte, als ihr Lieblingskindermädchen eines Tages verschwunden war. Sie waren zu dem Schluss gekommen, dass sie auf der ganzen Welt niemanden hatten außer sich selbst, und sie hatten damit *recht* gehabt.

„Ich würde mir nie anmaßen, dir zu sagen, was du tun sollst, aber jemand anderes könnte die Kleidung für das Baby kaufen und waschen, das Essen kochen, die Windeln besorgen und all das. Du könntest immer noch alle wichtigen Dinge mit unserem hypothetischen Kind tun. Außerdem, gab es nicht Forschungsergebnisse, die gezeigt haben, dass sich Kinder in einer stabilen Umgebung mit mehr Bezugspersonen besser entwickelt haben?"

Ihr rasender Herzschlag beruhigte sich etwas. „Ja, bei Pflegemüttern. Aber du hast gemeint, dass du Kindermädchen hattest und es nicht gut für dich war."

Er zuckte mit den Schultern. „Unsere Kindermädchen wurden routinemäßig entlassen, ohne Vorwarnung oder eine Chance, sich zu verabschieden. Constantin und ich haben unsere Mutter vielleicht einmal die Woche gesehen, und unseren Vater noch seltener. Mit fünf Jahren wurden wir ins Internat fortgeschickt. Bei uns wurde dieses System schlecht umgesetzt."

„Das will ich keinem Kind antun. *Auf keinen Fall.*"

„Natürlich nicht." Er zog sie enger an seine Brust.

Die Panik angesichts all der ihr bevorstehenden Dinge ließ immer noch ihre Arme und Knie zittern. „Aber ich kann nicht! Es ist unmöglich, sein Studium zu beenden, wenn man ein Kind hat!"

„Ich habe es getan", meinte Wulf.

Rae schlang ihre immer noch zitternden Arme um seinen Hals. „Wie meinst du das?"

„Ich habe die Highschool und den größten Teil meines Bachelorstudiums absolviert, während ich gleichzeitig Flicka großzog. Ich war fünfzehn, sie sechs."

Rae schnappte nach Luft, atmete zum ersten Mal wieder richtig ein. Sie lehnte sich etwas zurück, um zu ihm aufschauen zu können. „Wie hast du das geschafft?"

Er löste sich von ihr, setzte sich aufs Bett und zog sie neben sich runter. „Ich nehme an, dass es mit zwei anwesenden Elternteilen leichter sein wird als zu der Zeit, wo ich selbst noch ein Teenager war."

Ihr blutete das Herz. *„Sag mir, wie du es geschafft hast."*

„Du tust, was wichtig ist, und delegierst den Rest. Flicka wollte jeden Tag ihr Mittagessen von Zuhause in den Essenssaal vom *Le Rosey* mitnehmen und hat darauf bestanden, dass ich – und niemand sonst – ihr ein Truthahn- oder Schinken-Sandwich mache. Sie wurde um vier zu uns nach Hause gefahren, und wenn ich nicht bis fünf Uhr zurück war, trat sie die Kindermädchen. Wir aßen um sechs zu Abend, also ließ ich das Essen von Angestellten zubereiten.

Danach machten wir zusammen unsere Hausaufgaben. Ich gab ihr Übungsdiktate und sie fragte mich russische Vokabeln ab, wodurch sie bereits etwas Vorwissen hatte, als sie damit anfing."

Rae klappte ungläubig die Kinnlade runter. „*Du* brauchtest jemanden, der dich Vokabeln abfragt?"

Er zuckte mit den Schultern. „Es war ihr wichtig." Seine Hand wanderte gedankenverloren an Raes Wirbelsäule hinunter. „Du hast das niemandem gegenüber erwähnt, oder?"

Sein übernatürlich gutes Gedächtnis? „Natürlich nicht, Wulf. Das würde ich nie."

„Gut. Es gibt bereits so schon genug Neugier zu meiner Person." Er hielt inne. „Nur du und Flicka kennt die wahren Ausmaße. Yoshi und Dieter haben ihre Vermutungen."

Sie nickte an seiner warmen Schulter. „Erzähl mir mehr von Flicka."

„Ich habe Flicka kennengelernt, als sie bereits drei Monate alt war, weil ich im Internat war. Erst als unsere Mutter krank wurde, bin ich für jenen letzten Sommer nach Hause gekommen. Ich habe alles verpasst, als sie ein Baby war. Das soll nicht nochmal passieren."

„Du musst dich um deine Aktien und diese Sachen kümmern."

„Normalerweise bin ich bis zehn Uhr damit fertig, meine Marktpositionen anzupassen."

„Babys sind die ganze Nacht lang wach."

„*Ich* bin die ganze Nacht lang wach."

„Du wolltest mir das Skifahren beibringen. Wir wollten diese Flasche Pappy-Va-Winkle-Bourbon trinken, die du aufgehoben hast. Ich habe das alles vermasselt."

„Reagan, wenn du schwanger sein solltest, dann machst du mich *glücklicher* als ich je für möglich gehalten hätte. Ich werde dich unterstützen, egal wie du dich entscheidest, aber ich *will* das Kind mit dir haben. Ich will *Kinder* mit dir. Wenn ich mit dir zusammen bin, fühle ich mich lebendig, die ganze Welt fühlt sich lebendiger an, und ich will eines Tages sehen, wie kleine Kinder mit kastanienbraunem Haar und deinen Augen auf Schloss Marienburg den Hunden hinterherjagen."

Ihre Hände lagen ineinander verschränkt zwischen ihnen. „Jedes Kind von mir wüsste sich besser zu benehmen als *das*", erwiderte Rae.

„Ich werde dafür sorgen, dass du genug Zeit für die Vorlesungen und zum Lernen hast, und auch, dass wir genügend Zeit für uns beide haben. Ich habe meine Schwester großgezogen, während ich selbst noch zur Schule ging. Ich weiß, wie man das schaffen kann." Er schaute ihr fragend in die Augen. „Glaubst du, du könntest schwanger sein?"

„Ich weiß nicht. Ich muss einen Test machen, um sicher zu sein, aber ich bin überfällig."

Wulfs blonde Augenbrauen zogen sich zusammen, und dann erhellte sich sein Gesicht mit Erkenntnis. „Ah. Diesen Ausdruck kannte ich noch nicht."

Entsetzliche Gedanken brauten sich wie Sturmwolken in ihrem Kopf zusammen. „Das war nicht der Grund, warum du mir den Antrag gemacht hast, oder? Und warum wir so schnell geheiratet haben? Wir leben im einundzwanzigsten Jahrhundert, Wulf. Das musstest du nicht tun." Sie griff nach den Ringen an ihrem Finger und zog daran. „Ich habe dich in die Enge getrieben. Das hatte ich nie vor. Oh mein Gott! Wahrscheinlich haben das dein ganzes Leben lang Frauen bei dir versucht! Es tut mir so leid!"

Er drehte sich zur Seite, hob sie in seine Arme hoch und setzte sie auf seinem Schoß ab. Dann stupste er ihre Hand weg und schob die Ringe wieder über ihren Fingerknöchel zurück.

„So war das nicht", wisperte er an ihrem Ohr. „Wie ich vorhin gesagt habe, habe ich bereits vor zwei Wochen versucht, dir einen Antrag zu machen, und habe seitdem Vorbereitungen getroffen. Erst auf dem Flug nach Frankreich habe ich angefangen, etwas zu vermuten, und ich war mir nie ganz sicher. Wenn es auch nur etwas geändert hätte, hätte ich dich früher danach gefragt, aber ich konnte nicht einen Tag länger warten, dich zu heiraten."

An ihrer linken Hand schimmerte der in Platin eingefasste Granat dunkelblau und funkelte im Licht der Deckenbeleuchtung rubinrot. Die um den Stein herum angeordneten Diamanten reflektierten die letzten Sonnenstrahlen, die durch das Fenster hereinfielen, und warfen Lichtflecken an die Wände der Kabine. Unter dem Verlobungsring verzierte ein zweiter Platinring ihren Finger. „Was hättest du getan, wenn ich Nein gesagt hätte und mir sicher wäre, nicht schwanger zu sein?"

Sein Griff wurde fester. „Den Jet kann ich vertraglich noch drei Monate lang nutzen, und er wäre getankt und startklar gewesen, um uns nach Las Vegas zu fliegen, sobald du deine Meinung geändert hättest. Du hast gemeint, dass man dort fast umgehend heiraten kann."

Natürlich hatte er *das* nicht vergessen.

„Da wir in Frankreich geheiratet haben, steht uns

der Jet für unsere verlängerten Flitterwochen zur Verfügung. Nachdem wir nach deinen Prüfungen in der Schweiz eine richtige Hochzeitszeremonie hatten, können wir hinreisen, wo immer du willst. Wir werden diesen hübschen, neuen Reisepass von dir ausnutzen, bis er so abgenutzt wie meiner ist. Wo willst du als Erstes hin?"

All diese leeren Zeilen auf dem Devilhouse-Anmeldeformular zu der Frage nach den Orten, die sie bisher bereist hatte, tauchten vor ihrem inneren Auge auf. „London?"

„Wundervoll. Wir werden bei meinen Cousins unterkommen. In London gibt es einige exzellente Orte für Musik. Vielleicht sind wir sogar während des Glastonbury Festivals dort. Wohin danach?"

Rae dachte schnell nach. „Belize."

Wulfs Lächeln wirkte fasziniert. „Dort bin ich noch nie gewesen."

„Es soll dort wunderschöne Stellen zum Schnorcheln geben, und ich liebe es zu schwimmen. Außerdem könnte *ich* für *dich* dolmetschen, weil man dort Spanisch spricht."

Er warf den Kopf zurück und lachte. Es war ein so herzhaftes Lachen, das Rae nur sehr selten von ihm gehört hatte, und die anderen Male waren alle in den vergangenen paar Wochen gewesen. Sein Lachen war fröhlich, lebhaft und so ansteckend, dass sie sich ihm anschloss.

Sie musste jetzt nichts weiter tun, als es sich zu erlauben, glücklich zu sein. Also schob sie all die verrückten Gedanken von sich weg und entspannte sich in Wulfs Armen.

Wulf drückte sie aufs Bett runter und kroch über sie, vergrub immer noch leise lachend sein Gesicht an ihrem Hals. Sein Duft – Zimttee, Moschus und Mandarinen – stieg aus seinem offenen Hemdkragen hervor, und sie schob ihre Nase näher an die Stelle.

„Du gehörst zu mir. Zu mir ganz allein", sagte er. „Ich habe seit Wochen an nichts anderes gedacht. Du hast mich nicht in die Enge getrieben. Vielmehr habe ich dich in die Enge getrieben. Ich habe mein Leben um dich geschlungen, und jetzt wirst du mich nie wieder los."

Seine Lippen näherten sich ihren, und er hauchte ihr den zärtlichsten aller Küsse auf die Lippen.

Sie hob ihre Arme um seinen Hals, fuhr mit den Fingern in sein goldenes Haar und zog ihn zu sich runter, küsste ihn innig, weil sie sich nach ihm verzehrte.

Sein Mund öffnete sich über ihrem, und er neigte den Kopf, verschloss ihren ebenfalls offenen Mund mit seinen Lippen. Sein Rücken krümmte sich über ihr wie ein Bulle, als er mit seiner Zunge in ihren Mund stieß. Sie hob ihm ihren Körper entgegen, und er stöhnte an ihren Lippen. Seine Hände vergruben sich in ihrem Haar und hielten ihren Kopf auf dem Bett fest.

Er knabberte sich mit seinem heißen Mund an ihrem Hals hinunter, setzte ihre Haut in Flammen.

Zehntausend Meter über dem Atlantischen Ozean keuchte Rae Wulfs Namen, und sie verschmolzen miteinander.

DIETERS GESTÄNDNIS

DIETER SCHWARZ

Dieter stand in der sauber glänzenden Großküche von Wulframs Haus und trank Kaffee, während sein Chef Rae zu einem Auto begleitete, das sie zur Universität bringen würde. Hans hatte heute die Chauffeur- und Leibwächterpflicht gezogen, was nur gerecht war, da er Schloss Southwestern gehütet hatte, während Dieter und der Großteil der Welfenlegion in Europa jeden Tag rund um die Uhr im Einsatz gewesen waren. Hans, dieser Bastard, sah besonders munter und gut ausgeruht aus. Niemand hatte von ihm verlangt, in den letzten paar Tagen auf sich schießen zu lassen. Das zugenähte Loch auf Dieters Trizeps pochte immer noch.

Er trug seinen besten schwarzen Anzug, um mit Wulfram zu reden. Sein hochgeschlossener Kragen kratzte ihn am Nacken, während er in Gedanken erneut seine Entschuldigung durchging, sowie die Versicherung, dass Luca Wyss ihm vor ein paar

Stunden bestätigt hatte, dass Valencia und Pajari wohlauf waren.

Die Tür zur Garage fiel hinter Hans und Rae geräuschvoll ins Schloss. Damit waren Dieter und Wulfram allein in der Küche.

Letzterer drehte sich um und schritt auf die Tür zum Wohnzimmer zu, ein leichtes Lächeln erhellte seine sonst so unleserliche Miene.

Dieter räusperte sich. „Herr von Hannover."

Wulfram blieb stehen und schaute ihn an. Sein Lächeln war sofort verschwunden, und er sah wieder aus wie der kaltblütige Monarch und Scharfschütze, der er war.

Verdammt, das hier würde Dieter fehlen. Ihre Freundschaft erstreckte sich über ein Jahrzehnt und war so stark, wie sie durch militärische Kamerad-schaft und gemeinsam überstandene Gefahren nur sein konnte.

„Ja, Schwarz?", fragte Wulfram.

Dieter holte einen Umschlag aus seiner Anzugta-sche hervor. Auf Alemannisch, dem Schweizer Dialekt, mit dem sie untereinander sprachen, sagte er: „Ich möchte hiermit meine Kündigung einrei-chen, Herr von Hannover."

Wulfram schaute auf den Umschlag in Dieters Hand und musterte den neutralen Gesichtsausdruck, den Dieter aufgesetzt hatte.

Dieter hatte damit gerechnet, dass Wulfram auf einen solchen Beweis des absoluten Verrats mit kaltem Zorn reagieren würde. Er hätte das an seiner Stelle getan.

Stattdessen teilten sich Wulframs Lippen und er atmete schwerfällig aus. „Dieter, was hast du getan?"

SKIFAHREN IM JUNI

EIN „HEIMLICHE MILLIARDÄRE: RAE UND WULF"

-EPILOG, #4

RAE

Als Rae und Wulf die südwestliche Wüste vor zehn Stunden verlassen hatten, hatte das Licht der untergehenden Sommersonne durch das getönte Fenster des SUVs sanft über Raes Arme gestrichen, während sie auf dem Weg zum Flughafen waren.

Und jetzt, *Schnee.* Mit weißem Schnee überzogene Berge. Sechzig Zentimeter eisiger Grund, mit mehr Neuschnee, der letzte Nacht gefallen war. Und nun spiegelte sich die argentinische Morgensonne darauf so grell wie Bühnenscheinwerfer. Kristallener Schnee streifte Raes Gesicht wie Salz, das im Wind mitflog.

Der Temperaturunterschied betrug beinahe siebenunddreißig Grad Celsius, und die kalte Luft drang unter Raes neue Ski-Jacke, während sie zusammen mit den anderen rasch die Distanz zwischen den SUVs und dem Eingang der Skihütte überbrückte. Rae hatte den Mantel in aller Eile online bestellt, als Wulf vor nicht einmal einer

Woche hier eine Reservierung für sie beide gemacht hatte. Auf der südlichen Hemisphäre hatte der Juni-Blizzard während des dortigen Winters für frühen Schneefall gesorgt. Die Skihütte hier öffnete normalerweise erst Ende Juni oder Anfang Juli.

Geld und Privilegiertheit änderten alles, selbst die Regeln von Raum und Zeit. Wenn Rae etwas Unmögliches wollte, wie im Juni Skifahren zu gehen, dann würde Wulf alle Hebel in Bewegung setzen, damit sie das auch konnte. Rae fühlte sich wie eine Wüstenratte, die es irgendwie geschafft hatte, auf der anderen Seite der Welt in eine exklusive Skihütte reinzukriechen.

Das Sonnenlicht wurde vom Schneetreiben draußen vor den riesigen zweigeschossigen Fenstern der Lobby leuchtend weiß zurückgeworfen, strahlte heller als das hohe Feuer im Kamin und warf dicke Lichtkegel über Sitzecken aus rustikalem Holz und weichem Plüsch. Dünne Rauchfahnen von verbranntem Holz schwebten in der Luft und hefteten sich an Raes Kleidung, als sie durch den Raum schritt.

Sie verengte die Augen, in dem Versuch, trotz des schneehellen Leuchtens etwas zu erkennen. Der Umriss eines langen Empfangstresens mit obskuren Schatten davor zeichnete sich vor dem blendenden Licht ab, und Wulfs Sicherheitsmänner, die alle lange schwarze Mäntel über ihren schwarzen Anzügen trugen, führten sie gerade durch die Lobby zu den Aufzügen. Das Vorhutteam hatte bereits das Stockwerk ihres Zimmers, die oberste Etage, gesichert.

Rae drehte sich zu Wulf um, der neben ihr in Richtung der Aufzüge schritt. Das Licht warf harte Schatten unter seinem geraden Kiefer und den kräftigen Wangenknochen. Sie verengte angesichts der blendenden Helligkeit immer noch die Augen und hätte ihm beinahe eine dämliche Frage über getönte Skibrillen gestellt, aber seine Aufmerksamkeit richtete sich mit der Intensität einer Rakete, die ihr Ziel erfasst hatte, auf die andere Seite der Lobby.

Das Sonnenlicht hinter ihm warf einen Heiligenschein auf sein blondes Haar, und seine dunkelblauen Augen verrieten nichts von dem, was in seinem Inneren vor sich ging. Sein routinierter Gesichtsausdruck war so ruhig wie ein tiefer See – wie immer, wenn sie nicht allein waren.

Wulf bemerkte nicht, dass Rae ihn beobachtete, während sie durch die Lobby eilten. Die Schritte der Sicherheitsmänner, die wie schwarze Hornissen um sie herumschwirrten, polterten über den Holzboden. Rae hatte gelernt, die unmerklichen Veränderungen in der Anspannung seines Kiefers und um seine Augen herum wahrzunehmen, und er starrte gerade mit derselben messerscharfen Intensität zu dieser Stelle in der Lobby, mit der er tausende Zahlen analysierte, die über seinen Bildschirm flackerten, wenn er seine Aktienportfolios verwaltete.

Er wägte etwas sehr Komplexes ab.

Rae drehte sich zur Seite, und der stämmige Rücken von einem der Securitymänner blockierte für einen Moment ihre Sicht.

Auf der anderen Seite der Lobby erstrahlte die Gestalt einer Frau in der hellen Sonne, die hinter Rae hereinschien, und dem lodernden Feuer, das in dem riesigen Steinkamin knisterte. Sie trug eines dieser hautengen Skioutfits, das ihre schlanken Kurven wie ein Neoprenanzug umschmiegte, und die blaue Farbe betonte den blassen Teint ihrer

Haut, ihre funkelnden schwarzen Augen und ihre glänzenden schwarzen Locken.

Die Frau lächelte langsam und verführerisch über Raes Kopf hinweg.

Direkt zu Wulf, der ihren Blick erwiderte.

Ein Gefühl des Wiedererkennens schlich sich in Raes Hinterkopf, aber sie konnte die Frau nicht einordnen.

Rae wandte sich wieder Wulf zu. „Kennen wir sie?"

Wulf schaute auf sie hinunter, seine Miene so unberührt wie der frisch gefallene Schnee draußen vor den Fenstern. „Ich weiß nicht, von wem du sprichst."

„Diese Frau." Rae deutete mit der Hand zur anderen Seite der Lobby, während die Security-männer sie und Wulf in den Aufzug drängten.

Zwei der Männer stiegen zusammen mit ihnen ein. Sie wandten Rae und Wulf den Rücken zu und starrten die zugleitenden Türen an, also sah Rae nur breite Schultern in schwarzen Wollmänteln.

Rae runzelte die Stirn. „Ich könnte schwören, dass ich sie von irgendwoher kenne."

Wulf zuckte mit einer Schulter, und ein winziges Lächeln zuckte an seinen Mundwinkeln. „Ich bin mir sicher, dass ich keine Ahnung habe, wen du meinen könntest."

Rae schluckte schwer, hatte plötzlich einen säuerlichen Geschmack im Mund.

Wulf log sie nicht an.

Sicher, er verschwieg manchmal Dinge, aber nur, wenn er glaubte, dafür einen guten Grund zu haben, und normalerweise tat er es, um sie zu beschützen oder sie nicht zu verschrecken.

Sie beobachtete ihn, suchte nach Anzeichen für das, was er dachte.

Er hatte diese Frau angestarrt, *eindringlich* angestarrt. Er wusste ganz genau, wen Rae meinte.

Ein Bild formte sich vor Raes innerem Auge: dieselbe Frau, die ein enges weißes Kleid getragen und ihre zierliche Hand zur Begrüßung ausgestreckt hatte. „Ich bin Marie-Therese Grimaldi, eine Cousine des Bräutigams." Süßer Weihrauch hatte in der Luft gehangen. Eine hölzerne Tür hatte hinter Marie-Thereses schwarzem Lockenkopf aufgeragt, als sie sich Rae vorgestellt hatte. Die Tür zu dem Raum, wo Wulfs Schwester Flicka an ihrem großen Tag bitterlich geweint hatte, da ihr Vater in einem Trotzanfall versucht hatte, ihre Hochzeit zu ruinieren. Wulfs Vater hatte Pierre nicht für gut genug gehalten, um in ihre Familie einzuheiraten.

Marie-Therese war eine von Flickas Brautjungfern gewesen.

Rae verschränkte ihre Finger mit denen von Wulf, der Handschuhe trug. Die scharfen Steine an ihren zwei Ringen rieben an ihren Fingern, also drehte sie die Ringe so, dass sie angenehmer saßen.

Wulf konnte Marie-Therese nicht vergessen haben. Er vergaß nie etwas, *nie*. Rae würde es sich nicht wünschen, sein Gedächtnis zu haben, wo nichts verblasste, nicht einmal traumatische Kindheitserinnerungen. Über die letzten Monate hatte sie langsam begonnen, seine vielen Bewältigungsstrategien zu erkennen. Die meisten von ihnen involvierten Adrenalin oder Testosteron. Jemanden mit weniger Selbstbeherrschung hätte es um den Verstand gebracht.

Sie würde nur zu gern eine Psychologiearbeit

über ihn schreiben, für ihren Abschluss nächstes Jahr, aber dafür war er viel zu öffentlichkeitsscheu. Es würde alte Wunden aufreißen, und das würde sie ihm niemals antun.

Aber sie war verunsichert.

Es war seltsam, dass Marie-Therese Grimaldi zufällig in einem Ski-Resort in Argentinien war, und noch viel seltsamer, dass Wulf nicht zugab, sie gesehen zu haben.

RAE

Die Aufzugstür öffnete sich zum Flur außerhalb ihrer Suite, und Raes Augen schlossen sich reflexartig, als das grelle Licht von draußen durch die Fenster hereinschien. Rae war unter der heißen Wüstensonne aufgewachsen, die Pflanzen verbrannte und den Boden zu Staub vertrocknen ließ, aber die vom Schnee reflektierte Sonne fühlte sich für ihre tränenden Augen wie stechende Laserstrahlen an. „Heiliger Strohsack."

Wulf schaute zu ihr runter und deutete dann zu der Fensterwand gegenüber dem Aufzug. „Schließen wir die Vorhänge."

Ein paar der Securitymänner hatten sich bereits in der Suite verteilt, während zwei weitere Kerle hauchdünne Gardinen vor die großen Fenster zogen und dadurch den weißen Glanz verschleierten.

„Besser?", fragte Wulf.

„Ja. Viel besser." Rae wischte sich mit dem Ärmel über die Augenwinkel. „Wulf, Schatz? Können wir über etwas reden?"

„Natürlich." Er ging voran und führte sie durchs Wohnzimmer – das dunkle Holz und der dunkelblaue Samt waren ein Ausgleich zu dem weißen Schnee draußen und dem Sonnenlicht, das durch die Fenster hereindrang – zu einem dahinterliegenden Schlafzimmer. Wulf hatte erwähnt, dass er immer in dieser Suite übernachtete, wenn er in Argentinien Ski fuhr, also machte es Sinn, dass er mit den Räumlichkeiten vertraut war.

Sie überließ ihm die Führung, weil sie noch nie in ihrem Leben in so einer Elite-Skihütte gewesen war, oder jemals im Juni Ski fahren war, oder überhaupt jemals Ski gefahren war, geschweige denn in der südlichen Hemisphäre. Rae fühlte sich ganz verloren.

Er schloss die Tür hinter ihnen und zog seine schwarzen Lederhandschuhe und seinen langen Mantel aus. Darunter trug er einen schwarzen Anzug, ähnlich derer, die seine Securitymänner trugen, doch nur für jemanden, der nicht den maßgeschneiderten Schnitt und den feinen Stoff sah, der zweifellos in einer ganz anderen Preisklasse spielte als die Anzüge, die er für ein paar tausend Dollar für seine Männer gekauft hatte. Und deren Anzüge waren zudem auf sehr spezifische Weise angepasst worden: locker unter den Armen und generell länger.

Rae nahm einen tiefen Atemzug. Keine Frau sagte so etwas gerne. „Wulf, Schatz, du musst nicht so tun, als hättest du sie nicht gesehen. Es ist okay, zu *schauen*."

Eine seiner blonden Augenbrauen senkte sich, und er lächelte sie doch tatsächlich leicht an. „Wie bitte?"

Sie liebte seinen Akzent. Hauptsächlich war er Englisch, aber wenn er sich entspannte, schlich sich auch etwas Deutsch und Französisch hinein, und sie machte sich eine Freude daraus, ihn damit aufzuziehen. „Ich kann es verstehen. Sie ist hübsch. *Umwerfend* sogar. Und ich werde etwas dick um die Taille herum, also ist es in Ordnung, zu schauen."

„Du dachtest …" Wulf blinzelte und sah für einen Moment zu Boden, während er tief Luft holte, aber dann machte er zwei Schritte mit seinen langen Beinen und schloss sie in die Arme.

Er hielt sie fest. „Wulf?"

Sein harter Atem strich über ihren Hals. „Ich habe sie nicht *angeschaut*, und ganz sicher nicht auf *diese Weise*." Seine Finger gruben sich in ihr Fleisch, gerade genug, um ihre volle Aufmerksamkeit zu erregen. „Du trägst unser *Kind* in dir. Jedes Mal, wenn ich dich anschaue – deine sinnlichen Kurven, deinen gewölbten Bauch – werde ich in die Knie gezwungen."

Seine Lippen senkten sich auf ihre, und dann drängte er sie gegen die Wand zurück, glitt mit einer Hand unter ihren Pullover, um ihre Haut zu berühren. Er küsste sich an ihrem Hals hinunter, und seine Finger fühlten sich kühl an ihren Rippen an.

Rae schlang ihre Arme um ihn und vergrub ihr Gesicht an seiner Schulter. Die feine Wolle seiner Anzugjacke unter ihrer Wange absorbierte die vereinzelten Tränen, die wegen dem blendenden Licht aus ihren Augen traten. Zumindest redete sie sich ein, dass es wegen dem Licht war.

Wulfs Atem erhitzte die Haut an ihrem Hals, und er murmelte in ihr langes, kastanienbraunes Haar, das locker auf ihre Schultern hinabfiel. „Jedes

Mal, wenn ich dich ansehe, *will* ich dich. Ich schwöre bei Gott, mein Körper will dich irgendwie noch *mehr* schwängern. Du gehörst so vollkommen zu mir, dass ein Teil von mir in dir heranwächst. Ich will keine andere Frau *anschauen*. Ich will *dich* immer und jederzeit beobachten, damit mir keine einzige Sekunde entgeht. Du machst mich völlig fertig", wisperte er.

Wulf wisperte in solchen Momenten immer, und wenn er das tat – selten und leise – öffnete sich ihr Herz für ihn. Es war, als würde er eine schimmernde Hülle tragen, die eine tiefe Verletzlichkeit verbarg.

Wulfs Hände fanden Raes Ellenbogen, und er packte ihre Arme, hob sie über ihren Kopf und hielt ihre Handgelenke an der Wand gefangen.

„*Oh*", keuchte sie.

Sein Wispern wurde zu einem Knurren. „Ja, wer ist diesmal derjenige an der Wand?"

Sie wand ihre Hände, versuchte sich zu befreien, weil sie ihn berühren, mit ihren Fingern über seine breiten Schultern streichen und durch sein dichtes Haar fahren wollte, aber er presste sie mit einer Hand und seinem harten Körper fest gegen die Wand. Der kalte Gips kühlte ihren Rücken und ihren Hintern, aber Wulfs andere Hand wärmte ihre Brust, während er mit dem Daumen über ihren Nippel rieb, und sein Mund öffnete sich an ihrer Kehle.

Schmerz flammte kurz an ihrem Hals auf, und sie schnappte nach Luft.

Wulf leises Lachen vibrierte an ihrem Hals.

Er befreite ihren Körper von den sperrigen Winterklamotten, wobei er mindestens eins ihrer Handgelenke die ganze Zeit über gefangen hielt, bevor er sie erst in die eine und dann in die andere

Richtung wirbelte und sie mit seinem Körper gegen die Wand presste. Ihr wurde ganz schwindelig davon. Dann streifte er ihr den neuen Kaschmirpullover über den Kopf, fing ihre Hände aber sofort wieder ein und wirbelte sie so herum, dass sie mit dem Rücken zu ihm stand. Er glitt mit seinen Händen über ihre Hüften, um ihre alte Jeanshose runterzuschieben, die mittlerweile etwas enger saß. Er zerrte sie von ihren Füßen und ließ gleichzeitig seine Anzugjacke zu Boden fallen, wobei er in der Eile ihre Hände freigab.

Als er sie schließlich wieder herumwirbelte und seine Lippen ihre fanden, hatte er auch seine Krawatte und sein Hemd zu Boden geworfen, und die heiße Haut seiner muskulösen Brust wärmte sie. Schwarze und rote Tinte, ein Teil des großen Tattoos, das die Hälfte seines Rückens bedeckte, zog sich über seine Schulter, dort, wo ihre linke Hand lag. Nur ein Hauch seines Rasierwassers hing in der Luft – warme Gewürze, wie Zimt und Orange, und darunter Wulfs natürlicher männlicher Geruch – und sie atmete auf der Suche nach mehr davon tief an seinem Hals ein. Sie spreizte gerade ihre Finger auf seiner Brust, fühlte seine feinen, goldenen Haare unter ihren Handflächen und ließ sie dann weiter über die harten Vertiefungen seiner Brustmuskeln gleiten, als er wieder ihre Handgelenke packte und an die Wand hob. Seine andere Hand senkte sich tiefer, streichelte an ihrem Bauch hinunter, verweilte sanft über der weichen Haut dort, bevor er seine Erkundungstour tiefer fortsetzte und sie an ihrer empfindlichsten Stelle berührte.

Sie stöhnte an seinen Lippen, und er küsste sie heftiger, angetrieben von ihrer Stimme.

Er glitt zwischen ihre Falten und liebkoste ihr Geschlecht, seine kühlen Finger glitten an ihr auf und ab, wurden mit jeder Bewegung über ihre Klitoris feuchter, bis ihr Körper begann, sich anzu-spannen. Selbst in ihren Ohren konnte sie hören, wie ihre Atmung sich beschleunigte und von einem wohligen Seufzen in ein sehnsuchtsvolles Stöhnen überging.

Er zerrte sich die Hose runter und schob sich zwischen ihre Beine, rieb mit seinem Glied zwischen ihren schlüpfrigen Oberschenkeln. Rae wollte nach seinen Schultern greifen, aber er hielt immer noch ihre Hände über ihrem Kopf fest, während er über ihre feuchte Haut glitt und sie mit jedem Reiben weiter um den Verstand brachte. Sein heißer Atem wärmte ihre Lippen und seine Zunge liebkoste ihre in ihrem Mund.

„Bitte!", wimmerte sie, ihre Hände wanden sich in seinem Griff über ihrem Kopf. Sie versuchte, nicht zu laut zu stöhnen, weil die Securityleute sich sicherlich auf der anderen Seite der Wand befanden.

Er ließ ihre Hände los und hob eines ihrer Beine, legte sich ihren Oberschenkel um seine schlanke Taille. Rae schlang beide Arme um seinen Hals, hielt sich an ihm fest. Er küsste sie wieder, vergrub eine Hand in ihrem Haar, zog beinahe daran. Dann fand er ihre Körpermitte und schob sich langsam in sie hinein.

Er füllte sie aus, dehnte sie, und obwohl er behutsam vorging, ließ sie ihren Kopf zurückfallen und keuchte auf. Wulf beugte sich nach vorn und kratzte mit den Zähnen über ihren Hals. Seine Hand senkte sich, griff nach ihrem anderen Oberschenkel.

Gerade, als er bis zum Anschlag in ihr war und

seinen Körper gegen ihre Klitoris presste, hob er ihr anderes Bein an, und die Schwerkraft schob ihn noch tiefer in sie hinein.

In ihr vergraben, fing er sie zwischen seinem Körper und der Wand ein, und ihr Innerstes zog sich bereits um ihn herum zusammen, als sie die Beine hinter seinem Rücken verschränkte. Er stieß hart nach oben, hielt sie unter ihren Oberschenkeln fest und gegen die Wand gelehnt, zog sich dann zurück und rammte sich wieder in sie, wobei er über ihre Klitoris rieb. Jeder tiefe Stoß verdichtete den Druck in ihrem Inneren. Ihr Kopf war so weit zurückgeworfen, dass ihr Schädel beinahe über die glatte Wand rieb, und ihr Atem kratzte vor der Anstrengung, nicht zu schreien, in ihrer Brust und ihrer Kehle.

„Ja, oh ja", stöhnte sie an seinem Ohr. Sein kurzes Haar kitzelte an ihrer Wange, während er weiter in sie eindrang, jedes Mal tiefer als zuvor.

Sein Rhythmus wurde schneller, beharrlicher, während er über ihre Klitoris rieb. Er grunzte an ihrer Wange, und ihr Körper verspannte sich zunehmend um ihn herum, bis sie kaum noch Luft bekam. Ein weiterer harter Stoß von ihm ließ ihren Atem in einem Wimmern aus ihrer Kehle entweichen und entfesselte einen Orgasmus, der in ihr explodierte und an ihrer Wirbelsäule hinaufschoss. Die Wucht der Sinnesempfindung blendete sie, und vor ihren Augen wurde es so weiß wie das grelle Schneeparadies draußen.

Zuerst hörte Rae ihr eigenes atemloses Keuchen, dann Wulfs heiseres Schnaufen nah an ihrem Ohr. Seine Arme umschlangen sie fester, als ihre Beine unter ihr nachgaben und sie beinahe gefallen wäre.

Sein Atem strich über ihre Schulter, und er wisperte: „Ich werde niemals eine andere Frau *anschauen*. Ich würde dich niemals betrügen."

Er löste sich von ihr, um aus ihr zu gleiten, und Rae umarmte ihn fest um den Hals herum. „Ich vertraue dir."

Er hob sie mit den Händen unter den Knien hoch und trug sie zum Bett. Seine warme Brust fühlte sich so solide unter ihrer Wange an, und sie schmiegte ihr Gesicht an seine Schulter, nur um seine Haut zu spüren. Das beruhigte sie ebenso wie seine Worte.

Er stellte sie auf die Beine ab, während er sie weiterhin mit einem stützenden Arm hielt und die Bettdecke zurückschlug. Müdigkeit brach über Rae herein, und sie ließ sich auf die weiche Matratze sinken. Wulf schlang seine Arme um sie, und sie rollte sich auf die Seite, legte noch immer ganz außer Atem ihre Stirn an seine Schulter.

Er strich ihr Haar zurück, streichelte über ihre Wange, und seine Lippen pressten sich gegen ihre Stirn.

Rae spürte, wie sie wegdriftete, während der Geruch von frischem Sex vermischt mit dem Moschus von Wulfs Körper ihr in die Nase stiegen.

Er regte sich neben ihr, rückte seine breiten Schultern auf dem Bett zurecht.

Wulf würde nicht einschlafen, zumindest nicht nur vom Sex. Er hatte letzte Nacht im Schlafzimmer der Gulfstream fast fünf Stunden geschlafen, erschöpft von einem intensiven Workout und einer vorangegangenen schlaflosen Nacht aufgrund einer Finanzkrise irgendwo in Osteuropa, auf die er hatte reagieren müssen. Also würde er diese Nacht wahrscheinlich nicht mehr als ein, zwei Stunden schlafen, außer er verausgabte sich körperlich sehr.

Rae öffnete ihre Augen nur einen kleinen Spalt, und das Sonnenlicht blendete sie, also schloss sie sie schnell wieder, aber davor hatte sie gesehen, wie Wulf aus den riesigen Fenstern auf das unberührte Weiß und den Pulverschnee hinausschaute, der vereinzelt von der leichten Brise mitgetragen wurde. Das hereinfallende Licht erhellte seine Augen, ließ sie so hellblau wie klares Neonlicht scheinen.

„Geh ruhig", sagte sie.

„Wohin?", fragte er und sah zu ihr hinunter, da sie mit ihrem Kopf tiefer auf einem Kissen lag. Sie konnte ihn durch den leichten Sichtschutz ihrer Wimpern hindurch anschauen.

„Geh Skifahren", sagte sie.

„Das werde ich nicht. Wir sind auf einem *Après-Ski*-Urlaub." Sein französischer Akzent, mit dem er *Après-Ski* aussprach, war natürlich perfekt. „Also werden wir alles tun, was man *nach* dem Skifahren tut, wie es uns in der Berghütte gemütlich zu machen, heiße Schokolade zu trinken und auf den Schnee rauszuschauen. Ich habe nicht vor, Ski zu fahren."

„Weil ich es nicht kann."

„Weil du es nicht tun solltest."

„Weil ich schwanger bin", erwiderte Rae.

„Und so ein Risiko würde ich niemals eingehen, nicht mit dir, nicht mit unserem kleinen Unbekannten dort drin." Seine Hand streichelte unter der Decke über ihren Bauch.

„Geh Skifahren. Ich brauche sowieso ein Nickerchen."

„Ich habe dir zu viel abverlangt."

„Nein. Ich war heute nur damit beschäftigt, eine Lunge in mir wachsen zu lassen. Geh Skifahren, während ich mich etwas ausruhe."

„Ich hatte wirklich nicht vor, Ski zu fahren."

„Du hast deine Skier und einen Haufen Ausrüstung mitgenommen. Es gab zwanzig Taschen mit Skiern."

„Die Männer von der Security fahren alle Ski, also mussten wir ihre Sachen mitnehmen. Und es hätte seltsam ausgesehen, den ganzen Weg zu einer Skihütte in Argentinien auf uns zu nehmen, ohne jegliche Ausrüstung dabei zu haben."

Und Wulf würde es niemals darauf anlegen, dass andere Leute sein Verhalten hinterfragten. „Ich werfe dich aus meinem Bett. Sei pünktlich zum Abendessen um acht wieder zurück."

„Rae, ich werde dich nicht allein lassen."

„Ich muss gut erholt sein für unsere kirchliche Hochzeit nächste Woche. Das hier sollte mein Schlafurlaub werden. Also weg mit dir."

„Ich werde im Wohnzimmer bleiben. Ich habe noch einige Angelegenheiten, um die ich mich kümmern muss."

„Tritt der schwangeren Stute nicht auf den Schweif, wenn du keinen Huftritt gegen den Kopf abbekommen willst." Gut, dieses plakative, ländliche Sprichwort hatte sie gerade frei erfunden.

„Das klingt schmerzhaft." Wulfs Stimme klang belustigt.

„Oh, das ist es. Geh Skifahren."

„Wenn du darauf bestehst, meine Prinzessin." Sie spürte seine Lippen an ihrer Schläfe, bevor das Bett durch sein fehlendes Gewicht leicht federte, als er aufstand, um ins Bad zu gehen.

Sie lag in dem weichen Bett, döste vor sich hin und nickte dabei langsam ein, obwohl ihr bewusst war, dass Wulf ihr wieder einmal genau das gesagt hatte, was sie hatte hören müssen, um sich zu beruhigen, ohne mit einem Wort zu erklären, warum er Marie-Therese Grimaldi so intensiv angestarrt hatte.

Rae hob eine Hand, mit der Absicht, ihn zurück zu rufen und diese Unterhaltung, der Wulf so gekonnt ausgewichen war, weiterzuführen. Aber das in ihr heranwachsende Baby verlangte ihr einiges an Energie ab und sie war bereits dabei, einzuschlafen.

WULF

Eine Stunde später stiegen Wulf und ein paar seiner Securityleute aus dem Helikopter, der sie auf den hohen Gipfel eines schneebedeckten Berges geflogen hatte. Der Geruch von Stahl und gefrorenen Steinen lag in der kühlen Luft. Luca Wyss stand neben ihm und hielt seine Skier in seiner Armbeuge, ebenso wie Friedhelm und Hans, während der eiskalte Wind an ihren Klamotten zerrte. Wenn Wulf das Haus verließ, blieb Hans normalerweise zurück, um sich dort um die Security zu kümmern, aber Wulf hatte darauf bestanden, dass Hans ihn bei dieser Reise begleitete. Hans konnte nächste Woche wieder den Einsiedler spielen, wenn der Großteil von Wulfs Securitytruppe für die kirchliche Hochzeit nach Helvetia aufbrach.

Wäre Dieter hier, hätte er Wulf auf diesem Abhang Konkurrenz machen können. Dieters eigene Sicherheitsagentur stand noch in den Kinderschuhen, aber Wulf hatte ihn angeheuert, um für seine

Hochzeit nächste Woche doppelt abgesichert zu sein. Es war schon sehr beruhigend zu wissen, dass er einen Mann neben sich am Altar stehen haben würde, der im Notfall zurückschießen könnte.

Die funkelnde Schneedecke vor ihnen erstreckte sich den ganzen Weg von ihrem hochgelegenen Aussichtspunkt bis zu einem kleinen Tal, wo sich die Ausläufer mehrerer Hügel trafen. Skifahrer glitten unten über den Schnee, dunkle Schatten auf dem hellen Weiß, die auf den Helikopter oder den Transportwagen warteten, der sie zurück zum Hotel bringen würde.

Der hinter ihnen aufsteigende Helikopter besprühte sie mit feinem Pulverschnee, als Wulf in die Fußhalterungen seiner Skier stieg. Die von den Rotoren aufgewirbelte Luft dröhnte in seinen Ohren wie das beruhigende Tosen der Ozeanwellen.

Friedhelm stach mit seinen Skistöcken in den Schnee und wählte eine aggressive Route den Berg hinunter, mit der Absicht, vor Wulf und den anderen unten anzukommen.

Wulf nahm in der eisigen Luft einen tiefen Atemzug und rückte seine Skibrille zurecht, bevor er sich ebenfalls abstieß und die schwarze Profipiste hinunterglitt. Er fuhr wagemutig, bremste und drehte erst kurz vor Felsen und steilen Abhängen, welche die ansonsten glatte Schneefläche durchbrachen. Den Berg runterzubrettern vertrieb alle anderen Gedanken aus seinem Kopf, da er sich ganz auf das Manövrieren durch das anspruchsvolle Terrain konzentrierte.

Zehn gesegnete Minuten lang fuhr Wulf mit seinen Männern um die Wette, ohne dass Zahlen oder ungewollte Bilder aus seinen Erinnerungen in seine Gedanken eindrangen, und sie erreichten den Fuß des Berges ausgelassen lachend und mit geröteten Wangen.

Als sie zum Hubschrauberlandeplatz rüberfuhren, um zum nächsten Gipfel zu fliegen, hörte Wulf, wie eine Frauenstimme über die Schneepracht hinweg seinen Namen rief.

Er erkannte die Stimme, und Erinnerungsfetzen flackerten vor seinem inneren Auge auf: Josephines dunkle Wimpern, die sich über ihre hellgrünen Augen senkten, während sie bei ihrem ersten Treffen vor ihm knickste, als er neun und sie acht Jahre alt gewesen waren. Sie war etwas später ins Internat *Le Rosey* gekommen, weil ihre Mutter sie ein paar Jahre länger zu Hause behalten hatte. Wulf hatte bei den Mittelschulveranstaltungen siebenunddreißig Mal mit Josephine getanzt, wobei sie es aus Schüchternheit fast nie geschafft hatte, ihn anzusehen. In der Highschool waren sie kurz miteinander ausgegangen. Sie war eine Erbgroßherzogin, und Wulfs Vater hatte ihrer Verbindung seinen Segen gegeben, abgesehen von dem Umstand, dass Wulf noch viel zu jung war – ausnahmsweise einmal etwas, wo sein Vater und er sich einig gewesen waren.

Wulf war ihr erster Mann gewesen, etwas, das soweit er wusste, keiner von ihnen beiden anderen gegenüber erwähnt hatte.

Und jetzt war sie auf einer Skipiste in Argentinien und rief nach ihm, nachdem er Marie-Therese Grimaldi erst vor wenigen Stunden in der Lobby der Skihütte gesehen hatte.

Die Wahrscheinlichkeit, dass es sich hierbei um

puren Zufall handelte, war astronomisch gering. Das hatte er ausgerechnet.

Er drehte sich mitsamt seinen Skiern um und sah ihrer schlanken Gestalt dabei zu, wie sie zu ihm rüberfuhr. Sie trug Hellblau, eine Farbe, von der sie wusste, dass es ihre grünen Augen besonders gut betonte. Als sie noch zusammen gewesen waren, hatte sie oft Kleider in dieser Farbe getragen.

„*Salut!*", grüßte sie ihn fröhlich und schob ihre Skibrille auf den Kopf hoch, die schwache rote Abdrücke auf ihren Wangen hinterließ. Der hellblaue Skianzug brachte in der Tat ihre Augen zur Geltung.

„Hallo, Josephine." Wulf hörte, wie seine Männer knirschend über den Schnee rutschten, ihre Positionen so anpassten, dass sie auch Josephine umschlossen, während sie die Umgebung im Auge behielten. „Was für ein Zufall, dich hier zu treffen."

„Ja! Was für ein Zufall! Wie geht es dir?"

Wulf sammelte sich. „Ziemlich gut. Ich bin verheiratet."

Schock zeichnete sich auf ihren feinen Gesichtszügen ab. „Ich ... ich dachte, du wärst verlobt."

Das war eine faszinierende Reaktion. Wulf lehnte sich nach vorne, um Josephine näher zu beobachten. „Wir haben vor ein paar Monaten in Paris geheiratet, einen Tag nach Flickas Hochzeit."

„Oh." Josephine schaute zur Skipiste hinüber, von der sie gekommen war, wünschte sich offensichtlich wieder dorthin zurück. „Es tut mir leid, dass ich die Einladung nicht gesehen habe."

„Es war nur die standesamtliche Trauung. Die kirchliche Hochzeit ist nächste Woche. Sicherlich hast du die Einladung dafür bekommen."

„Ja, aber …" Sie biss sich auf die Unterlippe, schaute immer noch von ihm weg. Ihre unteren Augenlider schimmerten feucht, als sie mit leicht schriller Stimme fortfuhr: „Man hat mich glauben lassen, dass du noch nicht gesetzlich geheiratet hättest und die Hochzeit vor der Zeremonie absagen würdest."

Jetzt kamen sie dem Kern der Sache schon näher. „Wer hat dich das glauben lassen, Josephine?"

Sie schaute ihn an. Winzige Schneeflocken hatten sich auf ihre dunklen Wimpern gelegt. „Dein Vater hat mich angerufen und mir das erzählt. Er meinte, dass du hier sein würdest, allein, um deine Optionen abzuwägen, und dass es eine exzellente Gelegenheit wäre, um unsere Freundschaft wieder neu aufleben zu lassen."

Eine Fülle an Informationen in nur zwei Sätzen. „Weißt du, dass Marie-Therese Grimaldi auch hier ist?"

„Marie-Therese? Seid ihr beide früher nicht …" Neues Entsetzen spiegelte sich in ihren grünen Augen wider.

Der Helikopter näherte sich dem provisorischen Landeplatz, einem knallroten Kreis, der in den Schnee gemalt worden war, und die kalten Windböen von den Propellern schnitten durch Wulfs Winterkleidung. Schnee wirbelte um sie herum auf.

Er nutzte die Gelegenheit, um wegzusehen, anstatt ihre Frage zu beantworten. „Hast du hier sonst noch jemanden von der Schule oder von woanders gesehen?"

Josephine hielt sich eine Hand vor den Mund. „Oh Gott, Wulfram. Es tut mir ja so leid. Auf den

Gedanken bin ich gar nicht gekommen. Ist deine Frau *hier?*"

„Sie ist in der Skihütte und ruht sich aus. Ich plane, mich ihr später fürs Abendessen anzuschließen. Möchtest du uns begleiten?" Das Angebot machte er nur, weil sie sich früher einmal nah gestanden hatten.

„Oh, nein. Ich glaube nicht", erwiderte Josephine. Ihre Finger umklammerten die Griffe ihrer Skistöcker.

„Es war schön, dich zu sehen, Josephine. Ich hoffe, wir bleiben in Kontakt."

Sie nickte, schaute ihn aber nicht an.

Wulf berührte ihren Ellenbogen. „Wenn jemand Fragen zu diesem Vorfall stellen sollte, verweise ihn an mich. Ich werde dafür bürgen, dass du sehr fachmännisch getäuscht wurdest."

Sie nickte und zog ihre Schutzbrille wieder über ihre Augen runter. „Es tut mir wirklich leid."

Wulf wandte sich von ihr ab und gab seinen Männern ein Zeichen, in den Helikopter einzusteigen.

Jetzt sollte es keine weiteren unglücklichen Missverständnisse mehr geben. Josephine würde Marie-Therese aufsuchen und sie warnen, bevor sie sich in Verlegenheit brachte.

Wulf nahm einen tiefen Atemzug, als sich das Vorderteil des Helikopters hob und er in seinen Sitz zurückgedrückt wurde. Hans warf ihm einen musternden Seitenblick zu. Mit etwas Glück würde Rae nie von diesem Debakel erfahren. Sie sollte sich jetzt nicht aufregen, nicht in dieser Zeit, wo sie körperlich so empfindlich war, und nicht über etwas so Lächerliches.

Nichtsdestotrotz mussten jegliche weiteren Versuche dieser Art von seinem Vater unterbunden werden. Dieser elitäre, voreingenommene alte Mann hatte bereits versucht, Flickas Hochzeit zu sabotieren. Wulf würde ihm klar zu verstehen geben, dass er keinerlei Einmischung duldete.

RAE

Rae lag auf einem der Sofas in ihrer Suite und las auf ihrem Handy einen netten kleinen Liebesroman, weil das Unisemester vorbei-vorbei-*vorbei* war und sie Sommerferien hatte.

Gewissermaßen.

Die feinen Stoffvorhänge vor den Tafelglasfenstern machten den Schnee weniger grell, und die Nachmittagssonne war über die Skihütte gewandert. Wenn die Sonne an diesem Abend untergehen würde, würden diese glitzernden alabasterfarbenen Hügel vielleicht orangerot schimmern, so als hätte das Eis Feuer gefangen.

Drei Männer von Wulfs Sicherheitspersonal – Matthias, Julien und Romain, einer muskelbepackter als der andere – saßen auf den anderen Sofas, während sie nach jeder kleinsten Bedrohung Ausschau hielten und sich gelegentlich über Textnachrichten mit Wulfs Eskorte austauschten, die mit ihm auf einen der Berge geflogen war.

Wulf hätte sie nicht mit drei umwerfenden

Exemplaren alpenländischer Männlichkeit allein-
lassen sollen. Sie würde Wulf niemals betrügen,
nicht in einer Millionen Jahre, aber die Schwangerschaftshormone in ihrem Blut spielten verrückt, und
wenn sie aus den Augenwinkeln zu den Männern
schaute, kam sie nicht umhin zu bemerken, wie ihre
Bizepse und Brustmuskeln sich unter ihren Anzugjacken abzeichneten, wie sie ihre Oberkörper reckten
und ihre straffen Waschbrettbäuche über ihren
Shirts rieben. Fantasien davon, wie die drei sich über
ihr auftürmten, lenkten sie von ihrer Lektüre ab.

Mann, Wulf sollte besser bald zurückkommen.
Diese Hormone machten sie ganz verrückt.

Sie aß gerade Obst und Gebäck vom Zimmerservicewagen, um sich abzulenken, als ein energi-
sches Klopfen an der Tür ertönte. Sie schaute zu
Matthias und wäre beinahe aufgestanden, aber er
hatte bereits das Zimmer durchquert. Julien und
Romain erhoben sich ebenfalls und schlugen ihre
Anzugjacken zurück, machten sich dafür bereit, im
schlimmsten Fall nach ihren Pistolenhalftern greifen
zu müssen.

Obwohl Rae in der Nähe der für Verbrechen
berüchtigten mexikanischen Grenze aufgewachsen
war, beunruhigte sie die Gegenwart von so vielen
bewaffneten und allzeit bereiten Männern.

„*Je m'excuse*", sagte eine Frauenstimme draußen
vor der Tür. „Ist Madame von Hannover zu
sprechen?"

Ihre plötzliche standesamtliche Trauung war erst
ein paar Monate her, und eine Überraschung für alle
gewesen – inklusive Rae. Und sie hatte sich immer
noch nicht ganz daran gewöhnt, Mrs. von Hannover
oder Madame von Hannover oder Frau von

Hannover zu sein. Während sie zur Tür ging, rief sie: „Ja! Ich bin hier!"

Matthias trat zurück, um Rae vorbeizulassen, aber die Anspannung in seinem Körper ließ nicht nach.

Draußen vor der Tür standen drei junge Frauen mit gefalteten Händen und nach unten gerichtetem Blick. Alle drei trugen figurbetonte Hosen und Pullover, was man *Après-Ski* halt so trug, und ihre reservierten Mienen ließen sie unantastbar wirken.

Rae winkte ihnen zu. „Howdy zusammen!"

Die Frau in der Mitte schüttelte ihre schwarzen Locken, aber ihre dunklen Augen strahlten im Gegensatz zu heute Morgen keine Heiterkeit mehr aus. Vielmehr ließen ihre eingesackten Schultern und ihr kurzer Blick zu Rae vermuten, dass Marie-Therese Grimaldi sich in der gegenwärtigen Situation unwohl fühlte.

Eine der anderen zwei Frauen kam ihr auch bekannt vor, und als sie aufschaute, erkannte Rae ihre hellgrünen Augen und dunklen Wimpern. Sie begann, sich für einen Knicks zu senken, aber Marie-Therese griff nach ihrem Arm, bevor sie so weit kam.

„Madame von Hannover, dürften wir reinkommen?", fragte Marie-Therese.

„Ähm, sicher?" Rae öffnete die Tür weiter und beobachtete die Securitymänner aus den Augenwinkeln. Sie wirkten normal wachsam, zeigten jedoch nicht diese Hyper-Wachsamkeit, die sie sich eigentlich nicht anmerken lassen wollten. Allerdings hatte Rae bereits ein kurzes Psychologie-Praktikum absolviert und konnte die Anzeichen von erhöhtem Adrenalin bei ihnen erkennen.

Matthias beobachtete die drei hereinkommenden Frauen mit eher ruhigem Interesse, es war keine Reaktion auf eine echte Bedrohung.

Rae führte ihre Gäste zur Sitzecke, wo ihr Teller mit Donutkrümeln und einer halb abgepflückten Rebe aus roten Trauben stand, an der sie offensichtlich genascht hatte. Die drei Frauen ließen sich so anmutig auf dem gegenüberliegenden Sofa nahe den Fenstern nieder wie Tauben auf einen Rosenbusch. Rae strich sich nonchalant etwas Donutzucker von der Unterlippe.

Die Frauen tauschten Blicke miteinander aus, und Marie-Therese wurde wohl schließlich stillschweigend als Fürsprecherin ernannt, da sie wieder das Wort ergriff. „Madame von Hannover, wir sind uns nicht sicher, ob Sie sich von Flickas Hochzeit an uns erinnern."

„Nennt mich Rae. Ich erinnere mich daran, dass ihr zwei Flickas Brautjungfern wart. Aber du …" Sie zeigte auf die blonde Frau, die rechts außen saß. „Ich bin mir nicht sicher, ob wir uns schon einmal getroffen haben."

„Ja, da hast du natürlich recht, und entschuldige unser Hereinplatzen. Ich bin Marie-Therese Grimaldi."

Also hatte Rae mit ihrer Vermutung richtig gelegen.

Marie-Therese deutete zu der grünäugigen Frau. „Das ist Josephine Alexandrovna". Dann stellte sie auch die Blondine vor. „Und das ist Kira Augusta, Prinzessin von Preußen."

Rae wusste, was das alles bedeutete. *Halte mich einmal zum Narren, Schande über dich. Halte mich zweimal zum Narren, Schande über mich.* „Schön, dich wiederzusehen, Josephine. Und es freut mich auch, Sie kennenzulernen." Rae amtete tief ein, um etwas Zeit zu gewinnen, bevor sie hinzufügte: „Eure Hoheit."

Die blonde Frau winkte mit einer zierlichen, blassen Hand in der Luft, als würde sie Rauch wegwedeln. „Das ist ein bedeutungsloser Titel. Praktisch nur ein Name. Bitte nenn mich Kira."

Ja, *praktisch* nur ein Name, aber nicht *wirklich* nur ein Name. „Schön, dich kennenzulernen, Kira", korrigierte Rae sich. „Also, Ladies, was verschafft mir diese Ehre?"

Alle drei Frauen neigten gleichzeitig den Kopf, so als wären sie mit der Hand in der Keksdose erwischt worden.

Oh, das würde sicherlich interessant werden.

„Wir möchten uns entschuldigen", sagte Marie-Therese. „Wir wurden getäuscht und wir haben alle – zwar nicht zusammen aber jeweils getrennt voneinander – etwas ziemlich Verwerfliches getan."

Rae war nicht allzu beunruhigt, da bisher nichts Schlimmes passiert zu sein schien. Aber etwas musste für die drei nach hinten losgegangen sein, wenn sie hier so bedrückt auftauchten und vorsorglich um Verzeihung baten. „Du lieber Himmel, was war es denn?"

Alle drei sanken weiter in sich zusammen. Josephine am meisten, Prinzessin Kira am wenigsten. Eigentlich sah Kira im Gegensatz zu den anderen generell nicht besonders beschämt aus.

„Wir wollen unsere eigenen Rollen in dieser Sache nicht herunterspielen", sprach Marie-Therese weiter. „Immerhin haben wir selbst die Entscheidung getroffen, herzukommen."

„Ich habe mich schon gewundert, warum du hier sein könntest, als ich dich in der Lobby gesehen habe", meinte Rae.

„Ja, das." Marie-Therese räusperte sich. „Uns wurde glauben gemacht, dass Wulfram und du nächste Woche nicht heiraten würdet, er vorhätte, die Verlobung aufzulösen, und daher nach einer neuen Beziehung suchen würde."

Der Schock traf Rae wie ein Schwall kaltes Wasser ins Gesicht, und sie ging in Gedanken die letzten paar Wochen mit Wulf durch.

Er hatte zweimal täglich mit seiner Schwester telefoniert, um sich nach dem Fortschritt der Hochzeitsplanung zu erkundigen, weil Rae damit beschäftigt gewesen war, ihre Abschlussprüfungen zu überleben und in ihrem Inneren einen kleinen Menschen heranwachsen zu lassen. Seine Detailgenauigkeit hatte eigentlich nicht erkennen lassen, dass er vorhatte, die Beine in die Hand zu nehmen.

Letzte Woche war er mit Rae zu einer pränatalen Untersuchung gegangen. Als er dort beim Ultraschall den Herzschlag des Babys gehört hatte, hatte er gelächelt und zufrieden genickt, bis sie zurück bei den SUVs waren, wo er sie die ganze Rückfahrt nach Hause über in den Armen gehalten und ihr liebevolle Worte zugemurmelt hatte. Als sie schließlich allein im Schlafzimmer waren, hatte er auf unglaublich sanfte Weise Liebe mit ihr gemacht und sich über die Augen gewischt.

Aber natürlich hatte er sie erst heute Morgen davon überzeugt, dass er Maire-Therese gar nicht *angeschaut* hatte.

Wulf war kein normaler Mann. Er konnte tief in das Innere von anderen Leuten hineinsehen und ihnen zeigen, was sie am meisten sehen wollten. Und seine schimmernde Hülle ließ keine seiner Emotionen nach außen dringen, solange er das nicht wollte.

Rae nahm einen tiefen Atemzug. Wenn sie irgendetwas glaubte, dann, dass Wulf sie liebte.

„Wir sind nicht nur verlobt", sagte Rae und hielt ihre linke Hand hoch. Der Mittelstein ihres Rings, ein blauer Granat, funkelte im Sonnenlicht dunkelblau und scharlachrot auf, und die Diamanten darum herum warfen regenbogenfarbige Lichtfunken an die Wände. Unter dem Verlobungsring steckte ein simpler Platinring an ihrem Finger. „Wir sind seit einigen Monaten verheiratet."

Die Frauen machten sich noch kleiner. Kira saß immer noch relativ normal da. Vielleicht hatte sie nicht so viel getan, was sie bereute.

„Das wussten wir nicht", beteuerte Marie-Therese. „Vielmehr wurde uns das Gegenteil erzählt."

Rae hielt sich für eine nette Frau, eine anständige, gutherzige und wenig nachtragende Frau, und Leute aus dem amerikanischen Westen waren generell freundliche Zeitgenossen, aber nun verspürte sie das Bedürfnis, dieses spezielle Messer noch ein wenig in der Wunde zu drehen. Immerhin hatten diese drei Frauen versucht, ihr den Ehemann zu stehlen.

Rae hob eine Augenbraue und schaute ihnen direkt ins Gesicht. „Und ich bin schwanger."

Marie-Therese und Josephine zuckten zurück, so als hätte Rae ihnen ins Gesicht geschlagen.

Kira schaute hoch und dann zur Seite.

Josephine meinte zu Marie-Therese: „Ich habe dir gesagt, dass wir sie nicht hätten belästigen sollen.

Und ich habe dir gesagt, dass wir nie wieder darüber hätten reden sollen, dann wäre daraus keine große Sache geworden."

„Wir mussten uns entschuldigen", widersprach Marie-Therese. „Irgendwann hätte sie es sowieso hintenrum herausgefunden, und dann würden die Leute es *wissen*. Sie würden darüber *reden*."

Josephine wandte sich an Rae. „Es tut uns wirklich, wirklich leid. Es war ein Missverständnis. Ich war die Einzige, die mit Wulfram geredet hat, und praktisch die ersten Worte aus seinem Mund waren, dass ihr beide bereits verheiratet seid und er die kirchliche Hochzeit definitiv nicht absagen wird. Es tut uns aufrichtig leid. Wir wussten nicht, dass du schwanger bist. Wir wollten dich nicht verärgern."

„Ich bin nicht verärgert", erwiderte Rae, was nur ein kleines bisschen gelogen war. „Aber ich will wissen, wer euch dazu angestiftet hat."

„Ich glaube, das sollten wir besser nicht sagen", zierte sich Kira.

„Es war Phillip von Hannover, Wulframs Vater", platzte Josephine heraus.

Rae rollte mit den Augen. „Oh, natürlich. Was für eine Überraschung."

Marie-Therese nickte. Kira starrte einfach nur die Vase mit den weißen Rosen auf dem Esszimmertisch an.

„Es tut uns unendlich leid, und wir werden so etwas nie wieder tun", fügte Josephine hinzu.

Diesmal nickte sogar Kira.

„In Ordnung", sagte Rae und strich glättend über ihre Hose, eine Geste der Selbstbesänftigung, die so klischeehaft war, dass sie ihr schon fast wieder peinlich war. „Wenn es euch wirklich leidtut, dann beweist es."

„Wie bitte?", erwiderte Marie-Therese.

„Wie in aller Welt könnten wir das?", fragte Josephine.

Kira hob eine Augenbraue.

„Fangen wir mit der Frage an, warum er euch drei ausgewählt hat", meinte Rae.

Kira atmete schnaufend aus. „Ich vermute, weil wir verfügbar waren."

„Weil ich in der Highschool mit Wulfram zusammen war", antwortete Josephine.

„Ich auch", schloss sich Marie-Therese an. „Wenn auch nur kurz. Und es überrascht mich, dass Phillip ausgerechnet mich angerufen hat, weil ich katholisch und zudem mit Pierre verwandt bin. Und du weißt, was Phillip von Flickas Ehemann hält."

Rae nickte. „Und Kira? Warst du auch mal mit ihm zusammen?"

„Nicht als Paar", erwiderte sie, wobei sie weiterhin von Rae wegschaute. „Als wir jung waren, arrangierten unsere Eltern, dass Wulfram mich auf einigen formalen Veranstaltungen begleitete. Vor ein paar Jahrhunderten hätte das noch etwas bedeutet."

Ah, Prinzessin Kira war eine der wenigen Frauen, die Wulfs Vater *guthieß*. „Hat es dir etwas bedeutet?"

Kira zuckte leicht mit einer Schulter. „Das ist nicht mehr von Belang, oder?"

Rae musste sich ins Gedächtnis rufen, dass Wulf sich für *sie* entschieden, *sie* geheiratet hatte, und sich viel Mühe gegeben hatte, sie von seinen Gefühlen zu überzeugen.

Sie nahm einen weiteren tiefen Atemzug. „Wenn

es euch wirklich leidtut und ihr es wirklich nie wieder tun werdet, dann werden wir Folgendes tun."

Während Rae den Frauen ihren Plan erklärte, rutschten Kira und Marie-Therese nervös hin und her und schauten sich besorgt an, aber Josephine begann schelmisch zu grinsen.

Rae lehnte sich in ihrem Stuhl zurück, während das Licht der untergehenden Abendsonne draußen auf dem Schnee zurückreflektiert wurde, und beobachtete die drei Frauen, die Prinzessinnen. Sie saßen alle kerzengerade da, ohne dass ihre Rücken die Lehnen hinter sich berührten, und mit den Fuß- und Handgelenken überkreuzt.

Die Frauen hatten vier Esszimmerstühle so aufgestellt, dass sie Knie an Knie saßen, und Josephine hielt ihr Handy zwischen ihnen in der Mitte und schaute Rae mit ihren großen, hellgrünen Augen an. Ihr zuliebe sprach sie auf Englisch: „Hallo? Eure erlauchte Hoheit?"

Eingebildeter Schnösel.

Nein, das war nicht nett. Immerhin war das Wulfs Vater.

Eine maskuline Stimme, die der von Wulf unheimlich ähnlich war, nur heiserer, ertönte aus den Lautsprechern. „Ja? Großherzogin Josephine?"

„Ähm, ja, Sir. Ich wollte Ihnen nur sagen, dass Sie recht hatten. Ich bin heute Vormittag auf der Skipiste auf Wulfram zugegangen, und er hat gesagt, dass er sein Verhältnis mit der anderen Frau beenden würde, dass er die Hochzeit bereits abgesagt hätte und an einer neuen Beziehung interessiert wäre."

„Wundervoll", sagte er wieder mit Wulfs Stimme. „Ich wusste, dass er die Bürgerliche irgendwann leid sein würde."

Josephine verzog das Gesicht und biss sich auf die Unterlippe, aber Rae winkte ab. Sie hatte nichts anderes erwartet. Vielmehr hatte sie darauf gezählt, dass er sie unterschätzen würde.

„Und er hat gemeint, dass er es sich vorstellen könnte, bald jemanden von seinem Status zu heiraten", erzählte Josephine weiter. „Er hat mich auf eine Tasse heiße Schokolade eingeladen, um das weiter zu besprechen."

„Gut", meinte Phillip. „Es freut mich, dass er das so logisch sieht. Ehen sollten aus logischen, dynastie-bezogenen Gründen geschlossen werden und nicht aus persönlichen."

„In der Tat. Das habe ich auch stets gedacht, Sir." Josephines grüne Augen lachten mit Rae, die ihre Lippen zusammengepresst hatte, um sich vom Kichern abzuhalten.

Sie genoss das viel zu sehr und würde sich wahrscheinlich im Nachhinein dafür schämen.

Irgendwann.

„Also habe ich heiße Schokolade mit ihm getrunken", fuhr Josephine fort. „Da hat er mich gefragt, ob ich ihn heiraten will. Und schon so bald! In nur ein paar Wochen!"

„Wundervoll!", freute sich Phillip. „Als Tochter aus gutem Hause heiße ich Sie nur zu gern in unserer Familie willkommen."

„Wir werden heute Abend gemeinsam zu Abend essen, um die Details zu klären."

„Perfekt."

„Ich danke Ihnen, dass Sie mich über seine Lage informiert haben."

„Die Freude war ganz meinerseits, Josephine."

Josephine beendete den Anruf und fragte dann Rae: „Wie lange sollen wir warten?"

„Nur ein paar Minuten", antwortete Rae und griff hinter sich nach einem weiteren Donut vom Zimmerservicewagen. „Heiße Schokolade klingt ziemlich gut. Sollen wir den Zimmerservice anrufen?"

„Ja, gerne", sagte Josephine.

Während sie sich einige Minuten später alle eine köstliche heiße Schokolade gönnten, lehnte Rae sich zurück und strich mit den Fingern über ihren weich gewordenen Bauch. Die drei Frauen hatten wahrscheinlich alle das *Le Rosey* besucht, das Schweizer Internat, wo Wulf die Vorliebe entwickelt hatte, zweimal täglich Kakao zu trinken. Sie nippte an ihrer Tasse, und die vollmundige Schokolade glitt über ihre Zunge. Der Duft erinnerte sie an gestohlene Küsse zuhause in seinem Büro.

Rae räusperte sich. „Marie-Therese, du bist dran."

Marie-Therese strich sich ihre schwarzen Locken hinter die Schultern zurück, bevor sie ihr Handy aus der Handtasche holte und den Anruf tätigte. „Monsieur von Hannover? Marie Therese Grimaldi hier.

Ich wollte Sie wissen lassen, dass ich mit Wulfram gesprochen habe."

„Ja?", fragte Phillip. Sein Tonfall klang geradezu munter, was Rae unter gewöhnlichen Umständen hätte stören sollen, weil sie genau wusste, warum er so verdammt guter Laune war.

Doch Rae lächelte in dem Wissen, dass hier der zweite Schlag der Uppercut-Serie folgte.

„Er meinte, er hätte es mit dem anderen Mädchen beendet ...", sagte Marie-Therese.

„Ja, ja." Er klang ungeduldig, da das für ihn nichts Neues war, aber Marie-Therese konnte eigentlich nicht wissen, dass er die Geschichte bereits gehört hatte.

„... weil sie ihn nicht verstand und er sehr daran interessiert war, unsere Beziehung neu aufleben zu lassen."

„War er das?" All die gute Laune war aus der Stimme von Wulfs Vater gewichen und von Verwirrung ersetzt worden.

„Ja, er meinte, er hätte eine Offenbarung gehabt."

„Ja, über die Bürgerliche." Sein abtuender Tonfall amüsierte Rae, weil er wirklich besser auf ihre genaue Wortwahl achten sollte.

„Nein, über Gott", widersprach Marie-Therese.

„Gott." Phillips Stimme klang ausdruckslos.

Über das auf Freisprecher geschaltete Handy hinweg funkelten Marie-Giereses dunkle Augen Rae belustigt an. „Ja, und er meinte, wenn ich unvoreingenommen wäre, könnten wir heute beim Abendessen eine äußerst wichtige Angelegenheit besprechen."

Josephine hielt sich eine Hand vor den Mund,

als Marie-Therese *Abendessen* sagte, und ihre schmalen Schultern zuckten vor unterdrücktem Gekicher.

„Beim Abendessen? Sind Sie sicher, dass er *Abendessen* gesagt hat?", fragte Phillip.

„Oh, ja. Er meinte, er hätte im Separee eines Restaurants einen Tisch für vier Personen reserviert."

„Für *vier*?"

„Oh, ja, Sir. Ich muss jetzt gehen. Ich rufe Sie später am Abend nochmal an und erzähle Ihnen, wie es gelaufen ist."

„*Moment!* Hat er wirklich *vier* gesagt?"

Marie-Therese legte auf.

Rae gab dem Lachreiz nach, der schon die ganze Zeit über in ihrer Kehle gekitzelt hatte, und prustete los. Zu lachen war so viel besser, als zu weinen oder vor Wut zu schreien.

Wenn sich das herumsprach, würde Rae mit etwas Glück nie wieder Einmischungen in ihre Beziehung abwehren müssen. Wulf hielt die Intrigen der oberen Gesellschaftsschichten für ach so hinterhältig, aber das war nichts verglichen mit einer Kleinstadt, die von den meisten Formen der Unterhaltung und Kultur abgeschnitten war.

Kira schaute Rae mit einem kleinen, hoheitsvollen Lächeln reservierter Amüsiertheit an. „Wann soll ich anrufen?"

Rae sah auf ihrem Handy nach der Uhrzeit. Wulf würde bald zurückkommen, und davor wollte sie die anderen Frauen wieder wegschicken. Wulf trug bereits genug emotionalen Ballast mit sich herum, und er musste nicht noch Raes Kämpfe für sie austragen, nicht wenn sie eine Armee von Prinzessinnen hatte, die eben das tun konnten. „Warten wir eine Minute."

Marie-Thereses Handy wurde von einer deutschen Nummer angerufen, aber sie ließ die Mailbox rangehen, während sie vier sich kichernd ausmalten, was wohl gerade im Schloss Marienburg vor sich ging. Rae hoffte nur, dass die Schlossbediensteten nicht darunter zu leiden hätten.

Die Uhranzeige auf Raes Handy wechselte zur nächsten Minute und ihr raubtierhaftes Lächeln wurde breiter. „Kira, du bist dran."

Ein boshaftes Leuchten lag in Kiras hellblauen Augen.

Die Prinzessin könnte das hier tatsächlich genießen, und Rae freute sich, dass sie zumindest einen kleinen Teil in Kiras Rebellion gespielt hatte.

„Herr von Hannover?", sprach Kira ins Handy. „Ich bin es, Kira Augusta. Ich habe gute Neuigkeiten für Sie."

WULF

Wulf verließ den Aufzug und schritt den Korridor entlang, flankiert von seinen Männern. Hans öffnete die Tür zur Suite und ging vor ihm hinein.

Im Inneren bot sich Wulf eine Szene wie in seinen schlimmsten Alpträumen.

Nein, nicht diese Art Alpträume, nicht der blutige Tag, an dem Constantin gestorben war, oder die Male, wo jemand auf ihn, Rae und Flicka geschossen hatte.

Ihn plagten noch andere Alpträume, und sicherlich war einer der schlimmsten von diesen, dass seine wunderschöne Rae von zwei seiner Ex-Freundinnen und der Frau umringt war, mit der ihn sein Vater hatte verkuppeln wollen.

Die anderen Frauen tummelten sich um Rae herum.

Da sie ihn nicht hatten umstimmen können, versuchten sie vielleicht gerade, die Ohren seiner Frau mit Lügen zu füllen.

Kalter Schweiß sammelte sich unter seinem Anzug. Wenn Reagan ihn mit traurigen großen braunen Augen anschauen würde, würde er sofort nach Deutschland fliegen und seinen Vater mit bloßen Händen erwürgen.

Kira, eine Prinzessin von Preußen, hielt ihr Handy vor sich in der Hand und sie alle schienen über die Freisprechfunktion zuzuhören. Sie hatten einige Stühle so zusammengerückt, dass sich ihre Knie berührten. „Ja, ich bin ebenso geschockt wie Sie", sprach Kira ins Handy. „Aber das ist, was Sie und meine Eltern geplant haben. Mir macht nur der Schleier Sorgen."

Die anderen drei Frauen – Viscontessa Marie-Therese Grimaldi, Großherzogin Josephine Alex-androvna und seine Frau – hielten sich mühsam beherrscht eine Hand vor den Mund, um nicht zu lachen, und drohten mit ihrem Verhalten Kiras Konzentration zu brechen.

Erleichterung durchströmte Wulf angesichts Raes Erheiterung. Er nahm einen tiefen Atemzug.

Rae und die anderen zwei schweigenden Frauen atmeten schwer durch die Nase ein, um nicht laut loszulachen. Sie waren alle so auf das Handy konzentriert, dass sie gar nicht bemerkten, wie Wulf über dem Holzboden auf sie zuging.

Er beugte sich in ihren Kreis – der leichte, blumige Duft ihrer Rosen- und Jasminparfüms erhob sich wie Nebel um sie herum – und meinte: „Das kann nichts Gutes sein."

Kira schaute zuerst hoch. Ihre hellblauen Augen begegneten seinen. „Ich muss gehen. Ich melde mich später wieder bei Ihnen", sagte sie zu ihrem Gesprächspartner.

Ihre Finger senkten sich gerade aufs Handydisplay, als Wulf die Stimme seines Vaters kreischen hörte: „Das können Sie nicht ernst meinen! Sicherlich nicht!"

Oh, Allmächtiger. Wulf klaubte das Handy aus Kiras Hand, bevor sie auflegen konnte. „Vater, was haben sie dir gesagt?"

„Wulfram!" Die Stimme seines Vaters begann, sich leicht heiser anzuhören.

Wulf richtete sich auf und hielt das Handy vor seinen Mund. „Was haben sie dir gesagt?"

„Drei verschiedene Frauen haben mich angerufen und mir erzählt, dass du die Bürgerliche abserviert hättest, aber stattdessen zum Islam konvertiert wärst und ihnen vorgeschlagen hättest, eine polygame Ehe zu führen! Und sie haben alle Ja gesagt! Gütiger Gott, Wulfram!"

Die vier jungen Frauen hielten sich nun beide Hände vor den Mund, aber das reichte nicht ganz, um ihr Kichern zurückzuhalten. Sie genossen die hörbare Qual seines Vaters viel zu sehr, besonders seine Frau, deren vergnügtes Glucksen in lautes, boshaftes Gelächter auszubrechen drohte.

Wulf war sich bewusst, dass die Vorurteile seines Vaters, die ihn gerade darüber verzagen ließen, dass sein Sohn den Glauben gewechselt haben könnte, ihn überhaupt erst in diese missliche Lage gebracht hatten. Rae hatte diese Schwäche bewusst ausgenutzt.

Brillant.

Er hätte nichts anderes von ihr erwartet.

„Du hast diesen Plan ausgetüftelt", sagte Wulf zu Rae.

Sie nickte, immer noch vor sich hin kichernd.

„Erinnere mich daran, dich niemals zu verärgern."

„Es ist nicht wahr, oder?", fragte sein Vater mit flehendem Tonfall. „Du bist nicht zum Islam konvertiert und nimmst dir *drei Ehefrauen!*"

Wulf zögerte.

Jeder weitere Moment, in dem er das Missverständnis nicht aufklärte, ließ seinen Vater tausend Tode sterben, aber der Mann hatte sich das selbst eingebrockt.

Er zögerte seine Antwort noch etwas länger hinaus, hauptsächlich, um Raes teuflischen Plan zu bewundern. Sie hatte seinem Vater genau das gegeben, was er gewollt hatte: *alle drei* Frauen, die er losgeschickt hatte, um Wulfs Ehe zu zerstören.

Wulf hielt das Handy so von sich weg, dass sein Vater nicht hören konnte, wie er zu Rae sagte: „Ich kann mich nicht entscheiden, ob du einen besseren Machiavelli oder einen Borgia abgegeben hättest."

„Borgia", meinte Rae durch ihre Finger und mit vergnügt funkelnden Augen. „Definitiv einen Borgia."

„Dann bin ich vorgewarnt." Aufgebrachtes Geschrei drang immer noch aus Kiras Handy in seiner Hand.

Sicherlich war sein Vater nun lange genug für sein Fehlverhalten bestraft worden. Er hob das Handy wieder vor seinen Mund, um etwas zu sagen.

„Wulfram, ich *verbiete* dir das!", schrie sein Vater. „Du wirst diese Frauen jetzt *sofort* verlassen und zurück nach Deutschland kommen."

Wenn Wulf noch ein Teenager gewesen wäre, hätte er bei diesen Worten rebelliert. Allerdings war er schon mit fünfzehn rechtlich emanzipiert gewesen.

Wulf seufzte, schob die Aufklärung weiter hinaus.

„Der *Islam*!", tobte sein Vater. „Welch eine Schande! Du hast Schande über unseren Familiennamen und unser Haus gebracht! Ich werde mir den Titel des Oberhauptes von dir zurückholen!"

Das war eine gewählte Position und nicht etwas, das sein Vater ihm verliehen hatte. Wulf fragte sich, wie lange er noch herumtrödeln sollte, bevor er seinen Vater von seinem Leid erlöste.

„Du warst schon immer impulsiv und ungehorsam!", schrie sein Vater weiter.

Wenn ihm so etwas an den Kopf geworfen wurde, musste Wulf sich einfach die Zeit nehmen, tief einzuatmen und die schneebedeckten Berge draußen vor den raumhohen Fenstern noch etwas länger zu betrachten, um seine Fassung wiederzuerlangen, seine Optionen abzuwägen oder um zumindest seine Strategie zu entscheiden.

„*Wulfram*! Ich verlange eine Antwort!"

Die Frauen wanden sich immer noch vor unterdrücktem Gelächter.

Er sollte das nicht zu lange hinauszögern. „Vater, ich bin nicht zum Islam konvertiert und beabsichtige das auch nicht. Du bist Opfer einer Intrige geworden, die dem elisabethanischen Hofe würdig wäre. Du solltest dich dafür schämen, dass man dich so leicht reinlegen konnte."

Verständnisloses Stottern ertönte vom anderen Ende der Leitung.

Die Frauen ließen ihre Hände runtersinken, und ihr Gelächter erfüllte die kleine Suite, hallte von den kristallenen Kerzenleuchtern und rustikalen Fenstern wider.

Wulf ging mit Kiras Handy in der Hand ins Schlafzimmer und schloss sanft die Tür hinter sich.

Um sich absolut unmissverständlich auszudrücken, wechselte er ins Deutsche: „Aber viel wichtiger, wenn es sich herumsprechen würde, dass du diese drei Frauen in deine Machenschaften verwickelt hast, wären sie ruiniert. Niemand würde ihnen mehr trauen, nicht nachdem sie an so einem Komplott beteiligt waren."

Seit vielen Generationen hatte man von Prinzessinnen bekanntermaßen Jungfräulichkeit und Tugendhaftigkeit verlangt, allerdings wurden Naivität und der Versuch, jemand anderem den Ehemann auszuspannen, auch nicht toleriert.

„In Gottes Namen, Wulfram! Bist du wirklich nicht zum Islam konvertiert?", wollte sein Vater wissen.

Wulf zögerte wieder, sich völlig bewusst, dass sein Vater nur aufgrund seiner unzumutbaren Vorurteile so von seinem Schweigen gefoltert wurde. „Nein, bin ich nicht."

„*Gott sei Dank*."

Wulf fragte sich, ob sein Vater sich der Ironie der Situation bewusst war. „Du darfst niemandem von diesem dämlichen Sabotageversuch erzählen. Diese Frauen hatten es nicht verdient, so von dir ausgenutzt zu werden. Und wenn du doch jemandem davon erzählen solltest, wirst du nur wie ein Idiot aussehen, der ihrem kleinen Racheplan ahnungslos auf dem Leim gegangen ist."

„Also hast du dich nicht von der Bürgerlichen getrennt?"

„Ganz sicher nicht, und du weißt nur zu gut, dass wir bereits geheiratet haben. Darüber habe ich dich am Morgen vor der Trauung informiert."

„Warum solltest du so eine Frau heiraten wollen?", schimpfte sein Vater weiter. „Sie ist unter deiner Würde."

„Ich war noch nie so beleidigt", durchschnitt Wulf mit scharfer Stimme das Murren seines Vaters. „Sowohl um ihretwillen als auch wegen deiner Unterstellung, dass du mir einfach irgendwelche Frauen vorsetzen müsstest, um mich davon abzuhalten, sie zu heiraten."

„Wir haben nichts mit ihr gemeinsam."

Wulf rieb sich über die vom grellen Sonnenlicht müden Augen. Er sollte seinem Vater besser gar nichts erzählen, weil es keinen Unterschied machen würde, aber er konnte es einfach nicht lassen. „Ich kann mit ihr *reden*. Ich kann ihr alles sagen, und sie versteht mich. Sie hat ein gutes Herz und wird die Welt verbessern. Und sie ist klüger als du und alle anderen, die wir kennen."

Sein Vater schnaubte: „Sie ist nur eine Bürgerliche."

Wulf bebte vor Zorn. „Du hast jede Frau, die du jemals in deinem Leben hattest, zerstört. Und ich weiß von *Dutzenden*. Du gehst zu leichtsinnig und grausam mit ihnen um. Ich danke Gott jeden Tag dafür, dass ich Flicka von dir weggeholt habe, bevor du sie auch zerstören konntest."

Er hörte ein Klicken hinter sich und drehte sich um. Rae stand an der Schlafzimmertür, ihre Augen waren überrascht geweitet. „Alles okay?", fragte sie.

Wulf wechselte ins Englische. Rae musste das hören, damit sie nichts anderes befürchtete. Also sagte er zu seinem Vater: „Halte dich von mir fern, und halte dich von Reagan fern, oder ich schwöre bei Gott, dass ich dich mit allen Mitteln aufhalten werde. Ich werde Schloss Marienburg schneller verkaufen, als du blinzeln kannst, und den Erlös für einen wohltätigen Zweck spenden."

„Das würdest du nicht wagen!", brüllte sein Vater.

Wulf sprach mit eisig-beherrschter Stimme weiter: „Das werde ich. Diese Immobilie hat einen negativen Cashflow und ich behalte sie nur, um dich bei Laune zu halten."

„Wo soll meine Cousine Elizabeth ihre Geburtstagsfeiern veranstalten, wenn nicht in Schloss Marienburg?"

„Im Buckingham Palace, nehme ich an. Ich kann auch die Gelder kürzen oder ganz streichen, die du von den Investitionen unseres Hauses bekommst. Dein Einkommen würde um gut neunzig Prozent sinken, wenn du nur noch die Erträge deiner persönlichen Investitionen zur Verfügung hättest." Wulf schaute direkt in Raes entsetztes Gesicht, während er mit seinem Vater sprach. „Was ich damit sagen will: Versuche nicht, meine Ehe, meine Hochzeit nächste Woche oder den Rest meines Lebens zu ruinieren, oder es wird ernsthafte Konsequenzen haben. Ich werde keine weiteren Einmischungen dulden."

Sein Vater setzte zu Widerworten an.

Wulfs Stimme wurde ruhiger. „Außerdem wirst du irgendwann vor Weihnachten Großvater werden. Auf Wiederhören." Er drückte den roten Telefonhörer auf dem Display und war sehr versucht, das Handy gegen die Wand zu schleudern.

Aber es war nicht sein Handy, und er war zu

zivilisiert, um so etwas Demonstratives und Kindisches zu tun. Anstatt der Versuchung nachzugeben, schob er Kiras Handy in seine Tasche.

„Wulf, geht es dir gut?" Raes Augen waren immer noch kugelrund.

„Natürlich", brachte er mühsam heraus.

Innerhalb eines Herzschlages stand sie neben ihm und griff nach seiner Hand. „Du zitterst."

„Tue ich nicht." Vollkommen unmöglich.

Ihre Hände streichelten über seinen Arm und glitten dann in sein Haar. „Es ist okay. Mir ist nichts passiert."

Er schmiegte seine Wange an ihre Handfläche. „Josephine ist mir heute auf der Piste begegnet und hat mir erzählt, was mein Vater vorhatte. Ich dachte, damit wäre alles erledigt, aber als ich sie hier mit dir zusammensitzen sah, befürchtete ich, dass dich diese Sache verletzt haben könnte. Nie war ich erleichterter, dich lachen zu sehen. Es erstaunt mich, dass mein Vater so etwas versucht hat, dass irgendjemand so etwas Niederträchtiges versuchen würde. Das hätte ich ihm nicht zugetraut, aber offensichtlich habe ich mich geirrt."

„Nun, er hat bekommen, was er verdient hat."

„Oh ja."

Sie lächelte ihn an. „Ich habe die anderen heute Abend zum Essen eingeladen, gegen acht Uhr."

Wulf rieb sich über die schmerzende Stirn. „Das ist sehr großzügig von dir."

„Sie sind zurück auf ihre Zimmer gegangen, um sich frisch zu machen."

„Gut." Wulf schaute auf. Hinter den durchsichtigen Vorhängen vor den Fenstern absorbierte der Schnee das orangefarbene und scharlachrote Licht der untergehenden Sonne. „Eine Sache verstehe ich immer noch nicht."

„Was denn, Schatz?" Ihre Finger wanderten an seinem Hemd hinunter.

„Der erste Schnee der Saison ist letzte Woche gefallen. Wir haben die Reservierung für die Skihütte erst vor ein paar Tagen getätigt." Der frische Schnee glitzerte draußen vorm Fenster. „Woher wusste er, dass wir hier sein würden?"

RAE

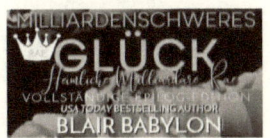

In diesem Moment interessierte es Rae nicht sonderlich, wie Wulfs Vater herausgefunden hatte, dass sie beide im Juni in Argentinien sein würden. Sie verschränkte ihre Finger mit denen von Wulf, die immer noch kalt von draußen waren.

Wulf schloss sie in seine Arme. „Als ich reinkam und euch zusammen sah, dachte ich, dass sie dir schreckliche Dinge erzählen könnten, um uns auseinander zu bringen."

Sie kuschelte sich an seine Brust. Offensichtlich hatte er geduscht, bevor er ins Hotel zurückgekommen war, denn er roch sauber, nach einem Hauch von Seife und sauberem maskulinem Moschus, aber sein übliches Aftershave fehlte. Rae legte ihre Wange an seine Schulter und atmete an seinem Hals ein, inhalierte seinen urtümlichen Geruch. Er machte sie schon beinahe schwindelig. „Ich vertraue dir", sagte sie.

Sie berührte seinen Hals mit den Lippen und

spürte, wie er scharf einatmete. „Warum in aller Welt würdest du dem Dom des Devilhouse vertrauen?", fragte er. Seine tiefe Stimme vibrierte unter ihren Lippen. „Ich bin praktisch die Verkörperung des Hedonismus."

„Zunächst einmal bist du nicht mehr der Dom, und ich vertraue *dir*. Selbst wenn die Prinzessinnen gelogen und mir erzählt hätten, dass du mich betrügen wolltest oder vorhättest, mit mir Schluss zu machen, hätte ich dir weitaus mehr vertraut als drei Frauen, die ich nicht einmal kenne."

Wulfs Hand senkte sich langsam an ihrem Rücken hinunter. „Das werde ich im Hinterkopf behalten, wenn böse Prinzessinnen das nächste Mal versuchen sollten, uns auseinanderzubringen."

„Aber bereust du es?", fragte sie.

„Bereue ich was?"

„Sagen wir einmal, ich wäre zurück nach Pirtleville gegangen."

„Ich wäre dir gefolgt und hätte dich schließlich davon überzeugt, mit mir fortzugehen."

„Na gut. Sagen wir, du hättest mich nie getroffen. Sagen wir, ich wäre nicht mit Georgie und Lizzy auf diese Devilhouse-Party gegangen."

„Was für eine schreckliche Vorstellung", sagte er. Er fing ihre Hand ein, die sich zu seinem Hals hochbewegt hatte, und hob ihr Handgelenk an seine Lippen.

„Hättest du dann eine von ihnen geheiratet?"

„Ich hätte mich immer noch im Devilhouse verkrochen, mit allem, was *das* beinhaltet."

„Das habe ich nicht gemeint. Du hättest letztendlich eine von ihnen heiraten müssen."

„Ich sage es dir in aller Ehrlichkeit: Wahrscheinlich hätte ich so weitergemacht wie bisher. Ich hatte nicht vor zu heiraten. Erst nachdem ich dich kennengelernt habe, wollte ich *dich* heiraten."

Er hatte wieder seine schimmernde Hülle um sich herum aufgebaut, was nicht bedeutete, dass sie diese Antwort nicht hatte hören wollen. Es bedeutete wahrscheinlich nur, dass Wulf sich in diesem Augenblick noch zu verletzlich fühlte, um sein Inneres ganz bloßzulegen.

Wie immer tat es ihr im Herzen weh, ihn so zu sehen.

Rae hob eine Hand an seinen Hinterkopf und zog seinen Mund auf ihren runter.

Sein sanfter Kuss war federleicht, aber sie schlang entschlossen ihren Arm um seinen Hals und zerrte ihn näher zu sich, küsste ihn inniger.

Seine Arme packten sie fester, und seine Lippen pressten sich eindringlicher auf ihre, saugten an ihrem Mund. Dann löste er sich für einen Moment, um zu fragen: „Bist du sicher? Wir haben es erst heute Morgen getan."

„Du weißt doch, was man so über Schwangerschaftshormone sagt", erwiderte sie. Rae griff nach Wulfs Schultern. Sie war nur zehn Zentimeter kleiner als er, also konnte sie problemlos ihren Mund zu seinem heben, bevor sie ihn leidenschaftlich küsste.

Er knurrte und hob sie hoch, trug sie zum Bett. Sie hatte vor ein paar Monaten aufgehört, dagegen zu protestieren, wusste aber, dass es bald an der Zeit war, dass er damit aufhören musste. Wahrscheinlich in circa zwei Monaten.

Aber für den Moment genoss sie das Gefühl, von Wulfs starken Armen getragen zu werden, während sie ihn küsste.

Er setzte sie auf dem Bett ab, das von ihrem Nickerchen immer noch unordentlich war, und kletterte über sie, küsste sie, während sie mit ihren Händen über seinen langen, schlanken Körper fuhr, der unter dem Anzug aus harten Muskeln und golden schimmernder Haut bestand. Sie wollte mehr.

Er wisperte nah an ihrem Ohr, sein Atem strich durch ihr Haar. „Das Kopfende könnte sich als ziemlich nützlich erweisen, mit all diesen Metallstangen. Vielleicht werde ich dich zum Gedenken an meine alten Dom-Tage daran festbinden."

Das war nah dran, aber nicht ganz das, was Rae im Sinn hatte.

Auch wenn sie Wulf vertraute, hatte es ein paar heikle Momente gegeben, in denen die Prinzessinnen ihr Bild von ihm und davon, wie seine Freunde Rae sehen mussten, ins Wanken gebracht hatten. Daher stand ihr mehr der Sinn danach, ihn zu fesseln, um ihn daran zu erinnern, warum er eine starke Frau gewählt hatte und keine schwächliche kleine Prinzessin.

Rae winkelte ihr Bein an, stellte ihren Fuß aufs Bett und stieß Wulf auf den Rücken.

Er lachte leise und griff nach ihren Handgelenken, hatte offensichtlich vor, sie dazu zu bringen, sich ihm zu unterwerfen. Aber Rae wich ihm aus und packte seine Kehle mit ihren Zähnen.

Er streckte seinen Hals unter ihrem Mund und zog scharf die Luft ein.

Sie griff nach seinen Handgelenken, kletterte auf

ihn drauf und hob seine muskulösen Arme hoch, bis seine Finger das Kopfende berührten. „Halt dich daran fest", wisperte sie an seinem Ohr. „Lass nicht los."

Wulfs Finger schlangen sich um das runde Metall. „Ich will dich berühren."

„Lass *mich dich* berühren."

Das tiefe Stöhnen, das aus seiner stämmigen Brust unter ihr ertönte, klang eher schmerzerfüllt als leidenschaftlich.

Rae zog ihn aus. Sie knöpfe sein Hemd auf, ließ ihre Finger über seine runden Brustmuskeln wandern und schob den glatten Stoff über die dicken Muskelstränge seiner Arme. Sie ließ es zu, dass er gerade lang genug das Kopfende losließ, um ihm das Hemd ganz abzustreifen. Das kunstvolle Tattoo auf seinem Rücken kam nun zum Vorschein – das Schwarz, Grün und kräftige Rosa der Kirschblüten wirbelte um den weißen Drachen im Zentrum herum, wo das vernarbte Gewebe nicht mehr so leicht tätowiert werden konnte. Raes Finger zuckten darauf zu, aber manchmal wurde Wulf ganz still, wenn er wusste, dass sie es erforschen wollte, also zog sie ihre Hände wieder zurück.

Sie öffnete seinen Gürtel und zog seine Anzughose zusammen mit seiner Boxershorts an seinen langen Beinen hinunter, streifte dabei die kräftigen Sehnen in seinen Oberschenkeln und Waden.

Als sie ihn schließlich nackt vor sich hatte – seinen ganzen ein Meter neunzig langen, muskulösen Körper, so golden wie das Sonnenlicht – atmete er so schwer, als wäre er gerade einen Marathon gerannt. Sein definierter Waschbrettbauch hob sich mit jedem flachen Atemzug.

Rae saß rittlings auf ihm, hatte ihre Knie links und rechts neben seiner Hüfte und sein spürbar steifes Glied unter sich, und knöpfte ihre Bluse auf. Die kleinen Knöpfe glitten unter Wulfs hungrigem Blick durch die Löcher. Sein Kopf lag hoch auf einem Kissen, und sie konnte schwören, dass er nicht einmal blinzelte, während sie sich für ihn auszog. Seine Fingerknöchel wurden weiß, wo er das Kopfende fest umklammerte.

Ja, er dachte gerade ganz und gar nicht an Zahlen, Blut oder Prinzessinnen, die sich wie Pferdediebe aufführten. Rae würde all ihr Geld darauf verwetten, dass sein Kopf mit nichts anderem gefüllt war als mit Testosteron gespeistem Feuer.

Sie glitt kurz vom Bett runter, um sich ihrer Hose und ihres Slips zu entledigen, und kletterte dann wieder auf ihn drauf, um sich an seinem starken Körper auszustrecken. Sich an seine festen Muskeln zu schmiegen fühlte sich an, wie auf einem trockenen Flussufer aus Steinen zu liegen, die von der Sonne gewärmt und vom Wasser geglättet waren.

Er erschauerte unter ihr, seine Muskeln spannten sich angestrengt an.

Rae küsste seinen Hals und den harten, runden Muskel seiner Schulter, und jedes Stöhnen von ihm klang qualvoller als das zuvor. Wulfs natürlicher männlicher Moschusduft füllte ihre Nase und ihren Mund.

Sein Arm zuckte unter ihrer Zunge.

Rae war sich sicher, dass er das Kopfende ganz kurz losgelassen haben musste, bevor er sich selbst wieder korrigiert hatte.

Rae lächelte, ihr Atem wärmte die Haut an seinem Hals.

Ja, es war wundervoll, wenn ein Mann die Kontrolle übernahm und man sich ganz den Empfindungen hingeben konnte, aber manchmal war es auch ein großer Spaß, wenn der Mann jegliche Kontrolle aufgab und es einem erlaubte, seinen Körper zu erkunden, sein hartes Fleisch zu berühren, die Konturen seiner Muskeln mit der Zunge nachzuzeichnen, mit ihm zu tun, was man wollte, obwohl er unter den Liebkosungen merklich zitterte, da er sich nur noch mühsam beherrschen konnte.

Und manchmal will man ihn einfach nur so weit reizen, dass ihn der animalische Instinkt übermannt, sodass selbst Wulfram Augustus Heinrich Ernst Georg Berthold Friedrich Wilhelm Louis Ferdinand Prinz von Hannover an nichts anderes denken kann als an *dich*.

Rae wanderte zu seinem Ohr hoch. Ihr volles, kastanienbraunes Haar fiel um sie beide herum, einzelne Strähnen sammelten sich dort, wo das Tattoo den Deltamuskel seiner Schulter verzierte, und sie wisperte: „Du kannst jetzt loslassen."

Wulf rollte sie herum, sein Mund stürzte auf ihren herunter und seine Hände fanden Raes Handgelenke, um sie auf dem weichen Bett gefangen zu halten. Seine samtweiche Haut glitt über ihre, und er presste sie mit seinem Gewicht nach unten. Sie erhaschte einen Blick auf sein Gesicht, als er sich von ihr löste, um Luft zu holen. Seine dunkelblauen Augen waren glasig vor Leidenschaft.

Seine Hände und sein Mund waren überall, packten sie und saugten an ihrem Fleisch und ihren

Brüsten, und innerhalb weniger Minuten hielt sie es kaum noch aus, aber er war noch nicht mit ihr fertig.

Wulf drehte sie auf den Bauch und schloss sie in seine Arme, zog sie hoch auf ihre Knie, damit sie sich gegen seinen muskulösen Körper zurücklehnte. Seine Hände wanderten über ihre Vorderseite, kneteten ihre Brüste und glitten an ihrem Bauch hinunter zu ihrer Körpermitte. Rae wölbte ihm ihren Rücken entgegen, während er ihr geschwollenes Fleisch streichelte und sie massierte, und dann glitten seine Finger in sie und liebkosten sie, bis sie sich hilflos umherwandte, sich umdrehen wollte. Doch seine Arme pressten sich enger an ihre Hüften und Brüste, hielten sie fest, während er sie mit seinen Fingern in ihrem Inneren immer wieder bis an die Grenzen der Lust trieb, aber nie ganz über die Kante. Bis sie voller Verlangen seinen Namen rief.

Anschließend wirbelte er sie in seinen Armen herum und drückte sie aufs Bett runter, fiel und bremste sich über ihr, bevor er ihre Oberschenkel mit seinem Knie auseinanderspreizte.

Dann drang er in sie ein, füllte sie bis zum Limit aus, und sie umschlang haltsuchend seinen Hals. Sie versuchte, seinen Oberkörper zu sich runterzuziehen, aber Wulf beobachtete sie mit feurig lodernden dunkelblauen Augen. Sein Körper glänzte mit einer frischen Schweißschicht. Seine Nasenlöcher weiteten sich bei jedem Atemzug, als würde er versuchen, sich zu kontrollieren, aber scheitern.

Rae senkte eine Hand zu seiner Wange, und er wandte den Blick nicht von ihren Augen ab.

Er stieß immer wieder in sie, ein Schauer fuhr durch ihren Körper, während sein Körper sich an ihrem rieb. „Ich hätte dich niemals gehen lassen", raunte er.

„Ich hätte dich niemals verlassen." Aus den kleinen Schauern wurden hoch aufsteigende Wogen der Lust, als er schneller in sie eindrang, und ihr Kopf begann zu schwirren.

Er rammte sich in sie, nahm sie hart. Ihr Körper pulsierte mit jedem seiner Stöße, zog sich zusammen, umklammerte ihn, bis sie nicht einmal mehr ihren eigenen Atem hören konnte. Ekstase schoss an ihrer Wirbelsäule hoch, ihr Körper wölbte sich, und er grunzte zwischen zusammengebissenen Zähnen, fand seine Erlösung in ihr, bevor er über ihr zusammenbrach. „Ich liebe dich. Ich *kann* dich nicht gehen lassen", keuchte er an ihrer Schulter.

Die Wellen der Leidenschaft brachen über ihr ein, blendeten sie mit ihrer Intensität. Sein schwerer Körper presste sie auf die weiche Matratze runter, während sie unkontrolliert zitterte.

Als ihr Orgasmus langsam abklang, strich sie über Wulfs Haar, seine blonden Strähnen glitten wie Seide durch ihre Finger. Er küsste ihre Schulter und die Seite ihres Halses.

Gerade als er sich von ihr wegschob, stieg vor Raes innerem Auge wieder ein Bild der drei Prinzessinnen auf. Jede von ihnen wäre eine angemessenere, logischere Wahl als jemand wie sie gewesen: eine bedürftige, unsichere Bürgerliche.

Verdammt. Sie waren ihr wirklich unter die Haut gegangen.

„Bereust du es, dass du keine Prinzessin geheiratet hast?", platzte es aus ihr heraus.

Wulf, der entspannt auf dem Rücken dalag, lachte leise. Seine Atmung ging immer noch leicht unregelmäßig, als er sich mit einer Hand durchs Haar fuhr, was bei ihm ein Zeichen von Erschöpfung war.

„Warum sollte ich eine Prinzessin heiraten wollen, wenn ich eine Domme haben kann?"

ENTFÜHRT

EIN „HEIMLICHE MILLIARDÄRE: RAE UND WULF"

-Epilog, #5

ENTDECKUNG

Wulf von Hannover saß am Schreibtisch in seinem kleinen Homeoffice, einem bunkerähnlichen Raum tief im Hauptbereich seines Hauses, und klickte auf ein Symbol auf dem Computerbildschirm. Der riesige, gewölbte Monitor zog sich um seinen gesamten Schreibtisch herum, sodass Wulf die Entwicklung von hunderten Aktien in Echtzeit verfolgen konnte. Der Computer begann leise wummernd herunterzufahren.

Wulf reckte seine Arme über den Kopf. Das steife Narbengewebe an seinem Rücken verhinderte, dass sein rechter Arm sich so weit hob wie sein linker, aber indem er nach seinem Ellenbogen griff, holte er noch ein paar weitere Zentimeter heraus.

Die schiere Anzahl der Aktienpositionen, die er an diesem Morgen hatte anpassen müssen, ließ ihn ganz schwindelig zurück, aber er würde sich hiernach eine Woche freinehmen – eine ganze Woche, versicherte er sich selbst – um Rae in drei Tagen in der Schweiz zu heiraten. Es war nur die kirchliche

Hochzeit, weil sie bereits vor ein paar Monaten standesamtlich in Frankreich geheiratet hatten, kurz bevor sie herausgefunden hatten, dass Rae schwanger war und Wulfs Leben sich unwiderruflich verändert hatte.

Ein kleines Lächeln umspielte seine Lippen.

Es hatte sich vollkommen und grundlegend verändert, und in sechs Monaten würde es das erneut.

In diesem Zeitraum wollte er seiner jungen Frau alles bieten, was sie in ihren einundzwanzig Jahren bisher verpasst hatte. Er wollte die Zeit verlangsamen und diese Monate in Ruhe auskosten, jeden einzelnen Moment, weil er keine Sekunde davon vergessen wollte.

Wulf reckte sich weiter, streckte den Rücken und seine harten Bauchmuskeln durch, während der Monitor sich langsam verdunkelte. Der gewölbte Bildschirm war beinahe so breit wie seine ausgestreckten Arme, über einen Meter achtzig.

Ihn erwartete eine ganze Woche ohne das psychotische Flackern von Aktiensymbolen und Preisen, ohne die Manipulierung der Welt durch die Ebbe und Flut der Währungen und des Kapitals.

Wie sollte er das nur überleben?

Er würde eine geeignete Ablenkung finden müssen.

Oder mehrere Ablenkungen.

Wulf lächelte im Dunkeln, während er auf seinem Stuhl nach hinten rollte, um sein kleines Kommandozentrum zu verlassen. Ein letzter Blick in die untere rechte Ecke des Bildschirms, der gleich schwarz werden würde, bestätigte ihm, dass es beinahe zwei Uhr nachmittags war und er das Mittagessen verpasst hatte.

Na ja, so war es halt. Jedenfalls blieb ihm gerade noch genug Zeit, um seinen Kulturbeutel zu packen, bevor die Wagen zum Flughafen losfuhren und ihr gemietetes Flugzeug sie in die Schweiz bringen würde. Ihre Hochzeitsoutfits waren bereits gestern, nach der finalen Anprobe, von seiner Schwester Flicka abgeholt worden, die vorausgeflogen war.

Seltsam, dass seine Haushälterin Rosamunde ihn nicht zum Mittagessen gerufen hatte, als Rae von ihrem Treffen mit ihren Dozenten nach Hause gekommen war. Rae arbeitete über den Sommer an zwei unabhängigen Studienprojekten: eine Forschungsarbeit über verhaltensökonomische Interventionen in Autismus-Spektrumsstörungen und eine über multiple Persönlichkeitsstörungen. Dafür waren mehrere Besprechungen nötig, sogar an dem Tag, an dem sie beide zu ihrer kirchlichen Hochzeit in der Schweiz aufbrechen wollten.

Wulf verließ sein Büro und folgte dem Korridor, der zu den Hauptzimmern führte.

Normalerweise wurde an den Nachmittagen geputzt, aber die hellbraunen Möbel des geräumigen Empfangszimmers standen unberührt in dem leeren Raum. Große Topfpflanzen – sein verspäteter Versuch, den Wüstenfarben etwas von der grünen Üppigkeit des Schwarzwaldes zu verleihen – wiegten sich in der frischen Luft, die die Klimaanlage hineinblies, und filterten die durch die hohen Fenster hereinfallende Wüstensonne. Der Pool und der Hof draußen erstreckten sich hinter dem dicken, schusssicheren Glas.

Sein Magen rumorte, und Wulf presste über

seinem weißen Hemd eine Hand darauf. Er hatte sich heute Morgen keine Krawatte umgebunden, und sein Kragen war offen. Raes südwestliche Zwanglosigkeit färbte offensichtlich auf ihn ab.

Zunächst einmal würde er schauen, dass er etwas zu essen bekam.

Er ging an der großen Treppe vorbei und schlenderte in Richtung Küche, wobei er auf der Suche nach seinem Personal den Blick über die Sitzecken schweifen ließ.

Irgendjemand sollte eigentlich hier sein.

Sorge prickelte an seinem Nacken. Sein Computerzimmer war versteckt, und keinem seiner Angestellten war es erlaubt, reinzukommen, außer zum Putzen am Abend. Er hatte sich seit ungefähr vier Uhr morgens dort verkrochen. Aufgrund der guten Isolierung und der separaten Lüftungsanlage im Inneren war es praktisch ein Bunker.

Er hätte nichts hören können, auch wenn in der Zwischenzeit irgendetwas Schlimmes passiert wäre.

Wulf blieb stehen, lauschte im formellen Gästezimmer nach dem Geräusch von Schritten oder dem metallischen Klicken einer entsicherten Waffe.

Die hohen Wände, die das Zimmer umgaben, waren unbeschädigt. Das transparente, kugelsichere Glas wies keine Kratzer auf. Der Pool draußen schimmerte blau im Sonnenlicht.

Keine Anzeichen von Gewalt.

Nur der Klang seiner eigenen Schritte war zu hören, als er über dem kühlen Marmorboden zur Küche ging.

Gemurmel drang durch die Tür zu ihm, als er diese mit den Fingerspitzen berührte, und er entspannte sich ein wenig. Doch nachdem er die Tür aufgeschoben hatte, zögerte er, ganz durch den Türrahmen hindurchzutreten.

In der Küche saßen einige seiner Angestellten an Tischen und andere lehnten gegen die Tresenflächen, während sie sehr still über etwas stritten.

Auf der Seite, wo die Kaffeemaschine stand, schüttete sein ältester Sicherheitsmann, Hans, Kaffee hinunter, als würde er versuchen, seine Sorgen zu ertränken. Als er sich eine weitere Tasse eingoss und wieder umdrehte, bemerkte er Wulf, der in der Tür stand.

„Er ist hier", verkündete Hans.

Die anderen Angestellten wirbelten herum und starrten ihn an.

Rosamunde, seine Hausmanagerin, stand mit vor der Brust verschränkten Armen und finsterem Blick bei den rostfreien Stahlöfen. Die meisten anderen Haushälterinnen blickten sorgenvoll drein.

Hans und Luca, die Sicherheitsmänner, die seine Frau in der Universität beschützen sollten, ließen ihre Schultern hängen.

Gott, nein.

Wulf schob die in ihm aufsteigende Panik von sich weg, und sein Herz pochte so beständig und ruhig, als würde er mit seinem Gewehr in den Händen am Abgrund einer Klippe stehen.

Er hob eine Augenbraue. „Was ist passiert?"

„Wir sind uns nicht sicher", erwiderte Hans.

„Wie könnt ihr euch nicht sicher sein, was passiert ist?" Wulf trat in die Küche hinein. Die Tür fiel hinter ihm ins Schloss.

Luca stellte seinen Kaffee auf dem stählernen Tresen ab und streckte den Rücken durch. „Wir haben einen kleinen Abstand eingehalten, wie Ms.

Stone es wollte. Eine Frau im Studentenalter hat sich ihr genähert, ungefähr einen Meter siebzig groß mit dunkelblondem Haar. Sie trug einen langen Rock und eine weiße Bluse. Nach einem kurzen Gespräch folgte Ms. Stone ihr in eine dichte Menge von Studenten, die gerade aus den Unterrichtsräumen herausströmten. Wir sind ihnen gefolgt, aber sie stiegen in einen weißen, alten Sedan, Nummernschild A-K-G Strich vier, sieben, neun. Dann fuhren sie weg. Unser Auto war weiter weg geparkt, also waren wir nicht in der Lage, Ms. Stone weiter zu überwachen."

Wulf atmete natürlich weiter, beobachtete die besorgten Blicke und angespannten Körperhaltungen seines Personals. Er holte sein Handy aus der Innentasche seiner Anzugjacke heraus, aber er hatte keine Anrufe oder Textnachrichten von ihr bekommen.

Er versuchte sie anzurufen, aber der Anruf wurde direkt zur Mailbox weitergeleitet.

Rae schaltete ihr Handy *niemals* aus. Eine der wenigen Sachen, für die sie Geld verschwendete – und sie hatte es tatsächlich finanzielle Verschwendung genannt, was ihn unendlich amüsiert hatte – waren verschiedene Handy-Ladegeräte: eins fürs Auto, ein Schnellladegerät, ein solarbetriebenes, und in ihrem alten Wohnheimzimmer hatte sie sogar eine Powerbank. Für alle Fälle.

Er schrieb: Geht es dir gut? *Ruf zu Hause oder die Nummer der Security an.*

Wulf schaute seine Leute an, und ihre schuldbewussten Gesichter sagten ihm, dass sie es bereits mit allen naheliegenden Optionen versucht hatten. „Konnten wir ihr Handy orten?"

„Wir bekommen kein Signal von ihrem Gerät", antwortete Hans.

„Ich verstehe. Was sind unsere Optionen?"

„Wir warten, bis sie uns anruft, nehme ich an", erwiderte Hans.

„Andere Optionen?", fragte Wulf.

Luca und Hans wechselten einen Blick.

„Die generelle Regel ist, dass man drei Tage warten muss, bis man einen Erwachsenen als vermisst melden kann", meinte Hans.

Wulfs Hände ballten sich zu Fäusten. „Ich bin mir bewusst, welche Regeln für andere Leute gelten. Ich habe gefragt, was *unsere* Optionen sind."

Hans und Luca wechselten wieder einen Blick. „Wir können ihre Freundinnen anrufen."

„Wir machen es andersrum", meinte Wulf. „Wir werden *unsere* Freunde anrufen."

LÜGNER

Zwei Stunden zuvor

Hesters abgenutztes, altes Auto klapperte wie ein Haufen Dosen vor sich hin, während es über die Bodenschwellen des Parkplatzes rollte und sich in den Straßenverkehr einfädelte.

Rae saß neben Hester auf dem Beifahrersitz und überhäufte sie mit Fragen. „In welchem Krankenhaus ist sie? Was hat sie überhaupt in der Gegend hier gemacht? Wissen sie sicher, dass es ein Herzinfarkt war? Haben sie ein EKG gemacht? Hat der Arzt tatsächlich *gesagt*, dass es *definitiv* ein Herzinfarkt war? Könnten es nicht nur Verdauungsprobleme sein? Sie hatte Probleme wegen dem Zwerchfellbruch. All diese Schwangerschaften, weißt du." Rae legte eine Hand auf ihren Bauch. „Hat sie Limonade getrunken? Sie bekommt schlimme Refluxbeschwerden, wenn sie Limonade trinkt. Ich wette, sie hat Limonade getrunken."

„Ich glaube nicht, dass es das war", sagte Hester.

Ihre wässrig blauen Augen schauten in den Rückspiegel.

„Limonade oder etwas anderes Zitrushaltiges. Die alte Mrs. Trout hat uns mal eine Tüte voller Grapefruits von ihren Bäumen gegeben, als ich zwölf war, und Mom brauchte in dieser Woche eine ganze Flasche Magensäureblocker. Ich wette, es sind nur Verdauungsprobleme."

Hester riss das Lenkrad herum und bog um die Ecke zum Best Western Hotel. Fünf Etagen hoher Betonstein blockierten die Sonne, während sie um das Gebäude herumfuhren.

Oh, oh. „Das ist nicht das Krankenhaus."

„Nein, ist es nicht."

„Wo ist meine Mutter?"

„Sie ist zu Hause. Es geht ihr gut. Ihr fehlt nichts."

„Was zur Hölle sollte das dann, Hester?"

Hester seufzte und parkte hinter dem Hotel, wo sie nicht mehr von der Straße aus gesehen werden konnten. „Reagan, wir sind alle der Meinung, dass wir mit dir über einige Dinge reden müssen."

„Oh nein. Nie im Leben." Rae griff nach dem heißen Türgriff, aber drei ihrer größten Cousins, inklusive Craigh, ihr sonst normaler Cousin Craigh, öffneten bereits die Autotüren. Der Griff glitt ihr aus der Hand, ihre Fingernägel kratzten über das Metall.

Rae versuchte, ihren Arm wegzureißen, als die Männer ihre Handgelenke packten, aber sie waren viel stärker als sie. „Was zur Hölle soll das werden, Hester?"

Hester stieg aus dem Wagen und hielt den Kopf gesenkt. „Es ist so am besten."

„Ich gehe *nicht* zurück nach Hause. Ich habe in fünf Stunden einen Flug!"

„Ich glaube nicht, dass du den Flug erwischen wirst. Das hier könnte etwas länger dauern."

„Ich kann nicht glauben, dass *du* so etwas tun würdest, Craigh", sagte Rae zu ihm.

Er nickte mit zusammengepressten Lippen, während er in ihrem Rucksack herumwühlte, der auf dem Rücksitz lag. „Ich kann es auch nicht ganz glauben, dass ich hier bin."

Craigh fand ihr Handy und schaltete es aus.

Wulf und seine Securitymänner würden es jetzt nicht mehr orten können. „Komm schon, Mann!"

Er schüttelte mit dem Kopf. „Sie wollen nur eine Weile mit dir reden. Und anderes Zeug."

„Wer ist ‚sie'? Und was für *Zeug*?" Rae verrenkte ihre Arme, versuchte sich aus dem Griff ihrer Cousins zu winden, aber sie schleiften sie aufs Hotel zu.

Rae war ein nettes Mädchen, dazu erzogen worden, freundlich und höflich zu sein, sowie sich mit allen gut zu verstehen. Vielleicht hätte sie sich auf den Asphalt setzen und schreien sollen, aber das große Betonsteingebäude des Hotels stand zwischen ihnen und der Hauptstraße, wo vorbeifahrende Passanten sie hätten sehen können. Und alle Vorhänge vor den Hotelfenstern waren zugezogen, um die Juni-Sommerhitze abzuschwächen. Klimaanlagen auf dem Dach surrten wie ein Schwarm Hornissen, lauter als jeder Schrei, den sie hätte zustande bringen können.

Also ging sie mit, auch wenn sie weiterhin an ihren Armen zerrte und versuchte, sich aus ihrem schmerzhaft festen Griff zu befreien.

Ihre Cousins schubsten sie durch die Hintertür des Hotels – normales Glas, wie Rae feststellte, nicht einmal kugelsicheres Plexiglas – und in eins der ersten Zimmer im Erdgeschoss hinein.

Nun, gut. Wenn sie es schaffte, ihrer verrückten Familie zu entfliehen, könnte sie direkt zur Lobby rennen und den Leuten am Empfangstresen sagen, dass sie die verfluchte Polizei rufen sollten. Es gab nicht einmal eine Treppe, die sie alter Tollpatsch runterfallen könnte.

Im Inneren des kleinen Konferenzzimmers waren der lange Laminat-Tisch und die verchromten Esszimmerstühle zurück an die Wände geschoben worden, um eine offene Fläche in der Mitte zu schaffen.

Raes Vater, Zachariah Stone, und einige ihrer grauhaarigen Onkel standen links und rechts neben Pastor Stoppard. Ihr Vater starrte seine abgetragenen, besten Sonntagsschuhe an. Die schwarzen Augen des Pastors funkelten sie zornig an, und er hielt eine Bibel in seiner Hand umklammert.

Eine Glocke und eine Kerze standen neben einem Kissen auf dem Boden.

Glocke, Buch und Kerze.

„Das kann nicht euer Ernst sein", sagte Rae fassungslos. „Protestanten glauben nicht an sinnlose Rituale, schon vergessen? Wir betreiben keinen *Exorzismus.*"

Pastor Stoppard hob seine Bibel hoch in die Luft. Der weiche Buchumschlag klappte auf, und die Hälfte der Seiten sackten hinunter. „Im Namen unseres Herrn, Jesus Christus, hinfort mit dir, Dämon!"

„So beginnt man keinen Exorzismus", meinte Rae. In einem ihrer Psychologiekurse hatten sie die historischen Behandlungsweisen von psychischen Krankheiten thematisiert. Danach hatte Rae zum Spaß mehr über das katholische Exorzismusritual nachgelesen, was sie gründlich verstört hatte. „Man beginnt mit einer Litanei der Heiligen und schreit nicht sofort den Dämon an. Ich fange an: ,*Herr, sei uns gnädig.*' Jetzt wiederholt das alle."

Ihr Vater und ihre Onkel schreckten vor dem Katholizismus zurück.

Pastor Stoppard schwenkte das Buch drohend in ihre Richtung, auch wenn er weiterhin ganz hinten im Zimmer stand.

Feigling.

„Ich befehle dem Dämon, hinfort zu weichen!", schrie er.

„Ernsthaft. *So* führt man keinen Exorzismus durch. Das muss man in einer Kirche mit einem Altar tun. Pastor Stoppard", Rae zeigte auf ihn, „Sie müssen zuerst zur Beichte gehen. Ansonsten sind Sie von der Sünde verunreinigt und der Dämon kann in Sie einfahren. Warum rufen wir nicht Pater Manuel von der Kirche *Our Lady of Perpetual Help* an und hören uns an, was er dazu meint?"

„Hinfort mit dir Dämon! Hinfort mit dir!", schrie Stoppard, sein schwarzes Haar fiel über seine Stirn hinunter. Der Ausdruck in seinen dunklen Augen wirkte mit jedem Wort verrückter.

Vielleicht sollte Rae sich darum bemühen, Schaum vor dem Mund zu haben, und sie eine Weile anspucken, sich vielleicht auf Pastor Stoppards Hose erbrechen – ja, das sollte sie definitiv tun – und dann verkünden, dass sie erfolgreich von allen Dämonen befreit worden war.

Sie warf einen verstohlenen Blick auf die Uhr.

Wenn sie es richtig anstellte, könnte sie es noch rechtzeitig zum Flughafen schaffen, um wie geplant zu ihrer kirchlichen Hochzeit in die Schweiz zu fliegen.

Okay, jetzt hatte sie einen Plan. Das klang gut.

Dennoch konnte sie sich nicht dazu durchringen, diese Farce mitzuspielen. Dafür hatte sie zu viel gesehen. Sie war in der Tat zu weltlich geworden, um sich diese Art von unterdrückendem, wütendem, verängstigtem, abergläubischem Schwachsinn weiter anzuhören.

Sie riss ihren Arm aus dem Griff ihrer Cousins los. „Das ist dämlich. Einfach nur dämlich. Ich gehe."

„Jungs, legt sie in die Mitte", rief Stoppard.

Raes Cousins packten sie wieder und zerrten sie zu der Decke in der Mitte des Zimmers. Craigh hielt sie an ihrem rechten Arm fest.

„Das ist Entführung", sagte sie zu ihm. „Wenn du mich nicht sofort loslässt, *werde* ich dich anzeigen. *Das ist mein Ernst.*"

„Das ist genau das, was ein Dämon sagen würde!", ereiferte sich Stoppard. „Sobald der Dämon sie verlassen hat, wird sie keine Anzeige mehr erstatten wollen. Sie wird froh sein, nicht länger besessen zu sein."

Rae verdrehte die Augen, frustriert vom Verhalten ihrer Familie. „Das kann doch nicht euer Ernst sein. Was für ein Schwachsinn!"

Die Männer rangen mit Rae, um sie nach unten

zu drücken, und Craighs Schulter rammte sich in ihren Bauch, dort, wo ihr Baby war.

Rae schnappte nach Luft. Wenn sie ihr wehtaten, könnten sie auch das zerbrechliche Leben in ihrem Inneren töten. „Schon gut! Ich lege mich hin! Schubst mich nicht!"

Craigh wich zurück. Rae setzte sich auf den Boden und legte dann ihren Kopf aufs Kissen. Sie rollte sich auf die Seite und verschränkte die Arme vor ihrem Bauch.

Neuer Plan: Alles tun, was sie wollten, damit weder ihr noch dem Baby etwas zustieß.

Vielleicht sollte Rae ihnen einfach sagen, dass sie schwanger war. Dann würden sie zumindest ihren Bauch verschonen.

Denn sie mussten alle Abtreibungsgegner sein. Stoppard predigte mindestens einmal im Monat über dieses Thema, und es war Pflicht, dabei zustimmend zu nicken. Rae war sich zu neunzig Prozent sicher, dass niemand hier so entschieden gegen ihre Ehe war, dass sie ihr absichtlich in den Bauch schlagen würden, nachdem sie erfuhren, dass sie schwanger war.

Aber Stoppard war mehr als nur ein Fanatiker. Seine in ihrer Kommune angehäufte gesellschaftliche Macht und sein durch die Kirchenbeiträge gesichertes Einkommen waren gefährdet, und Raes Rebellion stand für ihn im Zentrum dieser Bedrohung. Wenn er glaubte, dass ihre Schwangerschaft bewirken könnte, dass seine Gläubigen sich von ihm abwenden und ihr erlauben könnten zu fliehen, würde er ihr höchstpersönlich seine Fäuste in den Magen rammen, eine Abtreibung der ländlichen Art.

Wahrscheinlich würde er behaupten, dass ihre Schwangerschaft nur eine Lüge des Dämons war und er auf diese Art wieder Jesus in sie hineinprügelte.

Rae konnte es ihnen nicht erzählen, nicht wenn sie ihr Kind beschützen wollte.

Also sagte sie: „Tut mir nicht weh. Ich werde tun, was immer ihr wollt."

TELEFONKONTAKTE

Wulf saß wieder in seinem Büro, einem dämmrigen, fensterlosen Zimmer. Der breite, gewölbte Computermonitor vor ihm war schwarz und tot. Elektrisch geladener Staub stach in seiner Nase, und er bemühte sich, nicht jedes Mal zusammenzuzucken, wenn Luca und Hans sich hinter ihm regten und mit den Papieren raschelten, die auf den Erweiterungen des Schreibtisches lagen.

Die beiden hätten wirklich nichts tun können, wenn Rae es sich in den Kopf gesetzt hatte, sie abzuschütteln, um allein irgendwo hinzugehen. Wulf klammerte sich an diesen Gedanken fest, damit er jetzt keine voreiligen Entscheidungen über die Auflösung ihrer Arbeitsverträge fällte.

Er tippte auf einen Kontakt in seinem Telefonbuch und lauschte ungeduldig dem Freizeichen in der Leitung.

Ein Klicken ertönte und dann sagte eine raue

Frauenstimme: „Theo Valencias Handy! Wulf? Bist du das?"

„Ja, Lizbeth. Es ist ziemlich dringend. Kann ich mit Theophile sprechen?" Sicherlich hätte ein County-Staatsanwalt einen gewissen Einfluss auf die Bearbeitung eines Vermisstenfalles.

„Ich gehe gerade zurück zu seinem Büro. Was gibt es?"

Wulfs Stimme zitterte nicht, als er sagte: „Wir wissen nicht, wo Rae ist. Wir haben uns gefragt, ob er uns irgendwie weiterhelfen könnte."

„*Was*? Okay, jetzt *renne* ich zu seinem Büro. Geht es ihr gut?"

„Wir sind uns nicht sicher."

„Mist. *Theo*!", rief sie, und dann folgten weitere Worte, die Wulf jedoch nicht ausmachen konnte.

Eine männliche Stimme ertönte: „Rae wird vermisst? Ist sie nicht schwanger?"

„Ja, ist sie", erwiderte Wulf. „Sie wird seit drei Stunden vermisst, und ihr Handy scheint ausge-schaltet zu sein. Wir sind sehr besorgt um ihre Sicherheit. Ich habe mich gefragt, ob es etwas gibt, das wir tun könnten."

„Nichts Offizielles. Eine Sekunde. Noah!", rief Theo Valencia, und wieder folgte eine gedämpfte Diskussion im Hintergrund, aber mit mehr als einer männlichen Stimme. „Wir rufen ein paar Freunde an. Hast du irgendwelche weiteren Informationen für uns?"

Wulf gab ihm das Nummernschild und eine Beschreibung des Wagens durch.

„Das wird helfen", sagte Theo. „Ich rufe dich zurück, wenn wir etwas herausgefunden haben."

Wulf beendete den Anruf und rief sofort einen

anderen Kontakt an. Ein County-Staatsanwalt war bereits eine große Hilfe, aber eventuell könnte er noch jemanden mit etwas mehr … Schlagkraft gebrauchen.

Ein Mann meldete sich am anderen Ende der Leitung auf Alemannisch: „*Durchlaucht*, ich fahre gerade zum Flughafen. Ich werde noch vor euch allen da sein und den ganzen Whisky wegtrinken."

Wulf nahm einen tiefen Atemzug. „Dieter, es gibt ein Problem."

„Bin schon auf dem Weg."

EXORZISMUS

Rae kniff die Augen zusammen, ertrug das Geschrei der Männer, dass der Dämon ihren Körper verlassen sollte. Sie lag auf dem alten Teppichboden auf der Seite, ihre Arme vor dem Bauch verschränkt. Auch wenn ihr Bauch noch fast so flach war wie sonst, fühlte sich ihre Taille bereits fülliger an.

Ihre Cousins fixierten die dicke Decke über ihrem Körper, sodass nur ihr Kopf hervorschaute, drückten die Ecken mit den Fäusten auf den Boden runter, obwohl Rae in den letzten zwei Stunden keinerlei Anstalten gemacht hatte, sich zu wehren.

Eine weitere Träne stahl sich aus ihrem Augenwinkel, und sie presste ihre Wange aufs Kissen, damit es keiner sah.

Rae hoffte, dass die anderen dieses ganze Theater bald leid sein würden.

Sie würden sie sicher bald gehen lassen, versicherte sie sich selbst.

Pastor Stoppard, ihr Vater, ihre Onkel und ihre

Cousins schrien Bibelverse über Jesus, der die Dämonen namens Legion aus einem Mann vertrieben und sie in eine Herde Schweine verwandelt hatte.

Konnten sie wirklich nicht die politische Parabel darin sehen?

Die männlichen Stimmen hallten durchs Zimmer, rezitierten Verse, die sie alle kannten, oder griffen zumindest Worte auf und murmelten sich durch die Stellen, die sie nicht wussten. Der Schall ließ die hölzerne Wandverkleidung vibrieren.

Rae rollte sich enger um ihren Bauch herum zusammen, atmete langsam.

„Jesus befiehlt dir, zu entweichen!", riefen sie, was dem rituellen Spruch des katholischen Glaubens – „Die Macht des Herrn bezwingt dich!" – ähnelte, aber nicht ganz dasselbe war.

Rae atmete tief durch, versuchte nicht zu zittern und einigermaßen ruhig zu bleiben.

Es würde bald vorbei sein.

Sie würden es leid sein oder einsehen, was für eine dumme Scharade das war.

Rae vergrub ihr Gesicht wieder im Kissen, wischte sich eine weitere Träne weg.

Craigh ließ die Decke los und stand auf. „Das ist lächerlich."

Rae schlug die Augen auf.

„Sie ist nicht besessen", meinte Craigh. „Schaut sie euch an. Der Teufel erträgt es nicht, Bibelverse zu hören."

Raes Vater packte ihn am Arm. „Ihre Seele ist in Gefahr! Wenn wir den Dämon nicht austreiben, wird sie in die Hölle kommen!" Seine Stimme wurde panisch schrill. „Ich kann nicht zulassen, dass mein kleines Mädchen in die Hölle kommt! Sie wird für alle Ewigkeit im Fegefeuer schmoren! Schau sie dir an! Schau dir an, wie sie den Exorzismus zulässt, weil sie frei vom Teufel sein will!"

Nun, ihr fügsames Verhalten war wohl nach hinten losgegangen. Rae seufzte.

Sie stemmte sich vom Boden hoch, aber zwei ihrer großen Cousins drückten immer noch die Decke auf den Boden, hielten ihre Arme und ihren Oberkörper unter dem rauen Stoff gefangen.

Craigh schüttelte den Kopf und wandte sich ab. „Sie ist nicht besessen. Ich bin fertig hier."

„Ruf Wulf an und sag ihm, dass es mir gut geht!", rief Rae ihm hinterher.

Er ging aus dem Zimmer hinaus, ohne Raes Blick auch nur einen kurzen Moment zu erwidern.

Sie legte ihren Kopf wieder aufs Kissen. Er würde niemanden anrufen.

Ihre anderen Cousins hielten die Decke stärker fest, zogen sie entschlossen über sie herunter. Rae konnte atmen, aber sich nicht bewegen. Allerdings waren es jetzt nur noch zwei, die die Decke festhielten. Wenn die Dinge begannen, aus dem Ruder zu laufen, könnte sie vielleicht eine Chance haben, sich frei zu kämpfen.

Pastor Stoppard hob seine Hände, predigte laut darüber, wie ein weltliches Herz Dämonen einlud und einen angreifbar für den Teufel machte. Er sprach für gefühlte Tage – mehr Gezeter und Geschrei, mehr Bibelverse und verzerrte Theologie – auch wenn die kleine Uhr an der Wand nur drei vergangene Stunden anzeigte.

Sie hätte schon längst am Flughafen sein sollen. Wulf musste außer sich sein vor Sorge, wahrscheinlich ohne sich äußerlich viel anmerken zu lassen.

Rae nahm einen tiefen Atemzug. Es würde alles gut werden. Sie könnten den Flug einfach auf morgen oder übermorgen umbuchen. Die geplanten Essen und anderen Sachen konnten ebenfalls verschoben werden.

Außer Wulf glaubte, dass sie ihn sitzen gelassen hatte.

Außer das Baby in ihr war tot.

Außer das hier lief wirklich, wirklich schief, und Stoppard und diese großen Männer brachten sie um. Sie hatte gelesen, was bei amateurhaftem Exorzismus passieren konnte. Ihre trockene Kehle röchelte, als sie hustete. Manchmal erstreckten sich diese Art von Exorzismen über Tage, und normalerweise waren es Dinge wie Dehydration oder Atemnot unter der Decke, an der die Leute starben.

Sie rollte sich enger zusammen, zog auch ihre Knie vor ihren Bauch und hielt sie fest umschlungen.

Pastor Stoppard funkelte sie an, erzürnt über etwas, was sie getan hatte. Adern traten an seiner Stirn und seinem Hals hervor, als er brüllte: „Der Teufel krümmt sich vor Schmerzen beim Klang der Worte Gottes! Haltet sie am Boden fest, Jungs! Zieht ihr die Decke über den Kopf und *erstickt* das Böse!"

Levi und ihr anderer riesiger Cousin zogen gehorsam die Decke hoch.

Die Luft, die unter dem dicken Stoff eingefangen war, erhitzte sich an Raes Gesicht. Furcht stieg unter der erstickend heißen Decke in ihr auf.

Das war ihr Ende.

Sie wollte nicht sterben, aber die Vorstellung, was ihr Tod Wulf antun würde, schnürte ihr die

Brust noch mehr zu. Er würde in seinen eiskalten, unantastbaren Zustand zurückverfallen, bis er einfach … ganz aufhörte. „Lasst mich aufstehen."

„Was?"

Die knurrende Stimme, die Rae durch die Decke hindurch hörte, gehörte zu ihrem Cousin Levi, der nicht das hellste Köpfchen in der Gemeinde war.

„Lasst mich aufstehen. Das hier läuft schon lange genug." Erschöpfung lastete beinahe so schwer wie die Decke auf ihr. Sie stützte sich mit den Armen hoch und zerrte die Decke von ihrem Gesicht weg. Kühle Luft strich über ihre Wangen. „Hört endlich mit diesem Schwachsinn auf."

„Das ist der Dämon, der aus ihr spricht!", rief Stoppard.

„Das ist kein Dämon. So hört sich gesunder Menschenverstand an", erwiderte sie.

„Hinfort mit dir, du Ausgeburt der Hölle!"

„Herrgott nochmal", murmelte sie.

„Ja, lobe seinen Namen!", rief Stoppard.

„Hören Sie auf mit diesem Irrsinn! Hören Sie auf!" Rae griff nach dem Kissen und bewarf Stoppard damit. Er wich aus. „Sie sind hier der Böse! Vielleicht sind Sie es ja, der besessen ist!"

Ihr Vater schnappte nach Luft. „Halt den Mund. So reden wir nicht mit einem Mann Gottes."

Rae knirschte mit den Zähnen. „Ich rede mit keinem Mann Gottes. Ich rede mit Stoppard."

Sie begann, nach vorne zu kriechen, unter der Decke hervor.

KAVALLERIE

Wulf saß auf dem Beifahrersitz des schwarzen SUVs. Sommerliches Sonnenlicht glitzerte auf den vor und hinter ihnen fahrenden Autos und LKWs und stach schmerzhaft in seinen Augen. So viel Zeit war schon vergangen, zu viel Zeit, seit Rae ihre Security zurückgelassen hatte.

Das Leben konnte sich innerhalb eines einzigen Herzschlages drastisch verändern.

So viele Herzschläge.

So viel Zeit.

Theophile Valencias Freund Noah hatte die Beschreibung des Wagens, in den Rae eingestiegen war, an sein Netzwerk weitergegeben und innerhalb einer Stunde herausgefunden, dass der Wagen auf dem Parkplatz eines Hotels gesehen wurde, das für Drogendeals bekannt war.

Wulfs Handy klingelte wieder, Theophiles Telefonnummer leuchtete auf dem Display auf. Er meldete sich mit den Worten: „Haben wir weitere Informationen?"

Wulf beobachtete den Verkehr durch die Frontscheibe, während Theo erwiderte: „Noahs Kontakt meint, dass eine Gruppe auf den Nachnamen Stone einen kleinen Konferenzraum im Erdgeschoss gebucht hat."

„Danke."

„Hast du genug Leute? Ich kann ein paar schicken."

Wulf schaute nach hinten zu den Männern auf den zwei Rücksitzreihen – neben ihm und dem Fahrer befanden sich noch Dieter, Hans, Luca und Friedhelm im Wagen – und zu dem zweiten SUV, der ihnen folgte. Schwarze Reisetaschen lagen zu ihren Füßen. Alle außer Wulf trugen schwarze Arbeitsanzüge.

Er drehte sich wieder nach vorne um, verengte die Augen gegen das blendende Licht, das von den anderen Autos um sie herum reflektiert wurde, während sie durch den heißen Nachmittag rasten. „Ich glaube, wir haben genügend Schlagkraft, aber danke für das Angebot."

FÜHRE MICH NICHT IN VERSUCHUNG

Die großen Männer links und rechts neben Rae packten die Decke fester und pressten sie eng an Raes Schultern auf den Boden, aber sie trat und schob dagegen, was die Decke genug lockerte, dass sie sich mit einer Hand am Teppich festkrallen und weiter nach vorne kriechen konnte.

Stoppard geriet zunehmend in Rage.

Eine Lücke zwischen Decke und Boden erlaubte Rae, einen Arm herauszuziehen, den anderen hatte sie allerdings weiterhin schützend auf ihren Bauch gelegt.

„Sie hat die Kraft von zehn Männern!", schrie Stoppard. „Das ist der Beweis, dass sie besessen ist!"

„Nein. Eure dumme Deckentaktik funktioniert nur nicht." Ihr verschwitztes Haar klebte an ihrem Gesicht.

„Haltet sie auf dem Boden fest! Hinfort mit dir, Dämon!"

Sie sprach direkt zu Levi, der an ihrem rechten

Arm hing. „Du weißt, dass das hier lächerlich ist. Sag ihnen, dass sie damit aufhören sollen."

„Führe mich nicht in Versuchung, Satan", sagte Levi. Er schaute zum Pastor. Rae glaubte, dass sie kurz Unentschlossenheit auf seinem Gesicht aufflackern sah, aber dann schüttelte er den Kopf. „Es ist nicht lächerlich", meinte er. „Dein Vater will deine Seele retten."

„Ihr habt mich entführt!"

„Du bist freiwillig ins Auto gestiegen", erwiderte er.

„Ihr entführt mich jetzt. Ich will gehen, und ihr haltet mich gegen meinen Willen fest."

„Es ist zur Rettung deiner unsterblichen Seele."

„Meiner unsterblichen Seele geht es gut. Lass mich los."

„Ich kann nicht", wisperte er.

Weil Stoppard die anderen gegen ihn aufbringen würde. Stoppard, dieser Bastard, hatte Raes ganze Familie in seiner Gewalt.

Rae zerrte die Decke mit ihrer freien Hand an ihrer Brust runter und wand sich umher, wackelte mit der Hüfte und ruderte wild mit ihren Beinen, um weiter unter der Decke hervorzukriechen

„Hey!" Ihr Vater joggte auf sie zu, seine von Farmarbeit starken Hände näherten sich ihr.

Verdammt. Ihr Fluchtversuch könnte sehr schnell schiefgehen.

Sie zeigte auf ihn. „Komm nicht näher. Wag es nicht, mich anzufassen."

Er zögerte, was Rae genug Zeit verschaffte, sich bis zur Taille aus der Decke zu schlängeln.

Levi packte ihren Arm, aber damit hatte sie gerechnet und riss sich los. Bei der Aktion kratzten seine Fingernägel über ihr Handgelenk. Die roten Striemen brannten an ihrem Arm.

Er versuchte, sie wieder an den Armen zu packen, aber dafür musste er seine Seite der Decke loslassen.

Rae trat die Decke von sich runter, als auch ihr anderer Cousin die Hand nach ihr ausstreckte. Sie stieß mit den Füßen nach ihnen, während sie auf die Unterarme gestützt versuchte, von der Decke und den über ihr aufragenden Männern weg zu robben.

Levi gelang es, erneut ihren Arm zu erwischen, und diesmal konnte sie sich nicht losreißen.

„Leg dich wieder dahin", zischte er. „Leg dich hin, damit ich dir nicht wehtun muss."

Sie wehrte sich gegen ihn und schrie so laut sie konnte, betete, dass jemand draußen sie hören würde.

„Stopp!" Levis Hand zuckte auf ihr Gesicht zu, in dem Versuch, sich über ihren Mund zu legen, weil er sie jetzt eher zum Schweigen bringen wollte, als weiter ihre beiden Arme festzuhalten. Schritte polterten über den Boden, als mehr Leute zu ihnen rüber rannten, um ihm zu helfen.

„*Nein! Aufhören!*" Rae musste entkommen, bevor sie ihr oder dem Baby wehtaten. „*Lasst mich gehen!*"

Levi fiel auf sie drauf, nagelte sie auf dem Boden fest und presste seine Hand auf ihren Mund. Ihre Schreie verstummten, nur noch leises Wimmern war zu hören.

Rae versuchte, Luft in ihre Lunge zu ziehen, aber Levis Hand bedeckte ihren Mund und ihre Nase, und sein Gewicht drückte auf ihren Brustkorb.

Sie konnte nicht atmen.

Gott, bitte, nicht das Baby.

Sie fletschte die Zähne, versuchte seine Handfläche zu beißen, aber er hatte sie gewölbt, sodass sie seine Haut nicht erreichen konnte.

Stoppard erschien über ihr und schrie etwas. Speicheltropfen flogen aus seinem Mund und landeten auf ihrem Gesicht.

Rae blinzelte heftig. Sie schaffte es, einen Arm freizubekommen, und holte nach ihm aus, wollte ihn wegstoßen.

Er schlug mit seiner Handfläche gegen Levis Hand, die auf ihrem Mund lag. Schmerz flammte in ihrer Wange und ihrem Kiefer auf, heftiger Druck stieß gegen ihre Zähne. Der metallische Geschmack von Blut füllte ihren Mund.

Ein Krachen ertönte, und Levi kippte mit vor Schock geweiteten Augen zu Seite um.

Stoppards Kopf zuckte zur Tür und eine Faust trat an den Platz, wo vorher sein Gesicht gewesen war.

Schwarz gekleidete Gestalten stürmten ins Zimmer hinein, rannten auf ihren Vater und ihre Onkel zu und schrien: *„Auf den Boden! Auf den Boden mit allen!"*

Rae atmete erleichtert auf, als Wulf in ihrem Sichtfeld erschien. Seine Lippen waren zusammengepresst und seine dunkelblauen Augen zornig verengt. Er streckte die Hand nach ihr aus, griff nach ihrem Arm und zog sie vom Boden hoch. Während er sie hinter sich zog, ging er rückwärts in Richtung Ausgang. In seiner anderen Hand hielt er eine kleine Pistole.

Sie spähte über seine Schulter. Hans, Friedhelm und einige weitere Männer standen über ihren Cousins und den anderen, die auf dem Boden lagen, und pressten ihnen Pistolen an die Hinterköpfe oder hielten mehrere Leute gleichzeitig in Schach, indem sie den Lauf ihrer Waffe von einem zum nächsten schwenkten.

„Mir fehlt nichts", wisperte sie Wulf zu. „Es ist alles gut. Mir fehlt nichts." Sie schmiegte sich an seinen Rücken, der Stoff seines Anzugs unter ihrer Wange fühlte sich weich und beruhigend an.

Er hielt sie mit einer Hand weiterhin hinter sich, während er abwechselnd ihre Familie anvisierte. „Was hat sich hier abgespielt?"

„Es war nur so eine Sache", sagte sie.

„Nur eine Sache?" Seine sonst so tiefe und gelassene Bassstimme stieg leicht in die Höhe.

Stoppards aufbegehrende Stimme klang erstickt, da Hans sein Gesicht mit dem Stiefel auf den schmutzigen Teppich runterdrückte. „Das ist Körperverletzung! Lassen Sie mich los."

„Lass ihn aufstehen", sagte Wulf.

Hans trat zurück, hielt seine Waffe aber mit beiden Händen auf den Pastor gerichtet.

„Erklären Sie das hier", verlangte Wulf von dem Geistlichen.

„Sie ist von einem Dämon besessen!", schrie Stoppard wieder und stemmte sich auf seine Arme hoch. „Wir haben versucht, sie zu befreien."

Rae wünschte, dass sich ein Loch im Boden auftun würde, in dem sie sich verkriechen könnte.

Wulfs Blick glitt über die rituelle Kerze und die Glocke auf dem Boden, dann wandte er seinen Kopf Rae zu, wobei er weiterhin seine Pistole auf Stoppard gerichtet hielt. „Ein *Exorzismus*?"

„Ja", seufzte sie.

„Sie ist von Dämonen besessen!", keifte Stoppard.

Rae bedeckte ihre Augen. Erschöpfung lastete schwer auf ihr.

„Haben sie dir wehgetan?", fragte Wulf.

„Nein." Sie schüttelte den Kopf. „Nicht wirklich."

„Dein Mund blutet."

„Mir geht es gut", beharrte sie.

„Ich habe dich schreien gehört."

„Ich hatte nur Angst. Jetzt ist alles wieder gut."

Wulfs finsterer Blick ließ vermuten, dass er ihr das nicht im Geringsten abkaufte. „Dieter", sagte er und schaute zu ihren Cousins rüber. „Nimm Rae."

Rae schaute auf und blickte sich suchend um, bis sie ihn entdeckte. *Dieter* war dort, das helle Deckenlicht schimmerte auf seinem blonden Haar, und seine grauen Augen leuchteten vor ernster Entschlossenheit. Er nahm seinen Stiefel von Levis Nacken runter und kam auf sie zu. Er blieb neben Wulf stehen, streckte die Hand nach ihr aus und zog sie hinter sich, während er immer noch die Situation im Raum im Blick behielt.

Rae ließ den Wechsel zu. Wulf musste einen Grund dafür haben. Sie wollte einfach nur weg von hier.

„Wenn jemand versucht, sich ihr zu nähern, schieß", wies Wulf Dieter an.

„Soll ich vorher eine Warnung aussprechen?", fragte er.

„Das habe ich gerade getan." Wulf drehte sich um und ging auf Stoppard zu, der sich mühsam aufrappelte. Der kalte Zorn in Wulfs blauen Augen machte Rae Angst.

Sie stützte sich mit einer Hand an Dieters Rücken ab, und dieser trat rückwärts auf sie zu, während er einen Arm hinter sich hielt, um sie noch besser abzuschirmen.

Wulf sicherte seine Pistole und schob sie hinten am Hosenbund unter seine Anzugjacke, während er auf Stoppard zuging und dabei um einige ihrer Cousins, die auf dem Boden lagen, herumschritt. Ein tiefroter Abdruck prangte an der Seite von Stoppards Gesicht.

„Wir sollten gehen", wisperte Rae Dieter zu. „Ich will einfach nur nach Hause."

„Nur eine Minute", erwiderte dieser, der immer noch Wulf und die anderen Männer im Auge behielt. Dieters Pistole war weiterhin entsichert, und er hielt sie vor seinen Füßen auf den Boden gerichtet.

Wulf kam bei Stoppard an. „Sie wollten das Böse in ihr exorzieren?"

„Sie ist besessen", zischte Stoppard zwischen zusammengebissenen Zähnen. „Wir haben versucht, sie zu retten."

„Es gibt nichts, wovor sie gerettet werden muss", erwiderte Wulf und trat zurück. „Diese Farce ist vorbei. Wir gehen."

„Das können Sie nicht!"

Wulf ging wieder zu ihr zurück, sein Kiefer mahlte mühsam beherrscht.

Rae sackte erleichtert in sich zusammen. Sie konnten jetzt gehen. Sie würden jetzt alle fortgehen, und alles wäre in Ordnung. Ihre andere Hand lag immer noch auf ihrem Bauch.

„Sie müssen sie bei uns lassen! Um den Exorzismus zu beenden!"

Rae schaute über Dieters Schulter zu, wie Wulf näherkam. Dieter zielte links an Wulf vorbei, auf den Pastor.

Stoppard zog seine Lippen zurück und keifte: „Selbst *Ihre* Familie findet, dass Sie sie nicht heiraten sollten!"

Wulf blieb stehen, und seine dunkelblauen Augen glitten zur Seite.

„Wulf, hör nicht auf ihn. Lass uns gehen", rief Rae ihm zu.

VERRAT

W ulf drehte sich zum Pastor um, seine Schultern waren unter seiner schwarzen Anzugjacke angespannt. Das feuchte Konferenzzimmer stank, der ranzige Geruch vom Schweiß der Männer, die stundenlang seine Frau angeschrien hatten, lag in der Luft. „Was haben Sie gesagt?", fuhr er den Geistlichen an.

„Selbst Ihre Familie …", wiederholte Stoppard.

Wulf ging wieder auf ihn zu, seine Schritte schlugen schwer auf dem Teppichboden auf. *„Was haben Sie gesagt?"*

„… denkt, dass Sie sie nicht heiraten sollten!"

Wulf packte Stoppard mit beiden Händen am Kragen, ihre Gesichter waren nur wenige Zentimeter voneinander entfernt. Das grelle Licht der Deckenlampen schimmerte auf Stoppards fettigem Gesicht. Wulf könnte schwören, dass er Speck roch. „Was haben Sie über meine *Familie* gesagt?"

„Ihre Familie hält Rae für eine Hure und eine

Goldgräberin", erwiderte Stoppard. „Und damit liegt sie ganz richtig."

Wulf ließ den Kragen des Pastors los. Der Zorn, der in seinem Magen gebrodelt hatte, seit er gesehen hatte, wie Stoppard über Rae stand, explodierte und rauschte durch seine Adern.

„Sie ist nur hinter weltlichen Dingen her und …", ereiferte sich Stoppard.

Wulf rammte die harten Knochen seiner Faust in Stoppards Gesicht.

Sein Kopf wurde von der Wucht des Schlages zur Seite gerissen, bevor er auf alle Viere fiel.

Bluttropfen rannen an Wulfs Fingerknöcheln hinab. Er war bereits versucht gewesen, diesen Mann vor ein paar Monaten in der Kirche zu schlagen, und es war eine Befriedigung, endlich die Knochen und die Haut des Pastors unter seiner Faust knirschen zu spüren.

Allein sein Anstand hielt Wulf davon ab, den Mann zu treten, während dieser am Boden war. „Stehen Sie auf", knurrte er.

Stoppard spuckte Blut auf den Teppich und meinte: „Ihre Familie hat Raes Vater angerufen und ihm gesagt, dass er etwas tun sollte, um die Hochzeit zu verhindern."

Wulf packte den Pastor mit einer Hand hinten am Kragen und zerrte ihn wieder auf die Beine hoch. „*Wer hat euch angerufen?*"

„Ich weiß es nicht! Es war ihr Vater, den sie angerufen haben!"

Wulf ließ Stoppard los und entdeckte Raes Vater Zachariah, der auf dem Boden lag, während Luca auf ihm saß und eine Pistole an seinen Hinterkopf hielt.

Rae rief wieder nach ihm, und er schaute zu ihr. Dieter hatte einen Arm nach hinten gestreckt, um sie hinter sich zu halten.

Wulf zerrte Zachariah Stone am Kragen vom Boden hoch, war gefährlich nah dran, ihn zu würgen. *„Wer hat Sie angerufen?"*

„Er sagte, dass er ein Verwandter von Ihnen wäre", antwortete Raes Vater. „Und er hat gemeint, dass Sie Wulf heißen würden, nicht Dominic. Sie haben uns *angelogen*."

Wulfs Hals und Gesicht brannten vor Zorn. „Hat er Ihnen seinen Namen genannt?"

„Phillip."

Die Ader an Wulfs Schläfe pochte im Rhythmus seines Pulses.

Sein eigener Vater.

Wulfs Vater hatte Raes Familie kontaktiert und sie mit seinen Worten vergiftet.

Wie zur Hölle hatte er von ihrer Familie erfahren?

Er zwang sich, seine Fäuste zu öffnen und gab Zachariah frei, obwohl er am liebsten wieder auf jemanden eingeschlagen hätte.

Zachariah Stone trat zurück und rieb sich über die Kehle. Luca stieß gegen dessen Schulter, damit er wieder auf die Knie ging.

Wulf ging zurück zu Dieter und Rae. Ihre schönen braunen Augen waren riesengroß, als sie über Dieters Schulter zu ihm schaute. „Ich kann es nicht glauben", begann sie.

„Ich werde dafür sorgen, dass so etwas *nie wieder* vorkommt" versprach Wulf. Das Blut rauschte immer noch in seinen Ohren.

„Lass uns einfach gehen", bat sie ihn. „Ich will nach Hause."

Wulf nahm sie unter seinen Arm, beschützte sie vor allem, was hinter ihnen passieren könnte. Zu Dieter gewandt murmelte er: „Komm mit uns". Dann wies er laut den Rest an: „Eine Minute. Zieht euch auf mein Zeichen hin zurück."

„Irgendwelche anderen Anweisungen?", fragte Luca.

Wulf betrachtete die bösen Männer im Zimmer, die seine Frau misshandelt und verletzt hatten und jetzt alle auf den Knien waren oder flach auf dem Boden lagen. Stoppard hielt sich beide Wangen.

Wulf verzog abfällig den Mund. „Nein. Wir treffen uns an den Autos."

Dieter folgte ihnen beiden rückwärts laufend, während er mit ausgestreckter Pistole auf mögliche Angreifer zielte. Wulf zückte ebenfalls seine Waffe und entsicherte sie, ließ sie neben seinem Bein nach unten hängen.

Er hielt Rae so lange in seinem Arm, bis sie sicher auf dem Rücksitz des SUVs angekommen waren. Dort drückte er sie eng an sich, während Dieter vorne auf der Beifahrerseite einstieg. Leandro, der Fahrer, legte den Gang zum Losfahren ein.

„Warte auf die anderen", sagte Wulf zu ihm und sprach dann in sein Handy: „Zieht euch jetzt zurück."

Nicht einmal fünf Sekunden später stürmten seine Männer aus der Hoteltür hinaus und rannten zu den Autos. Sobald sich drei Leute auf den Rücksitzen befanden, wurden die Türen zugeschlagen. Der SUV machte einen Satz nach vorne, als Leandro einen rasanten Start hinlegte.

Wulf schaute nach hinten. Zwei Scharfschützen sprinteten vom Parkplatz los und erreichten den anderen SUV, während der Rest des Einsatzteams das Hotel verließ. Sobald alle eingestiegen waren, fuhr das zweite Fahrzeug ebenfalls los und folgte ihnen.

Erst dann entspannte Wulf sich.

Als Rae an seiner Schulter zu weinen begann, murmelte er ihr beruhigende Worte zu, versuchte sie zu trösten. Schließlich erinnerte er sich daran, ins Englische zu wechseln. „Reagan, jetzt ist alles in Ordnung. Du wurdest reingelegt, ja?"

Sie nickte. „Hester hat gemeint, dass meine Mutter im Krankenhaus wäre und einen Herzinfarkt gehabt hätte."

„Wir haben dich gefunden. Jetzt bist du in Sicherheit."

„Ich hätte nie gedacht, dass meine Familie mich anlügen würde. Ich hätte niemals gedacht, dass sie so etwas tun würde."

Er streichelte ihr übers Haar, nicht gewillt, ihr zu raten, dass sie kaltherziger, kalkulierender sein sollte. „Du kannst nicht ohne deine Security weggehen, nicht einmal für einen kurzen Moment, nicht einmal, wenn du mit jemandem zusammen bist, dem du vertraust. Zu viele schlimme Sachen könnten passieren."

Sie nickte an seiner Brust, während der SUV sie unter der heißen Nachmittagssonne durch die Stadt fuhr.

Dichter Verkehr verstopfte die heißen Wüsten-straßen, kochte den Asphalt unter den Reifen. Leandro brauchte eine Stunde für die Fahrt zu Wulfs

Haus, während der sie zwischen LKWs, Autos und SUVs eingepfercht waren.

Rae schluchzte die ganze Zeit über an Wulfs Shirt. Er streichelte ihr weiterhin tröstend übers Haar. Er hatte Flicka während ihrer Teenagerjahre großgezogen, also wusste er, wie man jemanden tröstete, ohne ihn unter Druck zu setzen.

Schließlich sagte sie: „Ich habe dich nie zuvor so wütend gesehen."

Sein Gesicht erwärmte sich im Sonnenlicht der südwestlichen Wüste. „Oh, nein. Ich werde nie wütend."

„Du hast ziemlich wütend ausgesehen."

„Ich war besorgt", meinte Wulf.

„Dann hoffe ich, dass du mir gegenüber nie so besorgt sein wirst", hickste sie mit einem süßen Schluckauf.

Er streichelte ihr Haar. „Niemals."

Zurück in seinem Haus, versorgte Wulf Rae am Küchentisch mit einem Glas Orangensaft und bat seine Köche, ihr ein Sandwich zu machen.

Er schüttelte Dieters Hand, als sie zurück in die Garage gingen.

„Das nächste Mal bedeutet ‚Warte, bis wir das Zimmer gesichert haben', dass du *draußen* wartest", meinte Dieter.

Wulf ignorierte seinen Kommentar. Seine Beine hatten ihn wie von selbst ins Zimmer getragen, als er Rae schreien gehört hatte. „Schickst du uns für heute eine Rechnung?"

Dieter schaute ihn mit gerunzelter Stirn an. „Gott, nein. Deine Frau wurde entführt."

„Ich bestehe darauf. Es war eine professionelle

Dienstleistung. Wenn ich dich wieder rufen sollte, will ich das ohne Vorbehalte tun können."

„Ich hätte nie gedacht, dass du bei irgendwas Vorbehalte hast, *Durchlaucht*."

Wulf schüttelte den Kopf. „Du führst ein Geschäft. Du kannst Leuten, die eigentlich deine Kunden sein sollen, deine Dienste nicht einfach schenken."

Dieter zuckte mit den Schultern.

Wulf hatte Dieter beraten, als dieser sein Honorarsystem entwickelt hatte, und ihm auch mit anderen geschäftlichen Grundorganisationen geholfen. „Ich werde dein übliches Honorar verdoppeln und es auf dein Konto überweisen, wenn ich keine Rechnung bekomme."

„Du benutzt Geld als Waffe, huh?"

Oh, wenn Dieter nur das Ausmaß davon kennen würde. „Das Flugzeug wird morgen starten", fuhr Wulf fort, als hätte er nichts gehört. „Ich werde dir den Reiseplan schicken, sobald alles feststeht."

Dieter verzog das Gesicht und knurrte schon beinahe: „Ich bin mir sicher, meine Frau wird sich freuen, wenn ich ihr erzähle, dass sich der Trip verzögert. Wer bleibt eigentlich während der Hochzeit im Schloss Southwestern?"

„Hans hat sich dazu bereit erklärt."

Dieter nickte, sagte aber nichts. Seine grauen Augen waren so ausdruckslos wie kalter Regen in den Alpen. Er drückte schwungvoll auf den Knopf der Garagentür und ging zu seinem Auto.

Wieder zurück im Haus zog Wulf Rosamunde, seine Hausmanagerin, zur Seite. „Wir haben ein Problem", meinte er.

„Fielen Schüsse? Hat dich jemand gefunden?" Ihre Stimme stieg beinahe zu schriller Panik an, eines der wenigen Male, wo Wulf so etwas bei ihr gesehen hatte.

„Nein", versicherte er ihr. „Sie hatten keine Pistolen. Ich erkläre es später."

Rosamunde schaute zurück zur Küchentür. „Geht es ihr gut?"

„Sie ist hungrig. Erschüttert. Zutiefst bestürzt. Jedenfalls müssen wir eine Umzugsfirma damit beauftragen, meinen Vater von Schloss Marienburg in das Stadthaus umzuquartieren."

Rosamunde schaute zu Boden. Eine dunkelgraue Haarsträhne löste sich aus ihrem unordentlichen Dutt und fiel nach vorne neben ihre Wange. „Das wird ein anspruchsvoller Job werden."

Wulf hatte Rosamunde von seinem Vater gestohlen, da sie zuerst die Managerin von Schloss Marienburg gewesen war, dem neugotischen Schloss seiner Vorfahren, wo sein Vater lebte. „Wird das ein Problem sein?"

Rosamunde richtete sich auf. „Sieh nach deiner Frau, ich werde mich um den Rest kümmern."

Sie gingen in die Küche zurück.

Rae aß gerade ein Hühnchen-Sandwich und mundgerecht kleingeschnittenes Obst. Rote Äderchen durchzogen das Weiß ihrer Augen, aber sie aß ruhig weiter. Wulfs Küchenchefin, Yvonne, stand hinter ihr und beobachtete jeden Bissen.

Ah, deutsche Effizienz. Wulf setzte sich lächelnd neben Rae und stibitzte sich ein paar Apfelstücke von ihrem Teller.

Yvonne wandte ihm ihr schmales Gesicht zu. „Ich habe gesehen, wie Dieter das Mittagessen gegessen hat, das ich für Sie zubereitet habe. Haben Sie etwas gegessen?"

Er zuckte mit den Schultern.

„Es ist Tea Time. Da muss man doch was essen." Yvonne eilte davon, um ihm auch ein Sandwich zu machen.

„Du gibst dich vor dem Personal bewundernswert tapfer", wisperte Wulf Rae zu.

Durchsichtige Tränen bildeten sich auf ihren unteren Augenlidern. „Wir haben den Flug verpasst. Wir fliegen nicht in die Schweiz. Ich habe alles vermasselt."

„Wir werden den Flugplan so anpassen, dass wir morgen fliegen können. Und ich werde Flicka schreiben, dass sie ein paar Dinge umorganisieren soll. Es gibt nichts, worüber du dir Sorgen machen musst." Er lehnte sich näher zu ihr. „Iss. Und dann brauchst du etwas Ruhe. Lass uns nach oben gehen."

„Ich reiße mich zusammen. Ich bin nicht einmal wirklich hungrig."

Er atmete so nah an ihrem Hals, dass sein Atem über die nackte Haut ihres T-Shirt-Ausschnittes strich. Sie sog scharf die Luft ein und warf ihm kurze Seitenblicke zu, während sie an ihrem Sandwich knabberte.

Gut, jetzt hatte er ihre volle Aufmerksamkeit.

Er vergewisserte sich, dass Yvonne sein Sandwich am gegenüberliegenden Tresen zubereitete und ihnen den Rücken zugewandt hatte, bevor er mit den Zähnen über Raes Hals fuhr.

Sie neigte ihren Hals und summte leise.

Es war sehr unschicklich, seine Frau in der Küche zu belästigen, wo es das Personal sehen könnte.

Seine Hand stahl sich zu ihrem unteren Rücken, und er hielt seine Lippen nur wenige Zentimeter von ihrem Hals entfernt, als er ihr ins Ohr wisperte: „Mehr Zeit für uns zuhause."

Rae räusperte sich und schaute auf ihren Teller. Ihre Atmung ging schneller.

Er zog sich gerade rechtzeitig zurück, bevor Yvonne sich mit einem Teller in der Hand zu ihnen umdrehte.

Während er aß, fand er hier und dort Gelegenheiten, Rae zu berühren, sie zu streicheln, um ihre Aufmerksamkeit auf sein Bein, seine Hände oder seinen Mund zu richten und sie von den Ereignissen am heutigen Nachmittag abzulenken.

Er aß zügig, und sobald sie beide fertig waren, nickte er seiner Küchenchefin zu und führte Rae an der Hand zur Treppe.

Einer der Hausangestellten goss die riesigen Farne im großen Empfangsraum und ein weiterer schob vor den großen Fenstern mit Ausblick auf den Pool eine surrende Poliermaschine über den Marmorboden. Überall herrschte wieder Normalität.

Wulf sah, dass Rae die beiden bemerkte, als sie an ihnen vorbeigingen, und ein schuldbewusster Ausdruck schlich sich in ihre schönen, dunklen Augen. Sie dachte immer noch, dass sie mithelfen sollte, wenn sie jemanden eine Haushaltsarbeit verrichten sah, egal wie sehr Wulf ihr auch versicherte, dass es der Job seiner Leute war. Sein Personal liebte sie dafür, also sagte er nicht allzu viel dazu. Sie wussten alle, dass er keinen von ihnen entlassen würde, auch wenn seine Frau manchmal helfend einsprang.

Wulf und Rae erreichten die große Treppe, die zur oberen Etage führte, und als Wulf auf die erste Stufe trat, fühlte sich sein rechtes Knie unerklärlich schwach an.

Seltsam.

„Ich beginne, diese ganze Sache abschütteln zu können", sagte Rae. „Ich meine, es war schrecklich, und ich hasse irgendwie gerade die Welt, aber es geht mir gut."

„Du solltest dich für ein paar Minuten hinlegen", meinte Wulf.

„Das ist nicht nötig. Und wenn du etwas zu tun hast, kannst du mich ruhig allein lassen. Ich habe auch noch einiges an Forschungsarbeit zu erledigen. Meine Profs haben mich bei den Besprechungen heute Vormittag gut mit Stoff versorgt. Das fühlt sich an, als wäre es in einem anderen Leben gewesen." Sie seufzte.

„Ich bestehe darauf", sagte Wulf.

„Du ... du *bestehst* darauf?" Rae folgte ihm, ihre Schritte trippelten auf den Marmorstufen. „Ist alles in Ordnung?"

„Natürlich." Er führte sie die Stufen hinauf, jeder Schritt fiel ihm schwerer als der letzte, bis sie schließlich den oberen Treppenabsatz erreicht hatten.

Er ging am Geländer entlang, immer noch Raes weiche, schmale Hand in seiner haltend, während das Zittern von seinen Beinen in seine Brust hochstieg.

„Wulf?", hörte er sie neben sich wispern. „Du zitterst wie verrückt. Geht es dir gut?"

Etwas musste mit der Klimaanlage nicht stimmen. Eine kalte Brise blies durch seinen Geschäftsanzug und kroch hinten unter seinen Kragen, ließ einen Schauer über die tiefen Narben an seinem Rücken hinunterfahren.

„Wulf?"

Ein breiter Ring aus schwarzem Rauch, der im Kreis herumwirbelte, umgab die Tür zu ihrem Schlafzimmer. Wulf schob sich hindurch, stieß die Tür auf. Seine Hand rutschte am Türgriff ab, und er stolperte hinein.

Er stieß gegen eines der deckenhohen Bücherregale, welche drei der vier Wände des Raumes säumten. Der Farbregenbogen der Buchrücken verschwamm vor seinen Augen.

„*Wulf!*", rief Rae irgendwo weit von ihm entfernt.

„Es geht mir gut, wirklich", wisperte er und streckte die Hand nach ihr aus, weil er unbedingt ihr Haar oder ihre Haut spüren musste.

ANSTELLE DER SCHWEIZ

Rae griff nach Wulf, als er vor ihr zusammenbrach. Seine Beine gaben nach. Sie schaffte es, einen Arm um ihn zu schlingen und seinen Sturz zu bremsen, hauptsächlich, weil er eine Hand nach ihr ausgestreckt hatte. Jetzt lag sein Arm schwer um ihre Taille. „*Wulf!*"

„Es geht mir gut, ehrlich", murmelte er.

„Ganz offensichtlich nicht!" Sie löste seinen Arm von ihrer Taille, aber er hörte nicht auf, nach ihr zu greifen. Seine Finger umklammerten ihr Handgelenk und ihren Arm. „Tut deine Brust weh? Kannst du sehen? Kannst du *atmen*?"

Er griff nach ihrer Schulter und zog sie nach unten, bis sie neben ihm lag, mit ihrem Kopf an seine Brust gepresst. Unter ihrem Ohr hörte sie sein Herz beständig, aber schnell schlagen, so beunruhigend schnell.

Sie schaute zu ihm auf. Er hatte die Augen fest zusammengepresst, als hätte er Schmerzen. „Du musst mir sagen, ob es dir gut geht", verlangte sie.

Er nickte. Sein Kiefer mahlte, sodass seine Wangenmuskeln sich sichtbar anspannten, und er presste sein Kinn an die Brust.

„Versprich mir, dass du keine Schmerzen in der Brust hast."

Er nickte, aber gleichzeitig wurde der Griff seiner Arme um sie herum enger.

Rae wand sich etwas, um sich nach oben zu recken und in einem zarten Kuss mit den Lippen über seine zu streichen. Sicherlich brauchte er gerade etwas Zärtlichkeit, eine sanfte Berührung.

Wulfs Arme verschränkten sich hinter ihr, und sein Kuss brannte an ihren Lippen. Er drehte sich mit ihr herum und drückte sie auf den dicken Teppichboden, kletterte auf sie drauf.

Oh. Sie brauchte keinen Doktor in Psychologie, um zu erkennen, dass Wulf sich genau einen Weg erlaubt hatte, wie er seine Emotionen ausdrückte. Rae kroch unter ihm etwas nach hinten und trat die Tür zu.

Wulf bäumte sich auf, streifte sich die Anzugjacke von den Armen und warf sie zur Seite. Dann senkte er sich wieder auf sie, presste sie mit seinem Körper zu Boden. Sein Kragen war bereits geöffnet, und er hatte heute keine Krawatte getragen, also zerrte er sich nun sein Hemd über den Kopf, wobei er leicht angestrengt die Stirn runzelte, als er dabei die vernarbte Seite seines Rückens streifte.

Die Verzweiflung in seinen dunkelblauen Augen erschütterte sie, doch da griff er bereits wieder nach ihr, küsste sie innig und stieß seine Zunge in ihren Mund. Eine seiner Hände vergrub er in ihrem Haar, während er mit der anderen ihre Bluse aufknöpfte.

Als er den Kuss abbrach und den Kopf senkte,

um mit den Zähnen über ihren Hals zu fahren, sagte sie: „Wulf, glaubst du nicht, wir sollten reden …"

Er bedeckte ihren Mund mit seiner Hand, während er sich zwischen ihrer offenen Bluse an ihrer Haut hinabküsste und ihren BH mit dem Kinn wegschob.

Rae wusste insgeheim, dass sie an dieser Stelle protestieren sollte, dass es für Wulfs psychische Gesundheit besser wäre, seine Emotionen mit Worten auszudrücken. Dass er darüber reden sollte, was heute Nachmittag passiert war, welche Wirkung es auf ihn gehabt hatte. Aber sein heißer Mund fand ihre Brust und er saugte an ihr, strich mit seiner Zunge über ihre Brustwarze.

Leidenschaft flammte in ihr auf, und sie wölbte sich ihm wimmernd entgegen.

Seine Hände wurden grober, packten ihre Haut und schoben ihre Kleidung aus dem Weg. Er zog den Reißverschluss ihrer Jeans runter und zerrte daran, schaffte es, sie an einem ihrer Beine runterzuziehen, während er sich seine eigene Hose runterstreifte, sie wegtrat und dann ihre Beine mit einem Knie auseinanderschob.

Sie wollte ihn nach oben ziehen, um ihn wieder zu küssen, aber er presste seine Zunge gegen ihre Klitoris, schickte elektrisierende Funken der Lust durch ihren Körper, bis sie zitterte und vor Verlangen aufschrie. Wulf kletterte an ihr hoch, seine starken Finger hinterließen beinahe Blutergüsse auf ihren Rippen und Schultern. Sein Unterkörper ruhte zwischen ihren Beinen, als er ihren Mund mit seinem verschloss, sie wieder küsste und dann in sie eindrang. Seine Schultern zitterten immer noch in ihren Armen, während er sie langsam dehnte und ausfüllte.

Sie stöhnte an seinen Lippen.

Wulf vergrub keuchend sein Gesicht an ihrer Schulter, rammte sich dabei weiter in sie. Sie hob ihre Hüften an, damit er bei seinen Stößen an ihrer Klitoris rieb.

Mit jedem seiner Stöße stieg der Druck in ihrem Inneren weiter an, während er ihrem Körper Schreie der Lust entlockte. Rae hielt sich an ihm fest, indem sie die Arme um seinen Hals geschlungen hielt, ihr Körper bildete einen angespannten Bogen unter seinem, während er nach oben in sie stieß. Ihr Körper verkrampfte sich, als er sie mit seinen harten Stößen sowohl von innen als auch von außen rieb. Der Druck in ihr zerriss und schleuderte sie über die Kante.

Pulsierende Wogen brachen über ihr herein, und sie klammerte sich an Wulf fest, während das Blut in ihren Ohren rauschte und ihr Körper in seinen Armen erschauerte. Seine Rückenmuskeln spannten sich an, und sein keuchender Atem strich nah an ihrem Ohr über ihre Haut.

Schwer atmend hielt Rae ihn eng umschlungen, während ihr Kopf sich immer noch drehte.

Wulf stützte sich mit den Unterarmen ab, um sie nicht mit seinem vollen Gewicht zu erdrücken und wisperte mit abgehacktem Atem an ihrem Ohr: „Du kannst nicht ohne deine Security weggehen. Ich dachte, jemand hätte dich entführt." Sie konnte sein raues Wispern beinahe nicht verstehen. „Ich dachte, du könntest tot sein."

Sie streichelte tröstend über seinen Rücken, die Seite ohne die schreckliche Narbe. „Ich werde meiner Mutter erzählen, was die anderen getan haben, und sie wird dafür sorgen, dass sie niemals wieder so etwas versuchen werden."

Er schlang seine Arme um sie und hielt sie eng an sich gedrückt. „Ich flehe dich an: Bleib bei deiner Security."

„Das werde ich. Versprochen."

Seine Stimme wurde noch leiser. Als Rae es schließlich schaffte, sich weit genug aus seinem Griff zu befreien, dass sie sein Gesicht sehen konnte, waren seine Augen geschlossen.

„Ich dachte, ich hätte dich verloren. Ich dachte, du wärst *fort*", flüsterte er.

Sie legte ihre Arme um seinen Hals und zog ihn wieder nah zu sich, hielt ihn fest. Sie wollte etwas Wortgewandtes sagen, etwas, das ihn zum Lachen bringen würde, wie dass er sie nicht so leicht loswerden würde oder dass sie zu stur war, um umgebracht zu werden. Aber es hatte ihn schlimmer mitgenommen, als dass so etwas gerade helfen würde.

„Ich werde nie wieder ohne sie irgendwo hingehen", versprach sie.

„Flicka ist als Teenager oft vor ihren Bodyguards weggerannt", wisperte er. „Sie hat es für ein Spiel gehalten, bis ein Mann sie in sein Auto gelockt hat. Ihre Security hat sie gerade noch rechtzeitig rausholen können, bevor er losfuhr."

„Oh mein Gott", keuchte Rae.

Wulf presste so fest die Zähne zusammen, dass sein markanter Kiefer an den Seiten hervortrat. „Ich darf dich nicht verlieren."

ULTIMATUM

Später am Abend, während Rae schlief, saß Wulf wieder allein in seinem Büro, starrte die schwarzen Monitore an und hielt sein Handy ans Ohr. Es war spät in Deutschland, gegen Mitternacht.

Er verspürte immer noch ein ungewohntes Flattern in seiner Brust. Sein Gesicht erhitzte sich, aber er fragte mit ruhiger, leiser Stimme: „Hast du gedacht, das war nur eine leere Drohung von mir?"

„Wage es nicht, *mir* zu drohen", erwiderte Wulfs Vater, seine erlauchte Hoheit, der Erbprinz von Hannover, Phillip Augustus.

Wulf neigte dazu, in seinem Kopf alle Titel seines Vaters zu benutzen, weil die Bediensteten ihn und seinen Bruder früher immer mit ihren vollen Titeln angekündigt hatten, wenn sie zu ihrem Vater gewollt hatten, während sie unbeweglich nebeneinanderstanden und darauf warteten, dass es vorbei war.

„Die Umzugswagen werden in zwei Tagen

eintreffen, um dich ins Kaiserhaus in der Stadt umzuquartieren", sagte Wulf. „Ich lasse dir ein minimales Aufgebot an Bediensteten. Das Geld, was du vom Fonds kriegst, wird um zwei Drittel gekürzt."

„Das würdest du nicht wagen", stammelte sein Vater.

Wulf war zu wütend, um das hier genießen zu können. „Das werde ich absolut."

„Constantin hätte mir so etwas nie angetan."

Das dichte Narbengewebe an Wulfs Rücken hielt ihn davon ab, sich im Bürostuhl zurückzulehnen. „Constantin ist tot."

„Er hätte einen viel besseren Prinzen abgegeben."

Das war eine alte Taktik seines Vaters, eine, die Wulf nicht sehr wertschätzte. „Du hast Constantin bis zu seinem neunten Lebensjahr ganze einunddreißig Mal gesehen."

„Und dennoch weiß ich, dass er ein guter Prinz und ein guter König gewesen wäre. Er hatte eine königliche Persönlichkeit, eine gebieterische Ausstrahlung."

Wulf hatte genug von dieser Argumentationskette. Er senkte seine Stimme zu einem bedrohlichen Ton: „Wenn du dich jemals wieder in unser Leben einmischen solltest, vor unserer Hochzeit oder danach, werde ich weitaus drakonischere Kürzungen vornehmen. Haben wir uns verstanden?"

„Absolut." Dennoch klang sein Vater unbeeindruckt, als glaubte er nicht, dass all das wirklich passieren würde.

„Halt dich aus unserem Leben raus. Kontaktiere weder mich noch sonst jemanden, um über Rae zu sprechen. Woher wusstest du von ihrer Familie und woher wusstest du, dass wir letzte Woche Skifahren würden?"

„Das würdest du wohl gerne wissen?"

Wulf konnte das abfällige Schnauben seines Vaters auf der anderen Seite des Atlantischen Ozeans hören.

Aber das änderte nichts.

„Wenn du noch einmal basierend auf solchen Informationen handelst, ganz egal wie du an sie gekommen bist, wird es weitere Konsequenzen geben."

„Der Rest der Familie wird das nicht zulassen."

Vor ein paar Jahren mochte das gestimmt haben, aber alle hatten das Betriebsbudget für Schloss Marienburg gesehen, und den meisten war klar, dass ein dortiger Wechsel einen signifikanten Anstieg ihrer Dividenden vom Familien-Treuhandfonds bedeuten würde. „Nur zu, testen wir deine Behauptung."

„Sie werden dich als das Familienoberhaupt abwählen."

„Du kannst den Vorschlag gern vorbringen. Wir werden sehen, wie weit du kommst."

„Du kannst diese gewöhnliche Frau nicht heiraten! Ich werde dir niemals den Status einer dynastischen Ehe verleihen!"

„Elizabeth hat das bereits getan. Sie ist diejenige mit der Autorität dazu, und wir sind seit Monaten rechtlich verheiratet. Unsere Kinder werden deine Titel tragen, und falls wir *Gott bewahre* jemals wieder ein richtiges Königreich bekommen sollten, werden sie auf deinem Thron sitzen. Also Schluss mit diesem Unsinn. Du warst schon immer irrelevant in meinem Leben. Jetzt mach dich bitte ebenso rar, wie du es in unserer Kindheit gewesen bist."

Mit diesen Worten beendete Wulf das Telefonat.

Und diesmal warf er das Handy gegen die Wand.

Das Gerät zersplitterte unter dem dämmrigen Deckenlicht in einem grellen Glasregen.

DUNKELHEIT

Aus den Schatten des deutschen Waldes, dort wo die Bäume am dichtesten zusammenstanden, wisperte eine Frauenstimme Wulfs Namen. Er drehte sich um und spähte in die Dunkelheit.

Wulf schlug mitten in der Nacht die Augen auf. Die blau glühenden Ziffern auf der Uhr zeigten an, dass es zehn vor drei war.

„Wulf?", fragte Rae.

Er streckte sich und drehte sich zu ihr um, trat die einengende Decke von seinen Beinen weg. „Ja? Brauchst du etwas?"

Ihr zittriger Atem ließ ihn sofort hellwach werden.

Mit erstickter Stimme sagte sie: „Ich blute."

Er schloss sie in seine Arme, hielt sie, während sein Herz sich zusammenzog. „Wir fahren ins Krankenhaus. Ich bringe dich zum Auto. Vorsichtig. Ein Sturz wäre jetzt das Letzte, was wir brauchen." Er hielt ihre schlanken Finger in seinen und wisperte: „Ich liebe dich. Was immer auch passiert: Ich liebe dich."

RAE UND WULF: IM KRANKENHAUS

HEIMLICHE MILLIARDÄRE: RAE

(Ein Epilog zum Epilog „Entführt")
Epilog #6

KRANKENHAUS

R ae lag auf der Behandlungsliege in einem dunklen Krankenhauszimmer, darum bemüht, nur sehr schwach zu atmen, damit das Heben und Senken ihres Bauches nicht die Aufnahme des Ultraschallbildes stören würde. Der Lüfter des Computers surrte leise, und die Krankenhaustechnikerin summte vor sich hin, während sie mit einer Hand den Schallkopf über das kalte Gel auf Raes Bauch gleiten ließ und mit der anderen etwas tippte.

Die Technikerin, eine Frau mit großen, dunklen Augen, die sich als Madra vorgestellt hatte, starrte den Computerbildschirm an. Das Licht des Monitors erhellte Madras Gesicht, glitt über ihre dunkle Haut. „Ich sollte eigentlich nichts sagen, weil es der Job der Radiologin ist, die Aufnahmen auszuwerten, aber ich kann einen Herzschlag sehen."

„Das ist gut?", fragte Rae, nur um sicherzugehen, dass es nicht irgendwie schlecht war, wenn man ihn sehen konnte.

„Das ist sehr gut." Madra ging wieder dazu über, Dinge auf der Tastatur einzutippen.

Rae schaute zu Wulf, der neben ihr saß und ihre linke Hand hielt. Der Griff seiner Finger wurde unmerklich fester. In dem dunklen Zimmer, wo es nur das dämmrige Licht des Monitors gab, wirkten seine dunkelblauen Augen beinahe schwarz, und hellblaue Lichtakzente schimmerten auf seinem blonden Haar.

„Wollen Sie ihn hören?", fragte Madra

„Ähm, ja?", erwiderte Rae unsicher.

Die Technikerin klickte etwas auf dem Computerbildschirm an, und eine schnelle Schwingung erfüllte die Luft, so als würde man den vibrierenden Herzschlag einer Maus hören.

Als Wulf die Geräusche hörte, blinzelte er und seine Lippen teilten sich. Dann hob er den Kopf, schaute um sich herum.

Für Wulfs Verhältnisse waren diese kleinen Bewegungen eine enorme Reaktion. Rae drückte seine Finger, während sie beide dem Herzschlag des Babys lauschten, der um sie herum erschallte, und Rae betete, dass es nicht das letzte Mal sein würde.

Die Technikerin tippte etwas ein, und der Klang verstummte. Sie schaute auf ihr Handy. „Okay, ich bin fertig. Die Ärztin kommt jetzt und bespricht alles weitere mit Ihnen", sagte sie.

Die Tür öffnete sich, und eine große, gertenschlanke Frau trat ein. Ihr weißer Ärztekittel rauschte hinter ihr her. „Hallo, ich bin Dr. Chen", sagte sie.

Madra schaute auf. „*Ni Hao.*"

Dr. Chen blinzelte, und einer ihrer Mundwinkel hob sich. „*Ni Hao*, Madra." Dann schaute sie zu Rae.

„Madra bringt mir Mandarin bei. Wie dem auch sei, ich nehme an, Sie haben bereits gehört, dass es einen Herzschlag gibt."

Rae nickte.

„Schauen wir mal, was wir sonst noch hier haben." Madra machte den Stuhl für Dr. Chen frei, die sich darauf niederließ und die Untersuchung von Raes Bauch fortsetzte. Der kleine Schallkopf verschmierte das kühle Gel auf ihrer Haut. „Ja, es sitzt tief."

Madra nickte. „Ich habe das in einigen der Aufnahmen vermerkt."

„Ja, Sie haben recht. Gut bemerkt." Dann wandte die Ärztin sich Rae zu, während sie weiter mit dem Ultraschallgerät über ihren Bauch fuhr. „Deshalb bin ich reingekommen. Madra hat entdeckt, dass die Schwangerschaft sehr tief im Uterus vorliegt. Die Plazenta bedeckt teilweise den Gebärmutterhals."

Neben ihr verlagerte Wulf sein Gewicht auf dem Stuhl und seine Finger drückten ihre noch fester.

Rae unterdrückte den Impuls, ihre Arme um ihren Bauch zu schlingen. „Und das bedeutet?"

Die Ärztin nahm den Schallkopf von Raes Bauch, wischte ihn ab und benutzte dann ein frisches Tuch, um Raes Unterleib von dem wässrigen Gel zu säubern. „Eine Placenta praevia, eine Fehllage der Plazenta, ist eine sehr ernstzunehmende Situation. Sie kann durch vielerlei Dinge ausgelöst werden, manchmal auch nur durch den zufälligen Ort, an dem sich der Embryo eingenistet hat, als Sie schwanger wurden. Es kommt vor. Aber ich will betonen: *Es kann etwas Ernstes sein.* Wenn Sie es bis ins letzte Trimester schaffen, besteht keine Gefahr für das Baby. Aber bei *Ihnen* könnten Komplikationen auftreten. Oft kommt es zu gefährlichen Hämorrhagien." Dr. Chen schaute auf einen anderen Bereich am Computermonitor. „Die Blutung hat jetzt aufgehört, richtig?"

Rae nickte so heftig, dass ihr beinahe schwindelig wurde, und zog ihre Pyjamahose bis zu ihrer Taille hoch.

Dr. Chen starrte sie an und sagte eindringlich: „Wenn Sie erneut anfangen sollten zu bluten, egal wie wenig, kommen Sie sofort zu uns. Das kann ich nicht genug betonen. Es kann ein ernsthaftes Risiko für Ihr Leben und Ihre Gesundheit darstellen. Sie könnten verbluten und sehr schnell sterben. Haben Sie das verstanden?"

Rae nickte und schaute zu Wulf rüber. Auch wenn er sich wie immer um einen neutralen Gesichtsausdruck bemühte, der ihn ernst aussehen ließ, schien er der Ärztin sehr aufmerksam zuzuhören.

Seine Hände verrieten jedoch seine wahre Gefühlslage. Er hatte ihre Hand mit beiden umschlungen, bedeckte ihre Finger vollständig mit seinen großen, starken Händen, auf eine beschützende Art und Weise, denn das war alles, was er im Moment tun konnte.

„Ist das eine Situation, wo wir eine Entscheidung treffen müssen?", fragte Wulf.

„Ist das etwas, das Sie in Betracht gezogen haben?", fragte Dr. Chen.

„Nein", erwiderten Raes Sopran- und seine Bassstimme gleichzeitig. „Aber wenn die Schwangerschaft ihr Leben gefährden sollte …", fuhr Wulf fort.

„Dafür ist es noch zu früh", sagte Dr. Chen. „Zu

diesem Zeitpunkt sollte es genügen, den weiteren Verlauf wachsam zu beobachten."

Wulf nickte langsam, und irgendwie schien er nicht einmal zu blinzeln.

„Also, was sollen wir jetzt tun?", fragte Rae die Ärztin.

„Es tut mir leid, das sagen zu müssen", erwiderte diese mit mitleidvoll verzogenem Gesicht, „aber das bedeutet Bettruhe. Absolute Bettruhe. Möglichst auf Ihrer linken Seite, wenn Ihr Bauch runder wird. Und am Ende werden Sie einen Kaiserschnitt brauchen. Eine natürliche Geburt wäre zu riskant, *viel* zu riskant."

Oh, Mist. „Was ist mit meinem Studium?"

Die Ärztin zuckte bedauernd mit den Schultern. „Es tut mir leid. Sie müssen durchgehend liegen bleiben. Als ich bei meinem ersten Kind drei Monate lang Bettruhe verordnet bekommen hatte, während ich Medizin studierte, habe ich ein unabhängiges Studienprojekt für den Master gemacht. Sie könnten so etwas Ähnliches versuchen. Und jetzt zu den guten Nachrichten."

„Ja?" Gute Nachrichten könnte sie jetzt wahrhaftig gebrauchen.

„Ich habe schon viele Fälle von Placenta praevia gesehen. Bei einigen davon lag die Plazenta direkt auf dem Gebärmutterhals." Sie schlug energisch die Hände zusammen. „Bei Ihnen ist es jedoch nicht so schlimm. Die Einnistung liegt höher an der Gebärmutterwand, als ich es bei anderen Fällen gesehen habe. Unter Umständen, *möglicherweise*, könnte sich die Fehlstellung von selbst korrigieren."

Rae atmete erleichtert aus. „Sagen Sie mir, was ich dafür tun muss."

„Das ist nichts, was Sie bewusst tun können. Wenn der Uterus sich vergrößert, schwillt er wie ein heißer Luftballon an, der vom Boden abhebt. Es ist möglich, dass die Plazenta sich dabei vom Gebärmutterhals löst. Wenn das passiert, können wir im besten Fall die Bettruhe reduzieren, aber sie wird mindestens einen Monat lang andauern, wenn nicht sogar die ganze Schwangerschaft hindurch."

„Ja?" Rae schaute zwischen Wulf und der Ärztin hin und her.

„Ja. Zusätzlich zur Bettruhe gelten die üblichen Vorsichtsmaßnahmen", sagte die Ärztin, stand auf und rückte ihren Kittel zurecht. „Kein Baden in der Wanne. Keine Überanstrengung. Kein Sport. Kein Geschlechtsverkehr."

„Wie bitte?", fragte Rae.

Wulfs Augenbrauen senkten sich etwas.

„Nichts, was Ihren Gebärmutterhals in irgendeiner Weise belasten könnte", fuhr Dr. Chen fort. „Das ist mein Ernst. Sie könnten sterben. Und keine Autofahrten, die länger als dreißig Minuten dauern."

„Aber wir wollen morgen in die Schweiz reisen!" Um zu heiraten. Aber das erzählte Rae der Ärztin nicht.

Wulfs Schwester, Flicka, hatte ihre kirchliche Hochzeit seit Monaten geplant, seit sie von ihren eigenen Flitterwochen zurückgekommen war. Der Hotelsaal in Montreux wurde bereits für ihren Hochzeitsempfang dekoriert. Raes traumhaftes, maßgeschneidertes Kleid war dreimal angepasst worden und befand sich bereits bei Flicka in der Schweiz. Privatflugzeuge wurden weltweit für dieses Event startklar gemacht. Schweizer Floristen importierten Flugladungen von Blumen, um die Kirche und den Empfang zu schmücken.

Dr. Chen schüttelte den Kopf. „Es tut mir leid. Sie werden nirgendwo hingehen. Definitiv keine Flüge für Sie."

Oh nein. Verzweiflung stieg in Raes Brust auf und schnürte ihr die Kehle zu. Sie schluckte schwer.

Nachdem die Ärztin und die Technikerin das Zimmer verlassen hatten, drehte Rae sich zu Wulf um. „Es tut mir so leid."

Seine Hände drückten ihre. „Mir fällt nichts ein, was dir leidtun müsste."

„Einfach alles. Weil ich nichts richtig machen kann. Weil wegen mir die Hochzeit ruiniert wird. Weil wir jetzt nicht einmal mehr *du weißt schon* ... Einfach *alles*."

„Nichts davon ist deine Schuld", beharrte er.

„Wie soll ich das Flicka sagen?", fragte Rae entsetzt. Tränen begannen, aus ihren Augenwinkeln zu laufen.

Wulf wisperte mit geschlossenen Augen: „Ich werde es Flicka sagen. Das ist kein Problem. Nichts davon ist ein Problem. Aber ich kann dich nicht verlieren. Ich muss für dein Wohlergehen sorgen, auch wenn ich nicht weiß, wie."

Rae zog sanft ihre Hände aus seinen und glitt mit ihnen an seinen Armen hoch „Du wirst mich nicht verlieren."

Er beugte sich über sie, hielt sie zärtlich. „Ich denke, wir sollten es in ein paar Monaten oder Jahren nochmal versuchen."

Das Bild eines Babys mit himmelblauen Augen und einem blonden Wuschelkopf stieg vor ihrem inneren Auge auf.

„Nein", widersprach Rae und legte eine Hand auf ihren Bauch. „Nein. Ich will dieses Baby so sehr."

Er seufzte, sein heißer Atem strich über ihre Schulter. „Ich will, dass dich noch andere Ärzte untersuchen." Er zog sich zurück und seine tief-blauen Augen nahmen einen harten Ausdruck an. „Ich werde dafür sorgen, dass sie deine Aufnahmen gleich morgen auswerten. Ich will ganz genau wissen, wie hoch das Risiko ist, bevor wir irgendeine endgültige Entscheidung treffen. Und es ist möglich, dass wir Entscheidungen treffen müssen. *Einige* Entscheidungen."

„Ich will dieses Baby", wiederholte Rae.

„Das ist nicht die einzige Entscheidung", meinte Wulf, während sich seine Stimme zu einem kommandierenden Tonfall senkte. „Wir müssen auch entscheiden, wo es die besten Ärzte gibt, welche Behandlungen auf dem neuesten Forschungsstand sind und wie ich am besten für dein Wohlergehen sorgen kann."

DIETER UND WULF

Das Kleinkind auf dem Rücksitz des Autos schrie, und Dieter schaute im Rückspiegel nach hinten.

Das fünfzehn Monate alte Mädchen war eher wütend darüber, dass es sich nicht frei bewegen konnte, als dass ihm irgendetwas fehlte. Dieters eigener Zorn wuchs mit jeder weiteren Minute.

Draußen vor dem schwarzen SUV schob sich eine Masse aus anderen Autos durch die fünf Fahrspuren, während er die Schnellstraße entlangfuhr, die von der Sonne geröstet wurde. Selbst die Kakteen am Seitenrand verschrumpelten in der Hitze, die auf den dunklen, brüchigen Asphalt knallte.

Seine Hände umklammerten das Lenkrad fester, dann drückte er mit dem Daumen auf einen Knopf und sagte: „Ruf *Durchlaucht* an.“

Das Freizeichen ertönte durch die Autolautsprecher und erschreckte das kleine Mädchen. Es schrie lauter, die schrillen Klagelaute raubten ihm den letzten Nerv.

Wulfram von Hannover, sein ehemaliger Arbeitgeber, meldete sich: „Was gibt es, Dieter?"

Die Worte, die aus seinem Mund heraussprudelten, hinterließen einen bitteren Nachgeschmack. „Sie hat mich verlassen, Wulfram. Ich weiß nicht, was ich tun soll."

„Wer hat dich verlassen?" Wulframs Stimme, die aus den Stereolautsprechern drang, erweckte den Eindruck, als befände der Mann sich überall um ihn herum.

Dieter wechselte ins Alemannische. „*Gretchen*. Ich bin nach Hause gekommen. Ihre Klamotten waren alle weg. Die Bankkonten waren leergeräumt, die privaten und die geschäftlichen. Alles *weg*. Es waren Millionen. *Sie* ist *weg*."

„Wo ist Alina?", fragte Wulfram.

Das Kleinkind schrie beim Klang seines Namens noch lauter auf. „Gretchen hat sie bei einem Nachbarn gelassen. Kannst du dir diese Herzlosigkeit vorstellen? Gretchen hat einen Notizzettel an unseren Fernseher geklebt, auf dem stand, wo mein Kind ist. Bei einem *Nachbarn*. Wir kennen Lupe nicht einmal sonderlich gut. Arbeitet Hans eigentlich heute?"

Das Schweigen am anderen Ende der Leitung sagte Dieter mehr, als ihm lieb war.

Er schlug mit der Faust gegens Lenkrad. „Es war Hans, oder?"

„Ich bin mir nicht sicher", erwiderte Wulfram. „Er hat heute Nachmittag seine Kündigung eingereicht, mit sofortiger Wirkung. Ich war anderwärtig beschäftigt und habe den Brief einfach entgegengenommen. Er meinte, es wäre eine private Angelegenheit, und bat mich, die Sache diskret zu handhaben."

„Diese private *Angelegenheit* war meine *Frau*!"

„Komm zu mir nach Hause, Dieter. Wir kümmern uns um dich und Alina."

„Ich muss nicht zu dir fahren, Wulfram. Ich kann auf meinen eigenen Beinen stehen."

„Natürlich kannst du das. Komm einfach her. Wir können etwas trinken. Frau Keller kann dir für eine Weile mit Alina helfen. Lass uns dir helfen."

„Das Geld war für die Sicherheitsagentur. Es waren *Millionen*. Ohne dieses Geld kann ich diese Woche nicht einmal mein Personal bezahlen. Ich kann den Kredit nicht zurückzahlen, den du mir gegeben hast."

„Es gibt Gesetze, Dieter. Ihr steht ein kleiner Teil davon zu. Den Rest werden wir zurückbekommen. In der Zwischenzeit werde ich dir bei allem, was du brauchst, helfen. Wo bist du gerade?"

Die versengend heiße Wüstensonne stand immer noch hoch am Horizont, wurde aber größer, während sie sich den Bergen näherte. Ihr Feuer drohte, die trockene Wüste zu überrollen und alles zu verschlingen. „Auf der Schnellstraße, auf dem Weg zum Flughafen."

„Wo willst du hin?"

„Ich weiß nicht. Ihnen nach?" Die Sonne spiegelte sich auf der schwarzen Windschutzscheibe des Autos vor Dieter, ein plötzlich aufflackerndes weißes Licht. Die Straße und der Verkehr verschwammen, und er rieb sich mit dem Handrücken über die Augen.

„Weißt du, wohin Gretchen und Hans gegangen sind?", fragte Wulfram.

„Wahrscheinlich wollen sie zum Flughafen. Sie müssen zu irgendeinem weit entfernten Ort fliegen wollen, wo ich sie nicht finden kann. Ich weiß nicht, wo sie sind!"

„Ganz egal, wo sie hingegangen sind, du kannst sie nicht verfolgen, um dich an ihnen zu rächen, solange du ein Kleinkind auf deinem Rücksitz hast. Nimm die nächste Ausfahrt. Fahr zu mir."

„Du glaubst nicht, dass er ihr etwas antun würde, oder? Du glaubst nicht, dass es ihm bei der Sache nur ums Geld ging, und dass er ihr etwas antun könnte?"

Wulfram seufzte. „Es tut mir leid, Dieter. Von dem wenigen, was Hans erzählt hat, scheint es ihm nicht ums Geld gegangen zu sein. So oder so solltest du jetzt zu mir kommen."

„In Ordnung. Ich nehme die Ausfahrt."

„Gut. Ich bleibe in der Leitung, damit ich dich gleich durchs Tor reinlassen kann. Wir werden das diskret handhaben."

„Kann Rae mit Alina helfen?", fragte er. Dieter mochte Rae. Sie war nett und freundlich, auf eine Art, die selbst ihn ruhig werden ließ. Er konnte ihr vertrauen.

„Es gab ein Problem. Ihr wurde Bettruhe verordnet, und sie darf nicht gestört werden."

Geschockt fragte er: „Geht es ihr gut?"

„Fürs Erste. Und wir hoffen das Beste."

„Mein Gott, Wulfram. War das wegen der Sache im Hotel gestern? Habe ich deshalb die knappe E-Mail von deiner Schwester bekommen, in der stand, dass die Hochzeit verschoben wird?" Die ganze Welt war in reinstes Chaos versunken.

„Unglücklicherweise ja, zumindest, was den letzteren Teil angeht. Hinsichtlich Alinas Betreuung werde ich Frau Keller heute Abend um einen Gefallen bitten, und morgen stellen wir dann ein Kindermädchen ein. Ich hatte sowieso vor, jemanden für die Zeit einzustellen, wenn unser Kind da ist, also macht es dir hoffentlich nichts aus, wenn ich Alina für ein paar Monate als Versuchskaninchen benutze, oder?"

„In so einer Situation machst du Witze, *Durchlaucht*?"

„Habe ich nicht arktisches Eis in den Adern anstatt blauem Blut? Das hast du doch selbst immer zu mir gesagt. Jedenfalls, bist du schon von der Schnellstraße runter?"

Dieter bog auf die Ausfahrt und fuhr mit gedrosseltem Tempo zur Ampel weiter. „Ja."

„Und du bist auf dem Weg zu meinem Haus?"

Die Straße „Scots Road", die zur Apache-Tears-Ranch-Wohnsiedlung führte, schlängelte sich in einer dunklen Linie zwischen den hellbraunen Geschäften und Gebäuden hindurch auf die blauen Berge zu. „Ja, *Durchlaucht.*"

„Gut. Fahr weiter. Fahr vorsichtig. Sag mir, was du für die nächsten Tage brauchst."

„Ich muss nach Gretchen suchen, das brauche ich!" Seine Frau und er hatten durchaus ihre Meinungsverschiedenheiten gehabt, aber Dieters Brust fühlte sich an, als hätte sie ein klaffendes Loch. Er hatte gedacht, dass sie beide eine Familie geformt hätten, ein Zuhause für ihr gemeinsames Kind. Und jetzt schien dieses bisher sicher geglaubte Fundament unter ihm wegzubröckeln.

„Du wirst für ein paar Tage bei uns bleiben müssen, mindestens. Vielleicht länger", meinte Wulfram. „Yoshi ist auch hier, also wird der Platz am Esstisch etwas knapp werden."

Dieter schnaubte. In Wulframs Esszimmer könnten vierzig Personen untergebracht werden.

„Wo bist du jetzt?", fragte Wulfram.

„Ich fahre auf der Scots Road Richtung Norden und biege gleich auf Range ab."

„Geschätzte Ankunftszeit?"

Dieter schaute auf die Navigations-App seines Handys. „Sechs Uhr dreiunddreißig."

„Warte kurz." Ein Rascheln und gedämpftes Gemurmel waren über die Lautsprecher in Dieters schwarzem SUV zu hören. „Okay. Wir werden bald alles Nötige hier haben. Sag mir, was du nächste Woche für deine Firma brauchst."

Dieter seufzte, und sein Griff ums Lenkrad lockerte sich etwas.

Vernunft kehrte endlich wieder in seinen Kopf zurück.

Mit einer Hand zog er eine Trinkflasche mit Saft, die sein Nachbar Lupe ihm gegeben hatte, aus der Windeltasche auf dem Beifahrersitz und hielt sie nach hinten. Winzige Hände griffen danach, und bald ersetzten saugende Geräusche das Kindergeschrei. „Das wäre hauptsächlich Geld, *Durchlaucht*. Ich muss meine Angestellten bezahlen, wie auch die Hypothek auf dem Büro und dem Lagerhaus."

„Ich kümmere mich darum. Sonst noch etwas?"

„Ich weiß nicht, wie meine Tochter ohne ihre Mutter auskommen soll. In Gretchens Nachricht stand, dass sie mit uns beiden nichts mehr zu tun haben will, dass sie ihre Freiheit bräuchte, um ihr eigenes Leben zu leben."

„Wir setzen uns morgen mit einem Anwalt in Verbindung, um die Trennung offiziell zu machen und das alleinige Sorgerecht zu beantragen. Und ich weiß durchaus einiges darüber, wie man ein Kind allein großzieht. Es ist schwierig, aber Flicka ist zu einer guten Frau herangewachsen."

„Das ist sie", stimmte Dieter zu.

Abgesehen von ein paar Teenager-Dummheiten und Ausschweifungen im College-Alter war bei Flicka wirklich alles gut gelaufen. Sie leitete mehrere wohltätige Organisationen mit der Effizienz einer Geschäftsführerin und hatte ihr Interesse daran bekundet, einen Master in Betriebswirtschaft zu machen. Auch wenn sie jetzt, nachdem sie den Thronfolger des Fürstentums von Monaco geheiratet hatte, wahrscheinlich nicht mehr dazu in der Lage sein würde. Ebenso wenig wie mit ihrer Musik weiterzumachen.

Über die Lautsprecher des Autos sagte Wulfram: „Alles kommt wieder in Ordnung, Dieter. Wo bist du?"

Ein langes Eisentor zog sich über die Straße. Dieter hielt davor an und schlug sein Portemonnaie auf. Ein Wachmann kam aus der klimatisierten Hütte heraus und auf ihn zugeschlendert. „Ich bin beim Tor der Wohngemeinschaft. In ein paar Minuten bin ich drin."

Sobald Dieter sein getöntes Seitenfenster runter-gerollt hatte, grinste der Wächter ihn an und hob bestätigend eine Hand in Richtung Tor, bevor er sich schnell ins Wachhäuschen zurückzog. Hitze drang durch das offene Fenster in den SUV hinein, und es war viel zu heiß, um länger auf dem Asphalt stehen zu bleiben. Dieter hatte dieses Tor jahrelang jeden einzelnen Tag mehrmals betreten und wieder verlassen. Der Name des Wachmanns war Gary und er hatte zwei Söhne, die Fußball spielten.

Mit so klarer Stimme, als würde er auf dem Beifahrersitz sitzen, sagte Wulfram: „Friedhelm wartet an unserem Tor auf dich, um dich die Auffahrt hoch zu eskortieren. Was brauchst du sonst noch heute Abend?"

„Nur einen Ort zum Ausruhen, *Durchlaucht.*"

„Den hast du."

Dieter bog um eine Ecke. Ein zweites Tor glitt automatisch für seinen Wagen auf. Dahinter wartete ein anderer SUV auf ihn.

Während Dieter dem SUV vor sich folgte und die lange Auffahrt zu Wulframs Haus hochfuhr, schien die Klimaanlage des Autos kältere Luft auszustoßen und sein Gesicht zu kühlen.

Wulfram und er hatten seit jener langen Nacht in der Kaserne der Schweizer Armee gewusst, dass sie sich aufeinander verlassen konnten. Als Dieter seine erste katastrophale Liebesaffäre gehabt hatte, hatte Wulf die ganze Nacht lang seinem Kummer zugehört, anstatt ihn in einer Verfassung allein zu lassen, wo er etwas hätte tun können, was er später bereute. Sie waren gemeinsam zu dem Schluss gekommen, dass Dieter einen schrecklichen Geschmack in Sachen Frauen hatte, da er sich zu Iras Wildheit und Hemmungslosigkeit hingezogen gefühlt hatte. Zudem waren sie sich darin einig gewesen, dass Dieter sich zu schnell und zu heftig verliebte, ohne etwas von sich selbst zurückzulassen.

Der heutige Abend fühlte sich wie eine schreckliche Wiederholung jener Nacht an.

Diesmal aber würde der Alkohol wahrscheinlich besser sein als der billige finnische Wodka, den Dieter vor so vielen Jahren in die Schweizer Kaserne geschmuggelt hatte.

Dieter und Wulfram waren schon lange befreundet, mittlerweile waren es zwölf Jahre. Sie hatten durch den Lauf ihrer Gewehre dieselben Ziele anvisiert und gesehen, wie diese Ziele im Gegenzug auch sie anvisierten. Nachdem sie die Schweizer Armee verlassen hatten, hatte Dieter für ein Jahrzehnt Wulfs Security geleitet, wobei er sich äußerst bewusst gewesen war, dass Wulfs Leben jeden einzelnen Tag in seinen Händen gelegen hatte. Wulfram war Dieters Trauzeuge gewesen, als er vor zwei Jahren Gretchen geheiratet hatte. Um Raes Leben zu retten, hatten sie zwei Männer getötet, erschossen von einem hohen Hügel aus, mit Hilfe ihrer Schussgenauigkeit, die sie sich in der Schweizer Armee antrainiert hatten. Und einige Nächte später hatten sie sich betrunken und sich gemeinsam den Dämonen dieser Tat gestellt. Dieter hatte an Wulframs Seite gestanden, als dieser Rae vor ein paar Monaten in Paris rechtlich geheiratet hatte, und würde auch der Trauzeuge bei der kirchlichen Hochzeit sein, wann immer diese auch stattfinden sollte.

Nichts konnte die tiefe Verbundenheit zwischen ihnen beiden zerstören.

Nun, fast nichts.

MONTREUX

HEIMLICHE MILLIARDÄRE: RAE UND WULF

Epilog #7

(Das ist der letzte, ich schwöre)

CONCORDE

RAE STONE-VON HANNOVER

Am Donnerstagmorgen standen Wulf, Rae und die Securitymänner, die für ihre Sicherheit zuständig waren, im privaten Terminal des Flughafens. Rae gewöhnte sich langsam an solche Situationen. Draußen vor den Fenstern knallte südwestliches Sonnenlicht auf den Asphalt runter und prallte in silbernen Reflektionen von den Flugzeugen auf der Rollbahn ab.

Rae glitt mit ihren Fingern in Wulfs Hand, und er strich mit dem Daumen über ihre Fingerknöchel.

Hinter ihnen hatten sich die Securitymänner, die stets Wulf – und jetzt auch Rae – umgaben, in Teams aufgeteilt.

Es gab immer irgendeine Bedrohung.

Eine Gruppe blieb bei Rae und Wulf im Terminal und musterte wachsam die Umgebung. Rae war einen Monat zuvor entführt worden, weshalb nun alle besonders paranoid und wachsam waren. Ihre eigene Familie hatte sie für ein bizarres

Exorzismusritual gekidnappt, damit sie Wulf vergaß oder so etwas. Und das ganze Fiasko war von Wulfs aristokratischem und sehr manipulativem Vater organisiert worden, der *irgendwie* über Raes Familie Bescheid wusste und erfahren hatte, wie er sie kontaktieren konnte.

Und davor, letzten Juni, hatte Wulfs Vater auch *irgendwie* gewusst, dass Wulf und Rae zum Skifahren nach Argentinien fliegen würden, und hatte Wulfs Ex-Freundinnen so manipuliert, dass sie dort hingingen und versuchten, Wulf zu verführen.

Wulfs Vater fand immer wieder Möglichkeiten, sich in ihr Leben einzumischen – trotz der unzähligen Securityteams, die praktisch Wulfs private Armee waren. Wulf nannte sie die *Welfenlegion*, ein Insiderwitz. Auch wenn sie extrem gut ausgebildet und höchst konzentriert bei der Arbeit waren, ähnelte die Truppe, die Wulf größtenteils aus seinen Tagen in der Schweizer Armee kannte, mehr einer Bruderschaft.

Eine andere Gruppe von Wulfs Sicherheitsmännern saß mit Wulfs Hausmanagerin, Mrs. Rosamunde Keller, auf Stühlen. Die ältere Frau, die ihr Haar zu einem unordentlichen grauen Dutt zurückgebunden hatte, hielt den Männern einen Vortrag und zeigte dabei auf ein Blatt Papier. Der unordentliche Dutt war das Einzige an ihr, was nicht zu jeder Zeit perfekt war. Während die Security größtenteils aus Freunden und Kollegen von Wulfs zweijährigem Dienst in der Schweizer Armee bestand, war Rosamunde eine deutsche Frau, die seit über zwei Jahrzehnten für Wulfs Vater gearbeitet hatte, bevor Wulf sie mit fünfzehn Jahren für seinen eigenen Haushalt gestohlen hatte.

Ja, seit er fünfzehn Jahre alt war, war Wulf ganz auf sich allein gestellt gewesen.

Rae lächelte. Mrs. Keller und Wulf hatten eine sehr formelle, aber herzliche Beziehung, und die ältere Frau hatte Rae in die Regeln der stratosphärisch noblen Gesellschaft eingeführt, in der Wulf sich bewegte, damit sie sich nicht wie ein Bauerntrottel aufführte. Zweimal hatte Rae sich bei Dinnerpartys auf der Suche nach Rat und moralischer Unterstützung an Mrs. Keller gewandt und beides gefunden.

Sie erkannte jetzt den farblich markierten Zeitplan, den Mrs. Keller in der Hand hielt. Es war die Agenda für ihre Hochzeit, welche Wulfs Schwester Flicka am Tag zuvor rausgeschickt hatte. Darin war aufgelistet, wo Wulf und Rae zu jedem Zeitpunkt der kirchlichen Hochzeit und beim Empfang am Abend sein sollten. In den „Anmerkungen" für das Prozessionslied während der Zeremonie hatte Flicka geschrieben: „Vergesst nicht, nach RECHTS zu schauen und TANTE ER in der ERSTEN REIHE zuzunicken. Sie wird nicht auf dem Empfang sein."

Raes Hochzeitsringe wogen schwer an ihrer linken Hand, obwohl der Hauptstein in ihrem Verlobungsring ein diamantenumringter, blauer Granat von bescheidener Größe war. Trotz seiner kleinen Größe war der Stein über vier Millionen Dollar wert. Anscheinend war blauer Granat ziemlich selten.

Die Ringe fühlten sich schwer an.

Eigentlich war es der Gedanke an das viele Geld von Wulf, der schwer auf ihr lag.

Wulf war sein ganzes Leben lang mit verrückten Beträgen wie diesen konfrontiert gewesen, eher noch mit viel verrückteren. Sein Gewissen hatte wahrscheinlich nie unter all diesen Nullen zu leiden gehabt.

Aber sein Leben war so anders als ihres gewesen. Sie war auf einer staubigen Farm nahe der mexikanischen Grenze aufgewachsen und von einem fundamentalistischen Kult ignorant gehalten worden, bis sie darauf bestanden hatte, studieren zu gehen.

Wulf hatte eine erstklassige Erziehung in einem Schweizer Internat genossen, seinen Doktor in London gemacht und Wirtschaft an der Universität von Chicago unterrichtet.

Ach ja, noch dazu war Wulf ein waschechter Prinz, und auch noch ein verdammt gutaussehender Prinz – nicht dass er *diese Prinzen-Sache* erwähnt hätte, als sie sich kennengelernt hatten. Er hatte goldblondes Haar, Haut mit einem leichten Bronzestich, markante Wangenkochen und einen kantigen Kiefer. Seine ganze Erscheinung strahlte noble Autorität und Reichtum aus.

Rae fragte sich immer noch, ob er andere Dinge vor ihr verheimlichte, von denen sie wissen sollte. Abgesehen vom Geld. Und den Titeln. Und dem Schloss.

Ja, Wulf besaß ein echtes Schloss in Deutschland: Schloss Marienburg.

Doch ihm waren als Kind auch schreckliche Dinge zugestoßen und er hatte niemanden gehabt, an den er sich hätte wenden können.

Trotz der Intoleranz ihrer Familie, dem Fanatismus und den Ermahnungen, dass sie nicht zu weltlich werden sollte, hatte Rae als Kind zumindest gewusst, dass man sie liebte.

Wulf versicherte ihr immer wieder, dass sie sich

daran gewöhnen würde, Geld zu haben, aber Rae trug immer noch trotzig ihre eigene Handtasche, die sie im Sonderverkauf für elf Dollar erworben hatte. Sie war *blau*. Rae mochte *blau*.

Es war dasselbe dunkle Saphirblau wie Wulfs Augen. Dieser beugte sich gerade leicht lächelnd zu ihr hinab und meinte: „Ich kann es kaum erwarten, dir die Schweiz zu zeigen."

„Aber die Schweiz ist so weit weg", erwiderte Rae, rückte die Handtasche auf ihrer Schulter zurecht und legte ihren anderen Arm über ihren Bauch. Als würde das den kleinen Embryo in ihrem Unterleib beschützen können.

Ach, und sie war schwanger. Das Ergebnis einer Art Unfall. Aber sie wollte das Baby.

Und wie sie das Baby wollte.

Ein kleiner Wonneproppen mit himmelblauen Augen und Wulfs goldenem Haar, das laut lachen würde; was Wulf so selten tat.

Sie wollte dieses Baby unbedingt.

Der Embryo hatte sich zu tief in Raes Gebärmutter eingenistet, als sie schwanger wurde. Der Fachbegriff dafür war *Placenta praevia*, und es bedeutete, dass sie seit jener Nacht, in der sie geblutet hatte, unter *verfluchter* Bettruhe gestanden hatte. Während sie etwas rundlicher geworden war, hatte die Ärztin festgestellt, dass ihre Plazenta sich gehoben hatte, was gut war. Daher war es ihr überhaupt erlaubt worden zu reisen, aber trotzdem musste sie sehr, sehr vorsichtig sein. Die Ärztin hatte Wulf und sie vor dem Risiko für ihr eigenes Leben gewarnt, aber Rae hatte über solche *Entscheidungen* nicht einmal reden wollen.

Sie wollte dieses Baby so unbedingt.

In den letzten paar Tagen hatte es tatsächlich so ausgesehen, als könnte ihre kirchliche Hochzeit nun doch stattfinden, auch wenn sie bisher zum Scheitern verurteilt schien. Zuerst hatte Wulfs aristokratischer Vater zwei Versuche gestartet, ihre Hochzeit zu sabotieren, und dann hatte die Placenta-praevia-bedingte Bettruhe Rae vom Reisen abgehalten.

Die Hochzeit *könnte* stattfinden, *vielleicht,* wenn sie es in die verflixte Schweiz schafften.

Bis Samstag.

Was in zwei Tagen war.

Und sie mussten es dort hinschaffen, oder Wulfs Schwester Flicka würde sie umbringen. *Ernsthaft.* Flicka hatte so viel Arbeit reingesteckt, um die Hochzeit so schnell zu organisieren und zu *dem* sozialen Event der Saison zu machen, dass jeder Verständnis dafür hätte, wenn Flicka sie mit ihren hübschen, schlanken Fingern erwürgen würde, falls sie sich nicht blicken ließen.

„Die Ärztin hat gemeint, dass ich nicht länger als drei Stunden fliegen soll", sagte Rae zu Wulf.

Dieser nickte. Das Sonnenlicht schimmerte auf seinem goldblonden Haar. „Das werden wir auch nicht."

„Aber die Schweiz ist gut achttausend Kilometer von hier entfernt. In drei Stunden schaffen wir es niemals dorthin", plapperte Rae. Sie hasste es, wenn sie plapperte. Wulf schien es nichts auszumachen, oder zumindest störte es ihn nicht. Aber er ließ sich generell von nichts stören. Nicht einmal von nervösem Geplapper.

Gott, sie musste *aufhören.*

„Wir werden in New Jersey übernachten und dich dort untersuchen lassen", sagte er. „Am nächsten Tag fliegen wir weiter nach Geneva."

„New Jersey ist nicht drei Stunden entfernt. Eher fünf oder sechs." Nicht dass sie jemals dorthin geflogen wäre. Sie riet nur.

Er schaute aus den Augenwinkeln zu ihr rüber. „Nicht wenn wir schnell genug fliegen."

„Wie schnell werden wir fliegen?"

„Heute schnell, morgen noch schneller, wenn wir über dem Ozean sind." Seine dunkelblauen Augen lachten beinahe verschmitzt, und er zog seine Unterlippe zwischen die Zähne.

Er heckte irgendetwas aus.

„Was entgeht mir hier?", fragte sie ihn.

„Nichts", meinte er. „Ah, hier ist auch schon unser Flugzeug."

Rae drehte sich um und schaute aus der Fensterfront, durch die man die Rollbahn sehen konnte.

Draußen fuhr ein schlankes Flugzeug über den Asphalt. Sonnenlicht glitzerte auf seiner silbernen Haut. Sein seltsam geformter Körper hob sich vom Heckflügel bis zu seiner Nase schräg an, so als würde es auf seinen Hinterbeinen hocken. Und stumpfe, zurückgezogene Flügel kamen ganz kurz aus seinen Seiten heraus. Seine nadelförmige Nase war nach unten geneigt, was das Flugzeug wie einen riesigen, roboterhaften Moskito aussehen ließ. „Was auf Gottes grünem Planeten ist dieses Ding?"

Wulfs Kinn wippte hoch, was für seine Verhältnisse geradezu aufgedreht war, und seine blonden Augenbrauen zuckten. „Hast du dich jemals gefragt, was aus den Concordes geworden ist?"

Rae spürte, wie ihre Augen größer wurden, wie es immer der Fall war, kurz bevor sie etwas Dummes sagte. „Was ist eine Concorde?"

Wulfs Lächeln gefror. „Eine Concorde ist ein Flugzeug. Diese Art Flugzeug. Dabei handelt es sich praktisch um den einzigen kommerziellen Jet, der jemals mit Überschallgeschwindigkeit fliegen konnte. Die Concorde kann mit doppelter Schallgeschwindigkeit fliegen, sobald wir über dem Ozean sind."

Oh Mann. Er hatte sich wirklich angestrengt, um sie zu beeindrucken. „Das muss wirklich schnell sein."

Sein Lächeln verblasste, als hätte er sich mit etwas Traurigem abgefunden. „Wir werden bald in New Jersey sein", versicherte er ihr.

Rae fuhr mit der Hand unter seinen Arm. Unter seiner Anzugjacke spürte sie, wie sein Bizeps bei ihrer Berührung leicht zuckte, aber dann legte er sich ihre Finger mit der anderen Hand um seinen Ellenbogen. „Sie sieht *wirklich* schnell aus", sagte Rae.

„Nachdem die Concorde gestartet ist, hebt sich ihre Nase, sodass sie wie ein Dartpfeil aussieht", erklärte er mit britischem Akzent. Eigentlich hatte er britisches Englisch gelernt, aber gelegentlich schimmerte bei ihm auch ein deutscher oder französischer Akzent durch. „Der Rest von ihnen steht in Museen. Das ist die einzige noch einsatzbereite Maschine."

„Ich wette, sie sieht im Flug wirklich cool aus", meinte Rae.

„Du kannst später vom Cockpit aus rausschauen, wenn du magst."

„Ich kann nicht glauben, dass du ein Flugzeug

besorgt hast, das die Schallmauer durchbrechen kann." Sie schaute lächelnd zu ihm hoch. „Danke."

Seine Finger umschlossen ihre Hand fester, und das Lächeln von vorhin schlich sich zurück in seine dunkelblauen Augen. „Das habe ich gerne gemacht."

SCHACHMATT

RAE STONE-VON HANNOVER

E s hatte tatsächlich zwei Tage gedauert, um Geneva zu erreichen, und sie waren jeden Tag nur ein paar Stunden geflogen.

Als sie den amerikanischen Luftraum über dem Atlantischen Ozean verlassen hatten, hatte das Flugzeug beschleunigt und die Schallmauer durchbrochen. Rae hatte nicht anders gekonnt, als in diesem Moment kurz zu jauchzen und dann zu kichern. Einige der Securitymänner hinter ihnen hatten auch gelacht, als sie beschleunigt hatten, also war Rae nicht das einzige Landei in einem privaten Ultraschalljet.

Selbst Mrs. Keller, Wulfs langjährige Haushaltsmanagerin, hatte bei dem wummernden Geräusch leise gelacht.

Wulf war zufriedengestellt und trug den ganzen Weg bis zur Schweiz über ein selbstgefälliges Halblächeln im Gesicht.

Sie erreichten das Hotel in Montreux früh am Morgen. Rae ging durch die Vordertür, umgeben von Wulfs üblichem Kader aus Sicherheitsmännern; ein Schwarm schwarzer Anzüge, der den Weg durch die Lobby sicherte. Raes niedrige Absätze klackerten über den Marmorboden. Eine Treppe aus Ebenholz wand sich spiralförmig zur nächsten Etage hoch.

Es herrschte immer ein heftiges Treiben um Wulf herum, wenn er draußen unterwegs war, aber Rae gewöhnte sich langsam daran. Öffentliche Bereiche waren am gefährlichsten, besonders am unteren und oberen Ende des „Diamanten", wie Wulf ihr erklärt hatte. Weil auch Außenstehende bei einer jeden Reise An- und Abreiseinformationen herausfinden konnten, waren diese beiden Zeitpunkte die Schwachstellen. Der Pfad dazwischen formte einen Diamanten aus möglichen Routen, weshalb im Inneren des Diamanten weniger Security nötig war, da ihre Aufenthaltsposition nur eine Möglichkeit, keine Gewissheit war.

Aber jetzt befanden sie sich an der Spitze des Diamanten, einem Schwachpunkt, daher waren die Männer um sie herum auf dem Höhepunkt ihrer Wachsamkeit.

Aus den Augenwinkeln erhaschte Rae eine Bewegung, die anders war als der rotierende schwarze Anzugschwarm um sie herum.

Ein Mann kam auf sie zu. Groß. In einer Khakihose und einem weißen Hemd. Blond.

Sie drehte sich zur Seite, um den Mann besser sehen zu können, und trat näher an Wulf heran. Sein Arm hob sich an ihren Rücken, dann schaute er ebenfalls zu dem Mann. Er schlang seine Arme um ihren Rücken und ihren Bauch, zog sie näher zu sich.

Ihre Entourage bemerkte die Veränderung und zog einen engeren Kreis um sie herum.

Der blonde Mann, der auf sie zukam, war Dieter. Er grinste und sagte etwas auf Alemannisch, dem Schweizer Dialekt, den alle Securitymänner untereinander sprachen. Rae konnte mit ihren rudimentären Deutschkenntnissen die Worte *Pistolen* und *Männer* ausmachen, aber sonst nichts. Dieter hatte seine Hemdärmel hochgekrempelt, wodurch man seine kräftigen Unterarme sehen konnte.

Sie hätte ihn fast gar nicht erkannt, weil er im Gegensatz zu sonst keinen schwarzen Anzug trug: unter den Armen locker geschnitten und länger über die Hüften, um seine Waffen zu verstecken.

Wulfs Arm lockerte sich um Raes Taille, als er etwas erwiderte. Seine tiefe Stimme rumorte über ihrem Kopf hinweg. Sie hörte ein Schimpfwort, geäußert mit Gelächter.

Die Männer um sie herum öffneten ihre Formation und kehrten zu ihren ursprünglichen Positionen zurück. Der Kreis vergrößerte sich so, dass er Dieter umschloss, als er näherkam.

Raes Schultern sackten nach unten. Sie hätte eher erwartet, dass Wulfs Schwester Flicka in der Lobby auf sie zustürmte, um spezifischere Antworten auf ihre Textnachrichten zum Dekor für die Hochzeitszeremonie und den Empfang zu verlangen, welche beide am heutigen Tag stattfinden würden.

Wulf und Rae hatten vor ein paar Monaten in einer kleinen standesamtlichen Trauung geheiratet, nur wenige Tage bevor sie entdeckt hatten, dass Rae bereits schwanger war. Aber ein Mann wie Wulf – der mit den ganzen königlichen und adligen

Häusern Europas verwandt sowie mit den reichsten Familien der Gesellschaft befreundet war und von allen großen Wohltätigkeitsorganisationen, besonders von den Symphonien, umworben wurde – musste auch eine elegante kirchliche Hochzeit und einen spektakulären Empfang veranstalten.

Als Rae nicht dazu in der Lage gewesen war, die Hochzeit zu planen, da sie noch studierte, hatte Flicka sofort ihre Dienste angeboten und gemeint, dass jede Prinzessin, die etwas taugte, dazu im Stande sein sollte, von heute auf morgen eine extravagante Märchenhochzeit zu schmeißen. Das gehörte wohl zum Prinzessinnentraining dazu.

Und das hatte Flicka in der Tat geschafft.

Und es war spektakulär.

Per Videokonferenz hatte Rae die Pläne gesehen. Die Muster. Die Diagramme. Die Modelle.

Aber jetzt war Flicka nirgendwo zu sehen, und Rae schaute suchend an Dieter vorbei, als dieser näher an Wulf herantrat.

Dieter klopfte Wulf immer noch grinsend auf die Schulter, während sie weitergingen, und wechselte dann ins Englische. „So ein schlampig durchgeführtes Manöver. Die Hälfte hatte nicht einmal ihre Waffen bereit. Ich würde ihnen das ja vom Lohn abziehen, jedem einzelnen."

Keiner der Männer drehte sich um, um Dieter einen giftigen Blick zuzuwerfen, weil er sie zu gut trainiert hatte, um das zu tun. Sie hielten ihren Blick weiterhin auf die Umgebung und ihr Ziel gerichtet, während sie vor sich hin grummelten und Dieter auf Alemannisch Beschimpfungen an den Kopf warfen.

Rae lachte und bewegte sich von Wulfs Arm weg.

Mit seiner Kritik wollte Dieter nicht bezwecken, seinen alten Job zurückzubekommen. Seine Sicherheitsagentur hatte eine lange Reihe an Auftraggebern und eine Warteliste für Konsultationen und Auswertungen der Sicherheitsstrukturen. Es handelte sich einfach um kameradschaftliche Sticheleien, also war alles in Ordnung.

Wenn eine zweite Truppe von Dieters Angestellten sie am Flughafen oder beim Aussteigen aus den Autos überfallen hätte, *dann* wäre es problematisch geworden. Rae wurde sich zunehmend bewusst, wie viel Sicherheitsaufwand um sie herum betrieben wurde, und auch welche Art von Bedrohungen das Niveau erhöhen könnte.

„Wer zur Hölle ist euer neuer Sicherheitschef, der so eine Nachlässigkeit durchgehen lässt?"

„Ich habe noch keinen ausgewählt", gestand Wulf. „Ansonsten haben wir dieselbe Struktur wie immer."

„Nur dass der Bestie jetzt der Kopf fehlt", meinte Dieter bestürzt. „Du kannst dich nicht auch noch darum kümmern, *Durchlaucht*."

„Für den Moment haben wir Projektführer. Das teilt die Verantwortung und den Zeitaufwand."

Dieter blickte nach unten, und er sprach mit gesenkter Stimme und ernstem Tonfall weiter: „Mein Job war nicht schuld daran, dass meine Ehe gescheitert ist. Das war unsere eigene Schuld und schon lange absehbar."

Wulfs Miene veränderte sich nicht. „Diese Struktur passt für uns derzeit ganz gut."

Rae ließ ihre Hand in seine gleiten. Wulf vergrub alles in seinem Inneren, und manchmal hatte sie immer noch keine Ahnung, was in ihm vorging.

„Das gefällt mir nicht", meinte Dieter.

Wulf machte eine unbekümmerte Geste mit seiner anderen Hand. „Du hast für diese Operation die Zügel in der Hand. Sag mir, wen ich befördern soll."

Rae musste beinahe kichern, als sich Dieters sturmgraue Augen entsetzt weiteten.

„Diese Männer sind alle meine Freunde, manche mehr als andere", erwiderte er.

„Ich bin mir sicher, du wirst deine Entscheidung nicht davon beeinflussen lassen." Wulfs Lippen hoben sich leicht, der Anflug eines gerissenen Lächelns, das Rae normalerweise kurz vor dem Moment sah, wenn Wulf jemanden schachmatt setzte.

Ein paar weitere Äußerungen wanderten durch die Reihen des rotierenden Teams, während sie an der Rezeption vorbeigingen und zu den Aufzügen abbogen. Das meiste davon waren Schimpfwörter und sarkastische Kommentare. Rae verstand, dass sie grob etwas in der Richtung von „Ich bin nicht *dein* Freund, Arschloch" sagten.

Dieter murmelte etwas auf Alemannisch, und Wulfs Lächeln vertiefte sich noch etwas mehr.

Sie fuhren mit dem Aufzug zu ihrer Suite hoch, und die erholsame Ruhe, die das Dekor ausstrahlte, wusch bereits über Rae hinweg, während sie nur an der Tür stand. Hellblaue Wände wurden von breiten, weißen Zierleisten umrahmt, und weite Doppeltüren öffneten sich zu einer Terrasse hin, die einen herrlichen Ausblick auf den Genfer See bot, der im Sonnenlicht glasklar und blau schimmerte, sowie auf die herbe Schönheit der verschneiten Berge und rauen Klippen der Alpen.

Die Securitymänner drängten sie hinein, also setzte Rae ihr bauerntölpelmäßiges Starren von der Mitte des Raumes aus fort. Die Sofas waren grau, und die Esszimmergarnitur aus dunklem Holz und Stühlen mit weißem Polster sah tatsächlich gemütlich aus. An den Wänden hingen Stichzeichnungen von Jazzmusikern, und Rae fühlte sich hier bereits superwohl.

Wulf griff nach ihrem Ellenbogen und führte sie zum Schlafzimmer.

Rae würde nicht mit ihm argumentieren. Sie kannte die Regeln.

Lege dich so oft es geht hin.

Immer, wenn es dir möglich ist.

Und dann noch etwas länger.

Vermeide unter allen Umständen, dass die Schwerkraft dem Baby den Weg nach draußen zeigt.

Es war nicht so, dass Rae gegen die Regeln rebellieren wollte. Sie wollte keine Hämorrhagie bekommen und in weniger als einer Stunde verbluten.

Also folgte sie ihm lammfromm ins Schlafzimmer. Wulf gefiel es etwas zu sehr, die Kontrolle zu haben. Wenn Rae ihm einen Fingerbreit nachgab, würde er sich ein mehrere Meter langes, weiches Seil nehmen und sie mit komplizierten Knoten fesseln, bevor er sie mit einem kühlen, geduldigen Lächeln stundenlang auf äußerst köstliche Art und Weise folterte.

Das könnte schonmal vorgekommen sein.

Mehr als einmal.

Aber sie folgte ihm.

Sobald sie beide hineingegangen waren, schloss er die Tür hinter ihnen, und Rae sah für einen kurzen Moment das Schimmern seiner dunkelblauen Augen, was andeutete, dass er zu lange im Flugzeug und in der Öffentlichkeit eingepfercht gewesen war. Das Plazenta-praevia-Problem war mit weiteren Einschränkungen verbunden gewesen, die das Sexleben von anderen Leuten behindert hätten, aber es war beinahe so, als wäre Wulfs Kreativität ange-kurbelt worden, um diesen Umstand zu kompensieren.

„Ich dachte, ich soll mich hinlegen", sagte Rae.

Er hatte sie in seine Arme geschlossen und gegen die Wand zurückgedrängt, bevor sie überhaupt Luft holen konnte. „Das wirst du auch", wisperte er.

Wulf hatte ihre Arme irgendwie schon über ihren Kopf hochgestreckt und hielt ihre Handge-lenke an der Wand mit einer Hand zusammen. Rae schwor bei Gott, dass er sie mit diesen himmelblauen Augen hypnotisieren konnte, denn die Hälfte der Zeit *passierten* ihr Dinge, bevor sie realisierte, dass *überhaupt etwas* vor sich ging.

Er senkte den Kopf, und sein Mund bedeckte ihren. Seine Lippen waren weich und fordernd.

Sein Griff um ihre Handgelenke lockerte sich, und Rae zog sie hinaus. Beinahe hätte sie sich aus Spaß gegen ihn gewehrt, aber das sollte sie nicht, und das wusste sie.

Einige Männer hätten vielleicht mitgespielt und es ihr erlaubt, sich etwas zu winden, aber nicht Wulf. Er erinnerte sich an jedes einzelne Wort der ärztli-chen Anweisungen, dass sie sich nicht überan-strengen sollte, und nutze es aus, wo er konnte.

Da sie sich nicht wehren konnte, hob Wulf sie in seine Arme hoch und trug sie zum Bett.

„Wir sollten nicht", wisperte sie.

„Wieso nicht?" Er legte sie aufs Bett und kletterte über sie, zog seine Anzugjacke aus und warf sie zu Boden.

„Unsere Hochzeit ist in ein paar Stunden." Ihre Hände hoben sich jedoch seinen Schultern entgegen. *Diese Verräter.*

„Stunden", erwiderte Wulf. „Wir haben *Stunden.* Ich werde mir die Zeit gut einteilen." Er machte die oberen Knöpfe seines Hemdes auf und zog sich dann das ganze Teil über den Kopf, wobei sein blondes Haar nach vorne geschoben wurde. Der hellgoldene Farbton seiner glatten Haut, die sich über die schön definierten Muskeln seiner Brust, seiner Schultern und Arme spannte, sah aus wie angemalt. Rae strich mit den Fingerspitzen über seinen harten Waschbrettbauch.

Ein echtes Lächeln brach durch sein Pokerface, und seine Augen funkelten. Er lachte leise, wodurch sein Haar über seinen Augenbrauen etwas hin und her schwang.

Himmel, Wulf war so süß, wenn er so zerzaust war. Ihr stockte ehrfürchtig der Atem.

„Das habe ich nicht gemeint", protestierte sie dennoch.

„Aber es ist die Wahrheit." Er nahm sich ein Kissen, das neben ihr lag, zog den Bezug ab und drehte den Stoff zu einer Art Strick zusammen.

„Oh, nein", sagte sie. „Wulf, du solltest mich gerade nicht einmal sehen. Wir hätten uns letzte Nacht voneinander verabschieden sollen. Das ist …"

Er fing ihre Handgelenke ein und schaute sie immer noch grinsend an. „Das ist *was*?"

Wulf war nicht abergläubisch. Er war durch und durch logisch und einer der Meister, die insgeheim die Weltwirtschaft kontrollierten. Wenn er in dem kleinen Zimmer im ersten Stock des Hauptflügels seines Hauses hinter seinen Computern saß und von dort aus die aufflackernden Zahlen manipulierte, die das Leben zahlreicher Menschen beeinflussten, war er eine emotionslose, kalkulierende Gottheit der Währungen und Aktienoptionen.

Außerhalb seines Büros war er gelegentlich durchaus liebenswert sentimental.

Aber er glaubte nicht an *Glück*, ebenso wenig an Pech.

Wulf schlang die weiche Baumwolle des Kissenbezugs um Raes Hände, fesselte ihre Handgelenke über ihrem Kopf. „Sprich weiter", sagte er mit lockender Stimme. „Das hier ist der Morgen unseres Hochzeittages. Dich zu sehen wäre ..."

Er ließ den Satz unvollendet in der Luft hängen.

„Komm schon", sagte Rae und wand ihre Hände in dem Versuch, sich zu befreien, aber seine Knoten waren niemals locker gebunden. „Es ist Tradition."

„Ich war nie ein Fan von Tradition." Er senkte den Kopf und fuhr mit den Zähnen an ihrem Hals hinunter, sein warmer Atem strich über ihre Haut.

Rae schmiegte sich ihm entgegen, konnte es einfach nicht lassen, wenn er sie so berührte. „Das bringt *Unglück*."

„Ich lasse es darauf ankommen", sagte Wulf. Seine Stimme vibrierte an der empfindlichen Haut hinter ihrem Ohr.

Oh, er tat viel mehr als das.

Wulf glitt von ihr runter und drehte Rae um, hielt sie von hinten. Seine Hände fuhren über ihren Körper, drückten sie an seinen muskulösen Oberkörper und den weichen blonden Flaum, der diesen bedeckte.

Raes Körper erwärmte sich mit jeder Liebkosung seiner Hände an ihren Hüften und Brüsten, bis sie seinen Namen stöhnte. Er behielt ihre Hände weiterhin gefesselt, und sie war hilflos, während er sie erregte, mit den Fingern und dem Handballen über ihre Haut strich, sie neckte, über ihre Nippel fuhr. Dann schob er endlich sein Knie zwischen ihre Beine und glitt mit seinem Glied zwischen ihre Falten. Bei jeder Vorwärtsbewegung von ihm rieb er ihre Klitoris. Raes Hände ballten sich in ihren Fesseln zu Fäusten, als er in ihren Nacken biss.

Ein Pochen startete in ihrer Klitoris, wanderte dann in ihrem Körper hoch, und Rae wölbte ihren Rücken. Seine starken Arme umfingen ihre Rippen, und er rieb sich an ihr. Jeder Stoß ließ pulsierende Wellen der Lust in ihrem Körper aufsteigen, bis ihr für einen Moment weiß vor Augen wurde, als sie zum Höhepunkt kam.

Rae schnappte nach Luft, und das Zimmer nahm langsam wieder Gestalt an. Wulf hielt sie an sich gedrückt, jeder seiner harten Muskeln war angespannt. Sein heißer Atem wärmte ihre Schulter dort, wo seine Zähne kurz davorstanden, sie zu markieren, und er erschauerte.

Als Rae wieder normal atmen konnte, rückte Wulf etwas zurück, damit sie sich an ihn lehnen konnte.

„Nun", sagte sie immer noch etwas außer Atem. „Das waren nur fünfunddreißig Minuten. Ich schätze, du hast dir die Zeit doch nicht so gut eingeteilt."

Er wanderte mit den Fingern an ihrem Arm hinunter, zog eine Spur aus Gänsehaut hinter sich her.

Rae drehte sich um und sah, wie sich ein vielsagendes Lächeln auf seinen Lippen formte.

Oh, nein. Dieses Lächeln kannte sie nur zu gut.

„Dann haben wir noch anderthalb Stunden", meinte er. „*Perfekt.*"

KIDNAPPING

FLICKA VON HANNOVER

Ich habe mich am frühen Vormittag erneut von meinen Leibwächtern weggeschlichen, nur um durch Montreux zu spazieren und eine Weile dem Hochzeitschaos zu entkommen, welches noch dadurch verschlimmert wird, dass die Security-männer mich ständig von meinen Freunden, Beratern und Koordinatoren wegzerren, weil ich mich zu lange an einem gemeinschaftlichen Ort aufgehalten habe.

Mein ganzes Leben lang sind mir Security-männer in schwarzen Anzügen gefolgt wie ein Schwarm Fledermäuse. Sie rauben mir den Atem, schwirren um mich herum und schirmen mich von anderen Menschen, Kindern, Vögeln und selbst von der Luft ab, die ich zum Atmen brauche. Anstatt einer Märchenprinzessin bin ich eher eine Märchen-hexe, die Vampire und Finsternis hinter sich herzieht.

Zwei Teams umgeben mich jeden Tag: das Grimaldi-Team vom Monaco-Palastpersonal meines

Ehemanns Pierre, welcher der Erbe des Fürstentums ist, und ein Hannover-Team, das von meinem Bruder angeheuert wurde, da er glaubt, dass Pierres Team entweder unfähig oder nicht motiviert genug ist, mich zu beschützen.

So wie es bei unserer Hochzeit der Fall war.

Ein Mann schoss aus der Menge heraus auf uns. Pierres Team verfrachtete ihn in ein Auto und raste davon, obwohl Pierre vorher noch die Hand nach mir ausgestreckt hatte und sie anschrie, mich nicht zurückzulassen.

Später hat er die Hälfte des Teams vor Wut schäumend gefeuert, so erbost hatte ich ihn noch nie zuvor gesehen. Danach hat er sich bei mir entschuldigt und geschworen, dass so etwas nie wieder passieren würde.

Aber ich weiß es besser. Sein Team hört auf seinen Onkel, Prinz Rainier den Vierten, den amtierenden Fürsten von Monaco. Er will unter allen Umständen verhindern, dass sein Erbe ermordet wird.

Die Presse würde das erbarmungslos ausschlachten.

Wenn Prinzen ermordet werden, wird die Presse immer furchtbar. Reißerisch. Anschuldigend. Aggressiv. Ich habe viele solcher Beispiele gelesen.

Bedrohungen sind allgegenwärtig. Das weiß ich. *Nur zu gut.* Seit meiner Kindheit bin ich mir bewusst, dass ich meine Existenz in dieser Welt einem Akt entsetzlicher Gewalt zu verdanken habe, und dass mir irgendwann ein weiterer alles entreißen könnte, entweder indem ich sterbe oder aber jemand, den ich liebe.

Und es könnte jeden verdammten Tag so weit sein.

Und dennoch, als beide Securityteams in der vollen Hotellobby nur wenige Sekunden lang unachtsam gewesen sind, bin ich seitlich durch eine Gruppe sich unterhaltender Menschen geflitzt und um eine Ecke verschwunden.

Darin bin ich gut. Ich kann jedem entwischen.

Das habe ich mein ganzes Leben lang geübt.

Nachdem ich meinen Bodyguards entkommen bin, habe ich mich länger als drei gottverdammte Minuten mit dem Catering-Koordinator treffen können, um mich zu vergewissern, dass die hochwertigen Garnelen tatsächlich heute Morgen geliefert worden sind, dass wir einen neuen Lieferanten für die schwer zu beschaffenden schwarzen Trüffel haben, die für den Fasanenhauptgang benötigt werden, und dass die Rosenblüten tatsächlich zu einem Viertel geöffnet sind.

Halleluja. Der Empfang könnte heute Abend vielleicht doch wie geplant verlaufen.

Danach habe ich das Kosmetikteam über den Gruppenchat zusammengetrommelt. Wir haben uns in einer Mauernische der Lobby getroffen, um den Zeitplan für die Frisuren der Brautjungfern und von Rae zu bestätigen, sowie ihr primäres Make-up und spätere Touch-ups. Die Kosmetiker schienen sich perfekt vorbereitet zu haben und hatten alles dabei. Das Team funktioniert wie eine gut geölte Maschine.

Brilliant.

Die Hochzeit für meinen älteren Bruder und seine Frau Rae zu planen, hat in den letzten Monaten all meine Zeit beansprucht. Und jetzt ist es beinahe so weit. Die Hochzeit ist um einen Monat verschoben worden − aufgrund des delikaten Gesundheitszustandes der Braut − und die Neuplanung ist ein Rund-um-die-Uhr-Job gewesen.

Aber es ist beinahe geschafft.

Und um drei Uhr, in vier Stunden, wird es losgehen, und alles wird perfekt sein.

Ich werde mit aller Kraft dafür sorgen, dass diese Hochzeit ein spektakulärer Erfolg wird, selbst wenn ich alle Menschen in Montreux dafür bestechen, bedrohen oder erpressen muss. Wulfram verdient einen *perfekten* Tag.

Er wird sich für den Rest seines Lebens an jedes einzelne Detail erinnern.

Noch vier Stunden.

Und dann wird alles nach meinen Anweisungen ablaufen, und es *wird* perfekt sein.

Aber davor laufe ich für ein paar kurze Augenblicke der Freiheit einen Bürgersteig in Montreux entlang, der vor dem Grand Hotel vorbeiführt, welches Wulframs Securityteam für die Hochzeit beschlagnahmt hat, und weiter in Richtung der Konzerthallen verläuft, die sich im Sommer und Herbst mit Besuchern der Festivals für Jazz und klassischer Musik füllen.

Auf der anderen Seite der Straße erstreckt sich ein spät sommerlich erblühter Park vor dem Genfer See, und der Geruch nach frisch gemähtem Gras weht mit einer Brise über die zwei Spuren Verkehr zu mir rüber. In unmittelbarer Nähe des Hoteleingangs gibt es einige Geschäfte − ein Jazz-Café, einen Coffeeshop, eine Boutique − die alle ihre gelben Markisen ausgefahren haben, um ihren Gästen Schutz vor der Sonne zu bieten.

Weiter die Allee runter ragt ein spitzer Kirchturm in den Himmel empor, und auf einigen gläsernen Türen der Konzerthallen reflektiert sich das Sonnenlicht.

Mehr Autos brettern an mir vorbei und der Wind zerzaust mein Haar.

Vielleicht kann ich für das klassische Musikfestival bleiben. Es müsste eigentlich bald stattfinden, oder? Eine meiner Freundinnen aus Tanglewood – einem Elite-Kunstcamp, das ich mit sechzehn Jahren besucht habe – soll hier ein Pianokonzert geben. Ich würde sie liebend gern sehen.

Vielleicht kann ich nächstes Jahr, wenn keine Hochzeiten mehr anstehen, auch auftreten. Ganz egal, was Pierre davon halten mag, ich werde die Musik niemals aufgeben. Seine Familie hatte es zwar geschafft, Grace Kelly dazu zu zwingen, ihre Karriere aufzugeben, aber das war vor langer Zeit.

Vielleicht kann ich mir dieses Jahr wenigstens die Klavierkonzerte anschauen.

Die Sonne wandert vom östlichen Horizont weg, und die feurigen Wolken verblassen. Der Himmel nimmt ein dunkles Blau an, die Augenfarbe meines Bruders, ein gutes Omen. Wenn jemand einen perfekten Hochzeittag verdient hat, dann sicherlich er.

Ein schwarzer Volkswagen Touareg hält auf der Straße neben dem Bürgersteig an.

Ich schaue unbekümmert rüber, weil Autos die ganze Zeit vor den Hotels hier halten.

Jemand stößt gegen meinen Rücken.

Ich stolpere nach vorne, versuche mich zu fangen, aber mein hoher Absatz verfängt sich in einem Riss im Bürgersteig.

Die Autotür vor mir steht sperrangelweit offen,

während ich noch taumle und in den Wagen reinge-
stoßen werde.

Weitere Hände greifen nach mir, halten mich zu
Boden gedrückt und lockern ihren Griff nicht, wie
sehr ich auch an ihren Armen kratze.

Nein. Nicht heute.

Ich winde und verrenke mich, und schaffe es
schließlich, nach oben zu schauen.

Der Mann, der meine Hände hinter meinem
Rücken gefangen hält, ist Ende fünfzig oder älter.
Falten ziehen sich durch sein Gesicht und er hat viel
graues Haar.

Ich kenne ihn schon mein ganzes Leben lang.

„Moritz? Was tust du?", frage ich auf Deutsch.

Er schaut auf mich runter. „*Prinzessin*, es tut mir
leid."

DIE MASCHINE ERWACHT

LUCA WYSS

Sobald er sah, wie ein Mann ihre erlauchte Hoheit Flicka in einen SUV stieß, sprintete Luca los. Er tippte auf seinen Ohrstecker und rief: „Neun! Code neun!"

Andere Männer in schwarzen Anzügen kamen vor ihm um die Ecke gerannt. Friedhelm hatte gerade eine Hand am Kofferraum des Entführungsfahrzeugs, als dieses vom Bordstein losfuhr.

Luca drehte sich um und sprang zwischen zwei parkende Autos hindurch, versuchte die Windschutzscheibe zu erwischen, aber der SUV fädelte sich sofort in den Verkehr ein, bevor er ihn erreichen konnte. „Scheiße!"

Weitere Flüche ertönten von den anderen Männern, als sie von dem Sprint schwer keuchend zu ihm stießen.

Dieter Schwarz' Stimme knurrte in seinem Ohr: „Lagebericht."

„Sie haben die Prinzessin", erwiderte Luca mit mühsam beherrschter Stimme. „Schwarzer SUV.

Volkswagen Touareg, neues Modell. Sie fahren auf der Claude-Nobs-Avenue in südöstlicher Richtung."

„Nummernschild?", verlangte Dieter mit gepresster Stimme zu wissen.

Die Ziffern auf der Stoßstange des Autos waren vor seinen Augen verschwommen. „Europäisches Schild. Deutsche Kennzeichnung. Das regionale Kürzel konnte ich nicht erkennen. Aber die letzten zwei Zahlen waren drei und neun. Das Auto ist weggefahren, bevor ich den Rest sehen konnte."

„Ich werde es hier überprüfen. Kommt zurück zum Hotel, um die Autos zu holen."

„Jawohl, Sir", erwiderte Luca. „Ich war zu weit weg. Nur fünf Meter mehr und ich hätte sie gehabt."

„Wenn du näher an ihr dran gewesen wärst, hätte sie dich gesehen und sich wieder davongeschlichen. Wenn sie uns ganz entwischt wäre, wüssten wir nicht einmal, dass sie entführt wurde. Kehrt zum Hotel zurück."

„Jawohl, Sir." Luca drehte sich um und joggte zurück. Der Rest des Teams formierte sich um ihn herum.

Luca könnte schwören, dass er immer noch die Auspuffabgase des SUVs der Entführer riechen konnte, aber es war nur der Gestank des Versagens, der die Luft verpestete.

DIE ERINNERUNG AN EIN NUMMERNSCHILD

WULF VON HANNOVER

Wulf stand neben dem Bett und zog sich den Morgenmantel über die Schultern, nachdem er sich kurz geduscht hatte. Der dicke Frotteestoff glitt über das aufwändige Tattoo auf seinem Rücken, ein blasser Drache umgeben von einer wilden Mischung aus Chrysanthemen und Jasminblüten. Das steife Narbengewebe in der Mitte des Designs spannte sich, als er die Schultern bewegte.

Seine Frau lag auf dem Bett, eingewickelt in die Decke. Ihr feuriges kastanienbraunes Haar fächerte sich auf dem Kopfkissen.

Die Arme, er hatte sie erschöpft.

Wieder einmal.

So würde sie die restliche Stunde, bevor das Schickmachen für die Hochzeit begann, erholsam schlafend verbringen, so wie er es sich gewünscht hatte. Seine jüngere Schwester Flicka hatte ihnen allen per Handy den Zeitplan geschickt. Er war farbcodiert und mit einer beunruhigenden Anzahl von Ausrufezeichen versehen.

Doch für den Moment würde seine Frau sich noch ausruhen können.

Die Vorhänge waren zugezogen, um das mittägliche Sonnenlicht abzublocken, aber er konnte trotzdem noch sehen, wie Rae sich unter der Decke leicht rührte und tief atmete.

Wie immer, selbst in der Nacht, stahl Wulf sich vorsichtig davon, um sie nicht aufzuwecken. Er schlief selbst in seinen besten Nächten kaum mehr als ein paar Stunden, also waren sie es beide gewohnt, dass er sich rausschlich, um für ein paar Stunden zu arbeiten.

Wulf hob seine Kleidung von dort auf, wo er sie hingeworfen hatte.

Ein sanftes Klopfen ertönte an der Schlafzimmertür.

Er erwiderte das Klopfen und zog sich rasch an, bevor er nach draußen trat.

Noch bevor er die Tür hinter sich vollkommen geschlossen hatte, sah er den stählernen Ausdruck in Dieters Augen, aber er wartete bis sie ganz zu war, bevor er fragte: „Was ist passiert?"

„Flicka", sagte Dieter mit erstickter Stimme. „Sie wurde in einen Volkswagen Touareg gezogen und ist derzeit unauffindbar."

„Wo war das Grimaldi-Team?", fragte Wulf.

„Sie hat vor einer halben Stunde versucht, sich davonzuschleichen. Luca hat sie innerhalb weniger Minuten wiedergefunden, aber wir haben das Monégasque-Team danach nicht mehr gesehen."

„Hast du sie benachrichtigt?"

Dieter zuckte mit den Schultern.

Zu jeder anderen Zeit hätte Wulf Verständnis für Dieters Konkurrenzdenken und Ablehnung gegenüber Quentin Sault, Pierre Grimaldis Sicherheitschef, gehabt. *„Sag es ihnen.* Wir können jede verfügbare Person gebrauchen, wenn wir die Verfolgung aufnehmen müssen."

Dieter nickte und hob sein Handy ans Ohr.

Wulf ging ins Wohnzimmer der Suite, wo Luca und Friedhelm leise telefonierten. Matthias, Julien und Romain hatten sich auf den Sofas zusammengesetzt, zeigten auf eine Karte und verglichen Notizen von ihren Handys.

Die Chefin seines Hauspersonals, Rosamunde, stellte ein Tablett mit zwei Kaffeekaraffen und einem Teller Kekse vor ihnen auf den Tisch.

„Gibt es mehr Informationen?", fragte Wulf.

„Das Fahrzeug war ein neues Modell", sagte Luca. „Ich habe einen Teil des Nummernschildes gesehen. Es hatte das EU-Zeichen, darunter das deutsche D für den Ländercode und endete auf neununddreißig. Romain hat mit seinem Handy ein Foto gemacht, aber es ist etwas verschwommen."

Eisige Erleichterung überkam Wulf, die dann aber in Zorn umschlug. „Es war ein *schwarzer* Touareg?", fragte er Luca.

„Ja", bestätigte dieser. „Wir beschaffen gerade das Videomaterial der Überwachungskameras vom Hotel. Darüber können wir vielleicht das ganze Nummernschild bekommen."

„Die Mühe könnt ihr euch sparen", meinte Wulf. „Das Nummernschild war H LP 739."

Keiner der Securitymänner starrte Wulf ungläubig an, weil er das wusste. Die gemeinhin verbreitete Geschichte war, dass er alle möglichen Gedächtnistricks beherrschte.

Das H bedeutete, dass das Nummernschild in der Stadt Hannover ausgestellt worden war.

Als Wulf und Rae vor einigen Monaten Schloss Marienburg besucht hatten und sie sowohl den Ort gesehen hatte, wo er aufgewachsen war, als auch seinen Vater kennengelernt hatte, war genau dieser Touareg eins der Fahrzeuge gewesen, die sie beide vom Flughafen abgeholt hatten, und war in der Karawane hinter ihnen zum Schloss gefahren. Wulfs Familie benutzte Volkswagen auf Schloss Marienburg und für ihre anderen Häuser, weil sich die Hauptfabrik in Hannover befand, eine offensichtliche PR-Entscheidung.

Luca schaute auf seinem Handy nach, zoomte in das Foto vom Auto rein. „Das passt. Die erste Nummer könnte definitiv eine Sieben oder eine Eins sein, und der Städtecode ist ein einzelner Buchstabe."

„Es ist wieder mein Vater", sagte Wulf. „Finden wir ihn, finden wir auch Flicka."

Luca teilte der Person am anderen Ende der Leitung mit, dass sie jetzt das vollständige Nummernschild hätten und das Auto finden mussten.

Wulf wandte sich an Friedhelm. „Bitte den Concierge hochzukommen. Er wird die anderen Concierges in der Stadt kennen. Einer von ihnen sollte wissen, wo mein Vater sich aufhält. Immerhin wissen wir jetzt, dass Flicka in keiner direkten Gefahr schwebt."

Es wäre besser für seinen Vater, wenn er seiner Schwester tatsächlich kein einziges ihrer goldenen

Haare gekrümmt hatte, oder Wulf schwor bei Gott, er würde dem alten Mann mit seinen bloßen Händen den Hals umdrehen.

Hinter Wulf ertönte Raes Stimme. „Was ist los?", fragte sie.

Er drehte sich langsam um, verdrängte alle Anzeichen der Sorge um seine Schwester aus seinem Gesicht und seinem Körper. „Alles ist gut. Du solltest dich wieder hinlegen."

Rae ließ ihren Blick durchs Zimmer schweifen, ihre braunen Augen weiteten sich. „Wer's glaubt, wird selig. Also, was ist los?"

Hinter Wulf rutschten seine Männer unruhig auf den Sofas hin und her. Luca hatte sicherlich seinen Kopf zwischen seinen Schultern eingezogen. Er war so ein schlechter Lügner.

„Es sieht so aus, als hätte mein Vater einen letzten Versuch gestartet, um unsere Hochzeit zu sabotieren", erklärte Wulf. „Er hat Flicka entführt. Wir sind uns ziemlich sicher, dass er es war, also ist sie nicht in Gefahr, außer dass sie vor Zorn ein Aneurysma bekommen könnte, falls sie die Chance verpassen sollte, ihr Meisterwerk auszurichten."

Rae schnaubte. „Wann gehen wir los, um sie zu holen?"

„Du und ich gehen nirgendwo hin", erwiderte Wulf. „Du legst dich wieder hin."

„Okay", gab Rae nach und verzog widerwillig das Gesicht. „Ich verstehe, warum ich nicht mit der Kavallerie mitreiten sollte, aber du solltest das."

Er würde sie nicht allein im Hotel zurücklassen. „Dieter kann die Operation leiten."

„Sie wird dich sehen wollen, und vielleicht musst du mit deinem Vater reden."

Wulf würde definitiv mit seinem Vater reden. „Ich muss nicht mitgehen."

„Wenn irgendetwas schiefgehen sollte, wirst du es dir niemals verzeihen, nicht dort gewesen zu sein."

„Es besteht eine geringe Chance, dass das nur ein Ablenkungsmanöver ist", meinte Wulf. „Er könnte es auf *dich* abgesehen haben."

Sie rollte mit den Augen. „Lass Julian und eine Pistole bei mir. Er ist dein bester Schütze, und ich bin auch noch da. Und Mrs. Keller wird auch hier sein. Sie hat wahrscheinlich insgeheim einen schwarzen Gürtel oder so was, wenn man bedenkt, was für Leute du sonst so einstellst."

Wulf lächelte. Er war dankbar, dass er sich nicht darum sorgen musste, dass seine Frau hilflos war. Denn das war sie nicht. Vielmehr war sie weitaus gefährlicher als die meisten seiner Männer. Diese sahen bereits aus hundert Metern Entfernung aus wie stämmige Securityleute, die bewaffnet sein könn-ten. Aber jeder, der sich mit Rae anlegte, würde sein blaues Wunder erleben.

„Schieb deinen Hintern hier raus und bring Flicka rechtzeitig zur Hochzeit zurück. Hast du mich gehört?", fragte sie streng.

„Sag einfach ‚Jawohl, Ma'am' und bring es hinter dich", wisperte Dieter Wulf zu.

„Wie viele deiner Leute hast du dabei?", fragte er Dieter.

„Zehn, *Durchlaucht*."

„Hol zwei von ihnen her, damit sie bei Reagan bleiben", sagte er. Dann schaute er hinter sich. „Julian und Romain, ihr bleibt zusätzlich. Vier Männer insgesamt. Riegelt die Suite ab und gebt meiner Frau eine Waffe."

DIETERS JOB

DIETER SCHWARZ

Das ganze Team verteilte sich auf zwei SUVs, die großen Männer quetschten sich zu dritt auf die zwei Rücksitzreihen, sodass es acht Personen per Wagen waren. Alle trugen Anzüge, um ihre Pistolen zu verbergen, die in Holstern unter ihren Armen oder in der Nähe ihres Steißbeines steckten. Auch wenn ein Team von Männern in schwarzen Uniformen und mit großen Gewehren im amerikanischen Westen keine allzu große Aufmerksamkeit erregen würde, könnten sie in der Schweiz unangenehm auffallen. Daher kleideten sie sich so unauffällig wie möglich.

Aber sie trugen noch ihre militärischen Kampf-stiefel. Das war nicht verhandelbar.

Dieter saß neben Wulfram, der während der wenigen Minuten, die sie bisher unterwegs waren, kaum geblinzelt hatte. Ihre Arme berührten sich, als der SUV um eine Ecke bog, und keiner von ihnen zitterte vor Nervosität. Sie atmeten beide langsam, kontrolliert, dämpften jede Adrenalinreaktion.

Im Hotel hatten die Concierges in weniger als zehn Minuten die Information beschafft, wo Wulfs Vater untergebracht war, die Existenz eines schwarzen Touaregs bestätigt und sich über die Hotelkameras davon überzeugt, dass der besagte Wagen kürzlich wieder zurückgekehrt war. Eine junge Frau hatte sich gesträubt, die Gruppe die Stufen hoch zur Prinzensuite zu begleiten.

Dieter hatte sich in den Nasenrücken gekniffen, angewidert davon, wie nachlässig Phillips Sicherheitsteam mit den Kameras gewesen war, die überall an den Decken hingen und jede ihrer Bewegungen aufzeichneten. Es war, als würden sie es darauf anlegen, erwischt zu werden, was durchaus eine Möglichkeit sein könnte. Der Prinz mochte sie bezahlen, aber die wenigsten Männer wollten für ihren Arbeitgeber ein Verbrechen begehen, wie eine nette, junge Frau zu entführen, nur um ihren Bruder an seinem Hochzeitstag eins auszuwischen. Besonders, wenn viele dieser Männer Flicka und Wulf aus ihrer Kindheit kannten.

Sollte Phillip sein Personal nach dieser Sache feuern, könnte Dieter sie vielleicht übernehmen. Allerdings nur, wenn sie absichtlich eine Spur hinterlassen hatten und nicht einfach nur unvorsichtig gewesen waren.

Der SUV ruckelte über eine Bodenschwelle, während sie zum Hotel des Prinzen bretterten.

Die dortige Concierge würde in der Parkgarage auf sie warten. Dieter blieben nur wenige Minuten, um mit Wulf zu reden.

Er räusperte sich. „Also, ein letzter gemeinsamer Einsatz, um der alten Zeiten willen, *Durchlaucht*?"

Wulfs blonde Augenbrauen hoben sich etwas. „Das könnte man so sagen."

„Und diesmal hältst du dich hinten und betrittst das Zimmer erst, nachdem wir die Räumlichkeiten gesichert haben?"

Wulf presste die Lippen zusammen. „Ich habe sie weinen gehört."

„Aber diesmal?", hakte Dieter nach.

„Diesmal werde ich mich zurückhalten. Ich kann nicht glauben, dass wir das erneut durchmachen müssen, aber es war töricht zu glauben, dass mein Vater so leicht aufgeben würde."

AUDIENZ
WULF VON HANNOVER

Die Concierge traf Wulf und sein Team in der Garage, ließ sie über den Dienstboteneingang hinein und eskortierte sie bis kurz vor die Türen der Prinzensuite. Während des ganzen Weges stand sie per Headset mit der Hotelsecurity in Kontakt, welche sich über die Bilder der Sicherheitskameras vergewisserte, dass ihr Weg durch die Hotelkorridore frei war.

Die Concierge trat zur Seite und deutete zur nächsten Ecke.

Wulf und seine Männer hielten inne und begaben sich leise in Formation. Er zog seine Pistole aus dem Holster unter seinem Arm heraus, eine kastenförmige Glock. Das Eigengewicht der Waffe lastete auf seinen Fingern und seiner Handfläche.

„Wie weit noch?", fragte Wulf mit gesenkter Stimme die Concierge.

„Ein paar Meter. Fünf, vielleicht", sagte sie. „Suite 602."

Die Männer nickten einander zu, alle waren bereit.

Friedhelm und Dieter übernahmen die Spitze und sprinteten zur Tür.

Wulf trat ein paar Schritte hinter ihnen um die Ecke.

Zwei Männer standen gegen die Wand gelehnt neben der Tür zur Suite. Ihre Anzugjacken waren lang und locker geschnitten, um angelegte Waffen zu verbergen. Als sie Wulf und das auf sie zurennende Team erblickten, hoben sie die Hände und traten zur Seite.

Ja, wie von Wulf vermutet, war das Securityteam seines Vaters zwar angewiesen worden, Flicka zu entführen, aber niemand konnte sie dazu zwingen, ihr Verbrechen mit vollem Eifer zu verteidigen.

Sie wichen einen weiteren Schritt zurück, als Wulf und seine Männer die Tür erreichten. Einer von den beiden beugte sich nach vorne und hielt eine Schlüsselkarte über das Schloss der Tür, um diese für sie zu öffnen.

Eine offensichtliche Meuterei.

Der Mann stieß die Tür auf und trat mit erhobenen Händen wieder zurück. Dieter und Friedhelm stürmten mit gezückten Waffen in den Raum.

Wulf wurde langsamer, während der Rest reinrannte. Das gefiel ihm nicht, aber Dieter hatte recht. Auf ihn wartete eine schwangere Frau mit Komplikationen, und er hatte seine eigene paramilitärische Einheit. Diesmal sollte er sie von den hinteren Frontlinien aus kommandieren.

Durch seinen Ohrhörer hörte Wulf Dieter verkünden: *„Gesichert!"*

Das war schnell, und die Stille im Inneren ließ kein Gerangel oder Schüsse vermuten.

Wulf trat ins Zimmer, flankiert von weiteren Männern seiner Security.

Dieter hielt Flicka hinter sich und richtete seine Waffe auf den letzten Securitymann, der neben einem sitzenden älteren Mann stand: Wulfs Vater. Flicka hielt sich an Dieters Schulter fest und drückte ihr Gesicht an seinen Rücken. Sein anderer Arm schirmte sie ab, während er seine Waffe auf die beiden Männer richtete.

Gut. Wulf hatte gewusst, dass er Dieter vertrauen konnte.

Die Monégasque-Securitymänner hielten ihre Waffen ebenfalls auf Wulfs Vater und seinen letzten, verbliebenen Securitymann gerichtet, der mit erhobenen Händen zur Decke hochstarrte.

Wulfs Vater, seine erlauchte Hoheit, der Erbprinz von Hannover, Phillip Augustus, schlug seine Beine übereinander und grinste.

Wulf hob eine Hand. „Alle raus."

„Du bleibst nicht allein hier", widersprach Dieter.

„Alle raus", wiederholte Wulf. Zorn brodelte unter seiner Haut. „Bring Flicka zurück ins Hotel. Lass ein paar Männer für meinen Transport vor der Tür", wies er Dieter an.

Dieter zögerte, musterte den Securitymann, der seine Hände in die Luft hielt und sich alle Mühe gab, unbedrohlich auszusehen. Dann zog sich Dieter langsam aus dem Zimmer zurück, während er weiterhin Flicka mit seinem Körper abschirmte. Die anderen nahmen um Dieter und Flicka herum Formation an.

Friedhelm eskortierte den letzten Mann von Phillips Security mit vorgehaltener Waffe hinaus.

Wulf sah ihnen nach, bis sie durch die Tür gegangen waren und er mit seinem Vater allein war.

Die Tür fiel ins Schloss.

Wulf wandte sich wieder seinem Vater zu. Er senkte seine Waffe, hielt sich aber weiterhin bereit, zu schießen. Denn er vermutete zwar nicht, dass sein Vater versuchen würde, sich auf ihn zu stürzen oder mit einer Waffe anzugreifen, aber in der kleinen Suite könnte sich noch irgendwo weiteres Security-personal verstecken.

Er nahm seinen Ohrhörer heraus und drückte auf den Knopf, um ihn auszuschalten. Dann seufzte er. „Was soll ich nur mit dir tun?"

„Ich habe dir eine Gelegenheit verschafft", meinte sein Vater und schaute ihm direkt ins Gesicht. „Du kannst die Zeremonie heute absagen."

Ein weiterer Stuhl stand gegenüber dem seines Vaters. Flicka hatte wahrscheinlich dort gesessen und mit ihm geredet. Ein niedriger Kaffeetisch befand sich zwischen den Stühlen.

Wulf setzte sich. „Ich sage die Hochzeit nicht ab."

„Ich habe dir die perfekte Gelegenheit verschafft", beharrte Phillipp und starrte Wulf mit den dunkelblauen Augen an, die er von ihm geerbt hatte.

Sie hatten wenig Zeit miteinander verbracht, selbst als Wulf noch ein Kind gewesen war, und den Mann zu sehen, der ihm selbst so unglaublich ähnlich sah, nur beinahe vierzig Jahre älter, war ein kleiner Schock. Obwohl Wulf wusste, dass Phillip immer noch als gutaussehend galt – silbernes Haar, tiefblaue Augen und die verbleibenden Spuren eines athletischen Körperbaus – wirkte er wie ein düsteres Omen für alles, was in Wulfs Leben schiefgehen könnte. Phillipp hatte keine bestehende Beziehung zu einer Frau oder seinen eigenen Kindern, und er lebte seinen Todeswunsch mit schnellen Autos aus, weil sein Körper es ihm nicht länger erlaubte zu versuchen, sich beim Pferdespringen oder Skifahren umzubringen.

„Wir haben bereits vor Monaten rechtlich geheiratet", sagte Wulf. „Wir sind verheiratet. Seit einiger Zeit. Ich habe ihren Namen auf jedes wichtige rechtliche Dokument setzen lassen. Wenn ich heute sterben sollte, würden sie und unser Kind alles erben. Die Hochzeit heute ist nur ein gesellschaftliches Event."

„Und somit das wichtigere Symbol", erwiderte Phillip. „Siehst du das mit deinem Dickschädel nicht ein?"

„Die Zeremonie wird heute stattfinden. Du wirst allerdings nicht daran teilnehmen. Wenn die anderen deine Abwesenheit kommentieren sollten, werde ich ihnen erzählen, dass du der Hochzeit nicht zustimmst, auch wenn es das souveräne Oberhaupt des Hauses Welf tut."

„Gut", schnaubte sein Vater. „Ich werde dafür sorgen, dass alle es wissen."

„Natürlich wirst du das." Wulf schüttelte den Kopf. „Dein Sicherheitspersonal wird durch meines ersetzt werden. Sie sind nicht länger deine Security, sondern deine Gefängniswärter. Sie werden auf mich und meine Anweisungen hören. Deine Gespräche werden überwacht."

„Das ist unerhört", beschwerte sich sein Vater mit fest zusammengepresstem Kiefer.

„Wenn du nicht kooperierst, werde ich dir den Geldhahn komplett zudrehen. Selbst dein persönliches Vermögen liegt im Ermessen des Hauses. Ich werde dich buchstäblich mit nichts außer deinen Kleidern am Leib auf die Straße setzen und Männer an deiner Seite lassen, um sicherzustellen, dass du von niemandem Hilfe erhältst."

„Das ist respektlos", sagte sein Vater, aber er wirkte nicht erzürnt.

Vielleicht wollte er Wulf nicht noch mehr provozieren. Vielleicht war dies der letzte Angriff in einem Krieg, der, wie Wulf sich ziemlich sicher war, begonnen hatte, als ein Verrückter den falschen Neunjährigen erschossen hatte.

Weiter im Inneren der Suite öffnete sich eine Tür.

Wulf war auf den Beinen, hielt seine Pistole auf Augenhöhe, noch bevor die Tür auch nur halb offen war.

Am anderen Ende des Pistolenlaufs – das vorne liegende Korn fügte sich perfekt in die Lücke der Kimme am Ende – sah er eine schlanke Frau eintreten, die ein Tablett mit silbernem Kaffeeservice trug. Ihr dunkles Haar, das zu einem ordentlichen Dutt zurückgebunden war, hatte ein paar eisengraue Highlights. Ihre dunklen Augen weiteten sich und ihr Mund stand auf.

Etwas an ihr kam ihm vertraut vor.

WAS HAT ER ZU DIR GESAGT?

DIETER SCHWARZ

Dieter schob Flicka auf den Mittelsitz des SUVs und stieg nach ihr ein. Der Fahrer fuhr los, bevor sie sich richtig angeschnallt hatten, und raste aus der Parkgarage raus. Dieters Füße glitten unter ihm weg und er fiel gegen den Sitz.

Parkgaragen fühlten sich immer wie eine Falle an. So viele Orte, an denen sich Scharfschützen positionieren könnten, und so wenig Zeugen.

Flicka hielt ihr Handy mit einer Hand umklammert und schaltete es ein. Er hatte gesehen, wie sie es sich von einem Tisch neben der Tür genommen hatte, als er sie aus der Suite rausmanövriert hatte. Also musste man es ihr vorher abgenommen haben. Sie war nicht in der Lage gewesen, Wulf oder ihn zu kontaktieren, während sie dort festgehalten wurde. Das Handy war ausgeschaltet gewesen, was erklärte, warum sie es nicht hatten aufspüren können.

Dieter griff in seine Jackentasche, fand sein Stofftaschentuch und reichte es ihr.

„Danke", murmelte sie und wischte den verschmierten Mascara unter ihren Augen weg. Auch von ihren Händen entfernte sie schwarze Schmierstreifen.

„Alles gut?", fragte er.

„Ich muss mich nur bei den Eventkoordinatoren melden. Ich bin mir sicher, dass alles in Ordnung ist."

Dieter griff sanft nach ihrer Hand. Er kannte sie, seit sie eine schlaksige Zwölfjährige gewesen war, da er Wulf während ihrer Zeit im Militär über die Ferien nach Hause begleitet hatte. „Geht es *dir* gut?"

Sie schaute zu ihm hoch, ihre großen, dunkelgrünen Augen weiteten sich noch mehr, während sie ihre Hand in seiner umdrehte und ihn festhielt. Sie lächelte nicht. Wenn überhaupt, sah sie aus, als würde sie einen Schrei unterdrücken.

Langsam erwiderte sie dann: „Ich muss diese Hochzeit organisieren. Alles muss perfekt sein. Im Moment muss ich daran denken und an *nichts anderes*."

Dieter hatte sich einige Dinge über Wulfs Leben zusammengereimt – mithilfe der wenigen Informationen, die dieser preisgegeben hatte – und jede einzelne Schlussfolgerung, zu der er bezüglich Wulfs und Flickas Vater gekommen war, war garstig gewesen. „Was hat er zu dir gesagt?"

„Nichts", meinte Flicka, schüttelte seine Hand ab und lehnte sich in ihrem Sitz zurück. „Ich habe eine Hochzeit zu organisieren." Ihr nächster Blick zu ihm enthielt Andeutungen von grün loderndem Feuer. „Hilf mir, mich auf die Hochzeit zu konzentrieren."

„Du weißt, dass er Wulfram und viele andere angelogen und versucht hat, Chaos zu stiften, um diese Hochzeit und seine und Reagans gemeinsame Zukunft zu ruinieren, richtig?" Die Worte hinterließen einen bitteren Nachgeschmack in seinem Mund. „Was immer er dir auch gesagt hat, könnte ein Trick gewesen sein, um für Ärger auf Wulframs Hochzeit zu sorgen."

„Ja", sagte sie, und ihre verklumpten, feuchten Wimpern blinzelten über ihren unglaublich grünen Augen.

„Wulfram verdient eine perfekte Hochzeit", meinte Dieter.

„*Ja*" sagte sie erneut, diesmal mit festerer Stimme.

„Wie kann ich helfen?"

Flicka nickte schnell. „Hol seinen Anzug, sobald wir zurück im Hotel sind. Danach fahren wir direkt zur Kirche. Der Anzug hängt fertig gebügelt in einer Kleidertasche in Wulfs Schrank. Alles, was er braucht, ist da drinnen. Schnapp dir einfach die Tasche."

LIESEL

WULF VON HANNOVER

Wulf zog sofort den Pistolenlauf in Richtung Decke weg, bevor das Dienstmädchen die Kaffeekanne und die Tassen fallen lassen konnte. „Es tut mir leid, Miss."

„Liesel, bitte bring das her", sagte sein Vater.

Bitte?

Wulfs Kopf wirbelte überrascht zu seinem Vater herum.

Dieser lächelte das Hausmädchen an, seine Mundwinkel warfen leichte Falten. „Hab keine Angst. Wulfram mag ein bisschen paranoid sein, aber er ist harmlos."

Wulfs linke Augenbraue zuckte, wollte sich heben, aber er behielt seine neutrale Miene bei.

Die Frau, die vielleicht Anfang vierzig war, stellte das Tablett auf dem Kaffeetisch zwischen den zwei Stühlen ab. Eine schwache Rötung zog sich über ihre Wangen, und sie warf Wulf einen verstohlenen Blick zu, als sie sich nach unten beugte.

Sie kam ihm irgendwie sehr bekannt vor. Wulf

war in den letzten zwei Jahrzehnten nur ein paar Mal auf Schloss Marienburg gewesen. Er erinnerte sich nicht, sie dort gesehen zu haben, als Rae und er vor ein paar Monaten dort gewesen waren, um einige Dinge für Flickas Hochzeit zu holen. Für seine eigene Hochzeit war Flicka nach Hannover gegangen, um buchstäblich die Schränke zu plündern, in denen Diamanten lagen.

Dennoch wirkte Liesel erstaunlich vertraut. Besonders ihre Wangenknochen und der Schwung ihres Mundes.

Wulf setzte sich wieder, allerdings hielt er die auf seinem Knie abgelegte Waffe für alle Fälle auf den hinteren Bereich der Suite gerichtet.

Er schätzte, dass Liesel ungefähr zehn Jahre älter sein musste als er, also konnte sie nicht bei ihnen zuhause gearbeitet haben, als er ein kleines Kind gewesen war und noch im Schloss gelebt hatte. Sie musste eingestellt worden sein, nachdem er mit fünf Jahren ins Internat gegangen war.

Vielleicht hatte er sie gesehen, als er sich mit neun Jahren von dem Angriff erholt hatte?

Nein. Er erinnerte sich nicht an sie, und er hatte sowieso die meiste Zeit im Krankenhaus verbracht, bis er zurück ins Internat gegangen war.

Vielleicht, als er fünfzehn gewesen und seine Mutter krank geworden war und er für den letzten Monat ihres Lebens nach Schloss Marienburg zurückgekommen war, bevor Flicka und er zur Schule zurückgingen?

Er durchkämmte seine Erinnerungen, versuchte, sie rückwärts altern zu lassen. Aber nein, er erinnerte sich nicht an sie.

Nachdem Wulfs Mutter gestorben war, hatte sein

Vater die damals sechsjährige Flicka wie geplant nach Le Rosey verfrachtet, nur einen Tag später. Und Flicka hatte die Internatsschwestern in den absoluten Wahnsinn getrieben, da sie sich ständig ins Wohnheim der Jungs geschlichen hatte, um bei Wulf zu sein, dem einzigen Familienmitglied, dem sie noch etwas zu bedeuten schien. Wulf hatte die Erlaubnis bekommen, sich ein Haus zu mieten und Flicka außerhalb vom Schulgelände großzuziehen. Danach war er nicht mehr nach Schloss Marienburg zurückgekehrt. Wulf hatte seinen eigenen Haushalt errichtet, einen Fahrer eingestellt und ein paar weitere Leute, wie auch die Haushaltsmanagerin seines Vaters gestohlen, Frau Rosamunde Keller …

Wulf schaute sich Liesel genauer an.

Viele Angestellte vom hannoverischen Personal hatten seit Generationen für die adlige Familie gearbeitet, sie unterstützt und sich um den Haushalt und ihre Immobilien gekümmert. Eine Familie, die Schraders, arbeitete bereits seit fünf Generationen für sie.

Die Kellers waren ebenfalls seit mehreren Generationen für den Haushalt zuständig.

Und vielleicht noch für eine zusätzliche Generation.

Diese starken Wangenknochen, der strenge Schwung ihrer Lippen, Wulf war sich beinahe sicher, dass er gerade Rosamunde Kellers Tochter anschaute, die um die fünfundzwanzig Jahre alt gewesen sein musste, als Wulf Georg und Rosamunde Keller in die Schweiz mitgenommen hatte.

Liesel richtete sich auf und strich mit den Fingern über das silberne Tablett, eine sinnliche Geste.

Sie schaute zu Wulfs Vater zurück, der mit einem dunklen Funkeln in seinen blauen Augen zu ihr aufsah. „Danke dir, Liesel."

Er sprach ihren Namen so aus, als würde er die Ls mit der Zunge liebkosen.

Das Rot auf Liesels Wangenknochen vertiefte sich. Ihre Hand hing für einen Moment in der Luft, nahe der Stelle, wo Phillips Hand die Armlehne seines Stuhls umfasste.

Phillip drehte lässig seine Handfläche um und streifte ihre Fingerspitzen, als er nach der Kaffeekanne griff. Seine blauen Augen spiegelten sein Lächeln nicht wider.

Seine kalte Natur war abstoßend.

Liesel schwebte förmlich aus dem Zimmer und schloss die Tür hinter sich.

Wulf drehte sich zurück zu seinem Vater und spielte tausende Konversationen und ihre logischen Ausgänge in seinem Kopf durch.

Einen Herzschlag später fragte er: „Schläfst du mit deinem Personal?"

„Sei nicht vulgär." Phillip rührte Zucker in seinen Kaffee.

„Tust du das?", fragte Wulf wieder, diesmal mit schärferem Tonfall.

Phillip legte seinen Löffel auf dem Tablett ab. „Wenn ich eine Frau will, trinke ich im Yachtclub, bis eine auf mich zukommt. Eine, die jünger ist, gut aussieht und unserem Stand entspricht."

„Bedeutet sie dir etwas?"

Phillip schaute Wulf über den Rand seiner Kaffeetasse an und seine Oberlippe zog sich hoch. „Sie ist eine Dienerin. Sie erfüllt ihren Nutzen."

Sein Vater war ein Monster.

Wulf stützte sich mit den Händen auf seinen Knien ab. „Meine Securitymänner werden umgehend deine ersetzen. Du darfst dich für den Rest des Abends ausschließlich hier aufhalten. Morgen wirst du zurück zum Kaiserhaus gefahren. Rechne einen Monat lang nicht damit, Gäste zu bekommen oder das Haus zu verlassen."

„Ich habe in zwei Wochen ein Rennen", meinte Phillip.

„Du wirst im Haus bleiben. Niemand wird für dich packen. Niemand wird dich zum Flughafen fahren oder dir ein Flugzeug mieten. Dein Rennauto wird nirgendwo hingebracht werden."

„Ich werde sie alle feuern und meine eigenen Leute einstellen."

„Du kannst sie nicht feuern und du kannst kein neues Personal einstellen. Deine Konten stehen jetzt unter meiner Kontrolle. Dein Personal ist ausschließlich mir unterstellt." Er schaute zur Tür. „Selbst Liesel."

Das war ein weiteres Problem, das er mit Fingerspitzengefühl angehen musste.

Mit weit ausholenden Schritten verließ er die Suite und fand Friedhelm, Matthias und drei Männer von Dieters Team im Gang vor, die auf ihn warteten. Er steckte sich wieder seinen Ohrhörer ein und tippte darauf, um ihn anzuschalten.

„Bleibt hier", sagte er zu Matthias und einem von Dieters Männern. Dann brachte er den Rest des Teams über ihre Bluetooth-Verbindung auf den neusten Stand und informierte sie über ihre neuen Aufgaben. Er endete damit, dass er Matthias anwies: „Falls irgendjemand aus dieser Suite rauskommen sollte, haltet ihn auf. Wenn derjenige

Widerstand leisten sollte, könnt ihr so viel Gewalt anwenden wie nötig. Friedhelm, du kommst mit mir."

Wulf ging den Flur entlang, Friedhelm und die anderen zwei Männer folgten ihm.

Dieter fragte via Bluetooth in seinem Ohr: „Hast du Matthias gerade gesagt, dass er deinen Vater töten soll?"

„Ich bin mir sicher, dass es nicht dazu kommen wird", murmelte Wulf.

„Ich komme zurück", sagte Dieter. „Zum Teufel damit, der Trauzeuge zu sein. Ich habe mir schon vor Jahren das Vorrecht eingeräumt, deinen Vater auszuschalten."

„So leicht kommst du nicht darum herum, mit mir vorne am Altar zu stehen. Wir treffen uns an der Kirche."

„Deine Schwester führt bereits das überarbeitete Transport-Manöver aus", erzählte Dieter. „Sie würde eine brillante Generalin abgeben, die auf einer Karte von Europa Miniaturpanzer herumschiebt."

Wulf stieg in den Aufzug. Friedhelm und die anderen traten nach ihm ein und standen mit schulterbreiten Beinen und hinter dem Rücken verschränkten Armen zwischen der Tür und Wulf. Dieser meinte zu Dieters Einschätzung: „Unsere Familie hat sich schon einmal in diesem Gebiet versucht. Es lief nicht so gut."

Einer seiner Vorfahren hatte sich im preußisch-österreichischen Krieg von 1866 für die falsche Seite entschieden und das Königreich verloren.

„Sie lässt alles vom Hotel rüberschicken", kam Dieter wieder aufs eigentliche Thema zurück. „Wir werden es rechtzeitig schaffen, aber *Durchlaucht,*

Flicka sagt mir gerade, dass du direkt zur Kirche fahren musst."

„Ich werde Rae versichern, dass es mir gut geht, ich aber aufgehalten wurde und bald zur Kirche nachkommen werde", erwiderte Wulf.

Durch den Ohrhörer hörte er, wie die Stimme seiner Schwester um mehrere Oktaven anstieg und sie schneller redete.

„Ich werde deinen Anzug mitbringen", sprach Dieter weiter. „Fahr umgehend zur Kirche oder ich hetze dir den Rest meiner Männer auf den Hals, um dich zu holen. Wir sind zu weit gekommen, um jetzt zu scheitern."

„Wo ist Rae?", fragte Wulf.

„Noch im Hotel. Sie wird gerade zurecht gemacht, um zur Kirche aufzubrechen."

Sein Herz stand still. „Wer ist bei ihr?"

„Ihre Security, wie wir es ausgemacht hatten."

„Frau Keller?", fragte Wulf. Er starrte seine alten, abgenutzten Militärstiefel und den Teppichboden des Aufzugs an.

„Ja, natürlich."

„Romain und deine Männer werden Rae umgehend zur Kirche bringen. Sorge dafür, dass sie Rae sofort ins Auto setzen und losfahren. Lass Julian bei Frau Keller im Hotel."

„Ist das ein Notfall?", fragte Dieter.

Mehrere Szenarien spielten sich in Wulfs Kopf ab, jedes katastrophaler als das andere. „Ja."

Das Wort hinterließ einen faulen Nachgeschmack in seinem Mund.

„Ich kümmere mich darum", sagte Dieter.

Durch den Ohrhörer nahm Wulf die Stimme seiner Schwester wahr, die zu einem Schwall Belehrungen ansetzte, bevor die Verbindung mit einem Klicken abgebrochen wurde.

Wulf nahm den Ohrhörer heraus.

Die Aufzugstür öffnete sich.

Friedhelm trat vor ihm hinaus. „Zum Hotel?"

„Ja", bestätigte Wulf. „Zum Hotel."

ROSAMUNDE

WULF VON HANNOVER

Wulf betrat seine Suite, während er die Schatten an den Wänden beobachtete und auf die Bewegungen der Luft achtete. Er konnte spüren, dass Rae und ihre Entourage bereits fort und zur Kirche unterwegs waren.

Niemand war hier außer Frau Keller, die mit im Schoß verschränkten Händen auf dem Sofa saß, und Julian, der neben einem Tisch im Flur stand. Julian hielt einen angewinkelten Arm auf Hüfthohe, wo seine Waffe steckte, und runzelte die Stirn.

„Julian, bitte warte mit Friedhelm draußen", sagte Wulf.

Julian schaute zu Wulf hoch, dann wanderte sein Blick zurück zu Frau Keller. Seine zusammengezogenen blonden Augenbrauen ließen seine Wut darüber erahnen, dass er die Frau bewachen sollte, die den Haushalt leitete und seit Jahren von allen als eine der vertrauenswürdigsten Angestellten angesehen wurde.

Wulf hatte kurz mit Rae gesprochen, während sie im Auto war, und das Gespräch hatte damit geendet, dass sie sagte: „Komm, sobald du kannst. Ich werde die Stellung für dich halten."

Ihre Worte hatten sein Herz ein wenig geheilt, aber jetzt schmerzte es wieder.

Julian und Friedhelm schlossen die Tür hinter sich.

Wulf setzte sich zu Rosamunde auf einen Stuhl. Er beugte sich vor, stützte seine Ellbogen auf den Knien ab und faltete die Hände. Dann sprach er auf Deutsch mit ihr, seiner Muttersprache, der Sprache seiner Kindheit. Es gab eine Zeit, da hatte sie sich tröstlich angefühlt. „Erzähl mir bitte von Liesel."

Rosamunde blinzelte, und die Furche zwischen ihren Augen vertiefte sich. „Geht es ihr gut?"

„Ja, ja, ihr geht es gut. Wusstest du, dass sie hier ist?"

„In Montreux?"

„Ja."

„Aber warum sollte sie hier sein? Sie hat mich nicht angerufen. Wir hätten uns treffen können."

„Erzähl mir von ihr", bat Wulf erneut.

„Sie war verheiratet, bevor wir zu deinem Haushalt gewechselt sind. Das ist sie zwar nicht mehr, aber es geht ihr gut."

„Du hast sie mir gegenüber nie namentlich erwähnt."

„Nun, ich schätze, ich habe keine Notwendigkeit dafür gesehen. Woher weißt du, wie sie heißt?"

„Ich glaube, ich habe sie vorhin getroffen." Wulf biss sich auf die Unterlippe. „Wusstest du, dass sie für meinen Vater arbeitet?"

„*Was?*" Rosamunde sprang auf, ihre Hände flatterten wild umher. „Sie arbeitet in einem Restaurant. Sie arbeitet als Kellnerin und Wirtin, und dient *niemandem*."

Wulf spürte, wie sich seine Schultern erleichtert senkten. Rosamunde hatte es nicht gewusst, und angesichts solch einer starken Reaktion von seiner stoischen Haushälterin glaubte er ihr. „Sie war in der Suite meines Vaters. Sie trug die übliche schwarze Uniform und brachte ihm ein Kaffee-tablett."

„Bist du sicher?" Ihre schrille Stimme klang entsetzt.

„Hast du ein Foto von ihr?"

„Ja, natürlich." Rosamunde holte ihr Handy aus ihrer Handtasche heraus und scrollte durch die Fotos. Dann hielt sie Wulf den Bildschirm hin. „Sie kann es nicht gewesen sein."

Wulf schaute die Frau auf dem Foto an und seufzte. Sie hatte dieselben Wangenknochen und die streng geschwungenen Lippen wie Rosamunde. „Das ist die Frau, die in Phillips Suite war."

„Nein …" Rosamunde schaute auf ihr Handy und ließ sich schwerfällig wieder aufs Sofa fallen. „Das hätte sie mir gesagt."

„Hast du ihr von unseren Reiseplänen erzählt, von unserer Situation, von Raes religiöser Familie?"

Rosamundes Hand hob sich zu ihrem Mund. „Oh, Wulfram. Es tut mir so leid. Georg und ich werden umgehend unsere Kündigung einreichen." Ihr Ehemann, Georg, war Wulfs erster Fahrer gewe-sen, während er die Highschool besucht hatte, und jetzt war er sein Chefbutler.

„Nein", widersprach Wulf. „Ich werde eure Kündigungen nicht akzeptieren, aber wir müssen besprechen, was ihr Liesel erzählen dürft und was nicht."

„Ich kann nicht glauben, dass sie es an ihn weitergegeben, für ihn spioniert hat. Es tut mir so leid. Ich dachte, ich würde mich vertraulich mit ihr unterhalten. Sie weiß, was ich von ihm halte, von den Dingen, die er getan hat."

„Hat Liesel erwähnt, ob sie derzeit mit jemandem zusammen ist?"

„Nun, ja", antwortete Rosamunde etwas weniger niedergeschlagen. „Sie hat erwähnt, dass es da jemanden gibt und sie durchaus optimistisch ist."

„Das musst du ihr ausreden. Er benutzt sie. Er ist grausam, und er hat keine Gefühle für sie."

„*Oh*", sagte Rosamunde nur. Dann zog sie die entsprechenden Schlüsse und fügte entsetzt hinzu: „*Nein*, das kann nicht sein."

„Er manipuliert alles und jeden um sich herum."

Rosamunde schloss die Augen. „Ich werde es ihr sagen. Ich werde ihr sagen, dass sie ihm nicht vertrauen kann, und dann werde ich nie wieder mit ihr reden."

„Das ist keine gute Lösung", meinte Wulf. „Sie ist deine Tochter. Du kannst nicht einfach eure Beziehung aufgeben. Du solltest mit ihr nur nicht über uns oder über unsere Pläne reden."

„Das werde ich nicht. Oh, Wulfram. Es tut mir so leid."

„Er hat uns alle getäuscht. Ich hätte mir denken sollen, dass er zu so etwas Niederträchtigem imstande ist."

Wulf würde Rosamunde eine falsche Information weitergeben lassen, etwas Spezifisches, und dann über die neue Security seines Vaters beobachten, ob dieser daraufhin etwas versuchen würde. Auch wenn Wulf sich ziemlich sicher war, dass es jetzt vorbei war.

Rosamunde. Ausgerechnet *Rosamunde* war die unwissende Spionin seines Vaters gewesen. Und Wulf verabscheute seinen Vater nur noch mehr dafür, dass er sie so benutzt hatte.

ANKLEIDEZIMMER

RAE STONE-VON HANNOVER

R ae wartete im Ankleidezimmer der Kirche, das sich im Untergeschoss befand. Sie trug bereits das schicke Hochzeitskleid, das sie mit Flickas Hilfe ausgewählt hatte. Das Korsett darunter war ein wahrhaftiges Meisterwerk der Bautechnik. Rae war sich sicher, dass sie es zu einer Art Hängebrücke aufklappen könnte, wenn sie auf einer verlassenen Insel stranden sollte.

Lizzy, Raes Kommilitonin, war den ganzen Nachmittag besorgt um sie herumgeschwirrt, hatte offensichtlich Wulfs Rolle übernommen, aber jetzt gönnte sie sich eine kurze Auszeit. Sie saß mit angezogenen Beinen auf einem kleinen Sofa in einer Ecke und tippte auf ihrem Handy herum.

„Ist er schon hier?", fragte Rae Flicka.

Flicka telefonierte, schrieb Nachrichten und tippte so schnell auf ihrem Handy, dass ihre Finger zu verschwimmen schienen. Ihr weißes Brautjungfernoutfit, ein bequem aussehendes Seidenkleid, saß perfekt. Keine einzige Falte verunstaltete den glatten Stoff.

Sie grummelte und hielt einen Finger hoch, während sie mit ihrem anderen Daumen den Text zu Ende schrieb. „Okay. Ich kann nicht glauben, dass mich dieser Mistkerl für ganze drei Stunden entführt hat. Ich werde jemandem den Kopf abreißen. Die Servietten für den Empfang sind weiß. *Weiß. Und aus Polyester.* Wir hatten uns bereits *vor Monaten* für Elfenbein entschieden, aus ungebleichter Seide."

„Ist Wulf schon hier?", fragte Rae noch einmal.

Flicka schüttelte den Kopf. „Julian hat geschrieben, dass Wulfie und Mrs. Keller gerade eben vom Hotel aufgebrochen sind."

Rae atmete geräuschvoll aus, denn was Wulf anbelangte, war sie immer besorgt. Auch wenn er stets von einem Securityteam umgeben war, machte sie sich dennoch Sorgen.

„Er hat sich *immer noch nicht* umgezogen", sagte Flicka. „Sein Anzug ist *hier.* Wir sind bereits fünfzehn Minuten hinterm Zeitplan. Und es wird eine Stunde werden. Die *Verspätung* wird eine *Stunde* sein."

Rae lächelte. „Es wird alles gut. Wir haben ein Zeitfenster von vier Stunden, bevor wir beim Empfang sein sollen. Es wird alles *gutgehen.*" Sie sah zu Dieter rüber, der gegenüber der Tür auf einem Stuhl saß, mit den Händen auf seinen Knien abgestützt. Selbst wenn er versuchte, gelassen zu wirken, sah er immer bereit aus, aufzuspringen und jemanden niederzuringen oder wenn nötig auch zu schießen. „Ich wünschte, Georgie wäre hier."

Georgie war die dritte im Bunde ihrer perfekten Triade aus College-Freundinnen: Lizzy, Georgie und

Rae. Georgie war mit einer Rockband durchgebrannt, aber das war eine lange Geschichte.

Flicka schaute zu ihr auf, hielt einen Moment lang inne, bevor sie eine Hand ausstreckte und Rae aufmunternd über den Arm strich. „Wenn sie kommen *kann*, bin ich mir sicher, dass sie es wird."

„Du hast keine weiteren Textnachrichten bekommen?"

„Nicht seit dem äußerst späten Antwortschreiben gestern", schnaubte Flicka.

„Glaubst du, es geht ihr gut?"

Flicka schaute zu ihr hoch. „Sie sagt immer wieder, dass sie allen entkommen wird, die hinter ihr her sind und sie verfolgt haben. Es muss nett sein, wenn man sich für so entbehrlich hält, dass man einfach so davonrennen kann."

„Aber sie ist nicht entbehrlich", widersprach Rae. „Sie hat Menschen, die sie lieben."

„Vielleicht ist es die beste Option für sie", meinte Flicka und runzelte dann nachdenklich die Stirn. „Vielleicht hat sie Angst, dass die Leute, die hinter ihr her sind, auch ihre Freunde erschießen könnten. Sie wird schon ihr ganzes Leben lang von ihnen verfolgt, zumindest seit ihr Vater diese Kriminellen reingelegt hat. Vielleicht ist ihr Leben so miserabel, oberflächlich, falsch und einengend, dass sie sterben will, aber sich nicht ganz dazu durchringen kann, also rennt sie stattdessen immer wieder weg."

Rae, eine angehende Psychologin, sah vor ihrem inneren Auge rote Warnsignale aufblinken, und ihr Herz zog sich zusammen.

„Hat *sie* das zu dir gesagt?", fragte Rae und berührte Flickas Arm. „Hat Georgie gesagt, dass sie daran gedacht hat, sich etwas anzutun?"

„Nein, ich spiele nur Hobbytherapeutin. Ich habe schon seit Monaten kaum mehr mit ihr oder sonst jemandem gesprochen, nur mit Hochzeitsplanern, Essenslieferanten, Floristen oder Designern. Und jetzt habe ich drei ganze verdammte Stunden verloren. Ich muss dieses Serviettenfiasko hinbiegen, oder die Leute werden reden. Guter Gott, Rae. *Weiße Polyesterservietten!* Was werden die Leute *sagen?*"

Die Leute würden wahrscheinlich sagen, dass die Servietten auf angemessene Weise die Essens- und Getränkereste von ihren Gesichtern abwischten, aber das behielt Rae für sich. Flicka hatte ihr Herzblut in die Hochzeitsplanung gesteckt und es geschafft, in einem unglaublich kurzen Zeitrahmen ein Highsociety-Event auf die Beine zu stellen, das dann in letzter Minute um einen Monat verschoben wurde. Rae selbst hätte nicht einmal gewusst, wo sie hätte anfangen sollen.

„Du hast wundervolle Arbeit geleistet, Flicka", sagte sie schließlich. „Ich bin dir für alles, was du getan hast, unendlich dankbar. Alles ist wunderschön und perfekt."

Das argwöhnische Misstrauen in Flickas dunkelgrünen Augen tat Rae in der Seele weh.

„*Wirklich!*", versicherte sie ihr. „Das ist mein absoluter Ernst. Ich bin völlig verblüfft davon, wie viel du getan hast. Alles ist einfach nur wunderschön und perfekt. Du hättest es nicht besser machen können. Ich danke dir von ganzem Herzen, und ich meine jedes Wort davon."

Flicka blinzelte, ihre Lippen pressten sich aufeinander. „Okay. Danke. Es freut mich, dass es dir gefällt." Sie lächelte immer noch nicht. „Wenn du mich für ein paar Minuten entschuldigen würdest,

ich muss sichergehen, dass mein modisch fehlgelei-
teter Bruder den richtigen Anzug anzieht. Denn
wenn es zwei Anzüge in der Kleidertasche gibt, wird
er sich garantiert den falschen aussuchen. Und dann
habe ich noch einen Tischdekorateur, den ich einen
Kopf kürzer machen werde, wenn er in den
nächsten drei Stunden nicht zweitausend unge-
bleichte Seidenservietten herbeizaubert."

„Vier Stunden", erinnerte Rae sie in der Hoffnung, ihr etwas von dem Stress zu nehmen.

„Drei", beharrte Flicka. „Die Kellner, die ich
angestellt habe, brauchen eine Stunde, um die Servietten in zweitausend gottverdammt perfekte
Schwäne zu falten."

KEIN TRICK

WULF VON HANNOVER

W ulf stieg aus dem Auto auf den Bürgersteig und in das milde August-Sommerwetter hinaus. Die Kirche, in der er Reagan heiraten würde, ragte über ihm auf. Eine erfrischende Brise vom Genfer See umspielte das Gotteshaus, das von Bergen umgeben war. Der frische Geruch rief Kindheitserinnerungen in ihm wach.

Vorsichtig zog er die große hölzerne Doppeltür an der Vorderseite der Kirche auf und schlüpfte durch den kleinen Spalt hinein, ohne das grelle Sonnenlicht in die Kirche zu lassen.

Durch Flickas Entführung war die Zeremonie bereits nach hinten verschoben worden. Im Hauptbereich der Kirche tummelten sich die Hochzeitsgäste zwischen den Sitzbänken, standen und unterhielten sich mit Leuten aus den Reihen vor oder hinter ihnen. Wenn man bedachte, dass die meisten von ihnen ein Leben im Rampenlicht führten, war das hier für sie wahrscheinlich eine willkommene Gelegenheit, um unbeobachtet mit Freunden plaudern zu können.

In der relativen Dunkelheit des Foyers entdeckte er die Treppe, die zur unteren Ebene führte. Der staubige Geruch nach altem Weihrauch hing an den Wänden und dem neuen Teppich unter seinen Füßen.

Unten an der Treppe, wo sich drei Gänge kreuzten, blieb Wulf stehen und lauschte.

Raes Gelächter, ein raues, frohlockendes Lachen, war schwach zu hören.

Links.

Er folgte der Spur von Reagans Gelächter, welches ihn zwischen den Holzwänden und an Wandleuchtern vorbeiführte, die aussahen wie mittelalterliche Fackeln.

Von der Sekunde an, als er sie lachen gehört hatte, hatte er gewusst, dass alles in Ordnung war. Er hatte bereits mit Dieter gesprochen, der ihm versichert hatte, dass er und Flicka in der Kirche angekommen waren und auch Rae dort war; gesund und nicht wütend auf ihn. Davor, im Auto, hatte er Romain kontaktiert, der ihm bestätigt hatte, dass sie Rae aus dem Hotel begleitet und sicher zur Kirche gebracht hatten.

Er wusste, dass ihr nichts passiert war. Die Tür dämpfte ihr Lachen, aber auf der anderen Seite davon war sie gesund und es ging ihr gut. Es gab keinen Grund, die Tür zu öffnen. Wenn er das tat, könnte er sie unnötig aufregen, wegen des Aberglaubens, dass es Unglück brachte, wenn der Bräutigam die Braut vor der Hochzeit sah.

Aber obwohl ihm das bewusst war, öffnete Wulf dennoch die Tür.

Nicht, um sie mit dem Aberglauben und dieser alten Tradition aufzuziehen.

Er drückte die Holztür auf, weil in seinem Hinterkopf immer noch die irrationale Furcht schlummerte, dass Flickas Entführung nur eine Ablenkung gewesen war und sein Vater jemanden losgeschickt haben könnte, der seiner Frau etwas antat, während Wulf weg war, um seine Schwester zu retten. Neben dieser unterschwelligen Befürchtung brodelte tödlicher Zorn.

Hinter der aufschwingenden Tür kam Reagan zum Vorschein, die mit Lizzy über irgendetwas kicherte. Beide trugen schneeweiße Kleider, auch wenn Reagans aufwändiger war.

Ihre hübschen, braunen Augen weiteten sich. „Wulf! Du forderst unser Glück wirklich heraus, oder? Ich bin *in meinem Kleid!*"

Wulf deutete zu der kleinen, blonden Frau neben Reagan. „Lizbeth, lässt du uns mal allein?"

„Ernsthaft? Du bist nicht der …", begann Lizbeth.

Rae schaute ihn an. Als ihr Blick ihn erfasste, hatte er das Gefühl, dass sie die einzige Person auf der ganzen Welt war, die ihn wirklich *sehen* konnte. Alle anderen Blicke prallten von ihm ab, glitten über die scharfen Kanten seiner Vorgeschichte und projizierten Dinge auf ihn, doch sie *sahen* ihn nie wirklich.

Rae drehte sich zu ihrer Freundin um, ließ ihn aber nicht aus ihren großen, braunen Augen. „Lizzy, gib uns eine Sekunde."

„*Na schön.*" Lizzy stampfte an ihm vorbei, und er schloss die Tür hinter ihr.

Rae schaute ihn immer noch an. Sie war so wunderschön, ihre natürliche Schönheit wurde durch das Make-up noch verstärkt und das sanduhr-förmige Kleid betonte ihre Kurven. Ein weißer Schleier war an die Hochzeitstiara genäht worden, die seine Schwester aus Schloss Marienburg geholt hatte. Diamanten glitzerten in ihrem dunklen Haar. „Flicka ist gerade losgegangen, um nach dir zu suchen", sagte sie. „Geht es dir gut?"

Er überbrückte die Entfernung zwischen ihnen in zwei großen Schritten und zog sie an sich. Ihre starken Arme schlangen sich um seine Taille. „Es hätte ein Trick sein können", sagte er.

„Das war es nicht", erwiderte sie. „Es gab keinerlei Probleme. Und die Walther PPK steckt immer noch in einem Halfter in meinem Strumpfband."

Wulf lehnte seine Wange an ihre Stirn. „Trag sie während der Zeremonie."

„Das hatte ich vor."

Er lachte leise und hielt ihren kurvigen Körper noch einen weiteren Moment lang in seinen Armen. „Ich musste dich sehen, mich mit eigenen Augen davon überzeugen, dass dir nichts fehlt."

„Mir fehlt nichts. Wirklich. Es geht mir gut."

Wulf fuhr mit seinen Händen an ihrem Rücken hoch, spürte die starken Sehnen an ihrer Wirbelsäule.

Hier befand sich das Kostbarste in seinem Leben. Alles, was er brauchte, war *hier*.

DIE HOCHZEIT

WULF VON HANNOVER

Wulf verließ das Zimmer der Braut und ging zu seinem eigenen Ankleidezimmer, wo seine unverbesserliche Schwester ihn anwies, welchen Smoking er anziehen und welche Ehrenauszeichnungen er an exakt welcher Stelle über seinem Herzen anheften sollte – woran sie ihn auch schon heute Morgen und in den letzten Monaten mindestens einmal die Woche erinnert hatte. Dann stand er für die Prozessionshymne in der Nähe des Altars. Flicka schien ihre kürzliche Entführung nicht schwer mitgenommen zu haben, sie war so emsig und effizient wie immer. Nur ihre Anweisungen an die Visagisten und Ankleider wirkten besonders kurz angebunden – man könnte es auch entschlossen nennen –, während sie alle einzelnen Fäden der Eventplanung zu einem perfekten Wandteppich zusammenwob.

Wenige Minuten später stand er im vorderen Teil der Kirche und nickte seiner Tante in der ersten

Reihe zu, die schon beinahe aufgedreht wirkte. Sie liebte Hochzeiten.

Seine engsten Freunde – Dieter, Yoshi und sein Cousin Wills – standen hinter ihm.

Die Doppeltür auf der anderen Seite der Kirche öffnete sich, und seine Schwester Flicka lief den Gang entlang, anmutig wie immer und leicht im Rhythmus der Musik mitschwingend.

In Momenten wie diesen konnte er sehen, dass seine jüngere Schwester zu einer wunderschönen Frau herangewachsen war und nicht länger das kleine traumatisierte Kind war, das jede Nacht in sein Wohnheimzimmer geschlichen kam, bis sogar der formalitätsliebende Schulleiter zustimmte, dass etwas unternommen werden musste.

Flicka schwebte in ihrem weißen Kleid förmlich den Gang hinunter, und Wulf atmete auf, denn zumindest dieser Job war erledigt. Jahrelang hatte er jede Nacht gebetet, dass er lange genug leben würde, um sie als erwachsene Frau zu sehen. Und hier war sie, seine größte Errungenschaft.

Lizzie schritt als Nächstes den Gang entlang, seine winzige Freundin aus dem Südwesten, die an eine Elfe erinnerte. Ausgerechnet sie auf seiner Hochzeit zu haben, brachte ihn beinahe zum Lachen, aber Lizzys Verlobter, der mit finsterem Blick hinten in der Kirche saß, hielt ihn davon ab, zu viel Belustigung zu zeigen. Der Mann hatte sowohl beschützende als auch obsessive Tendenzen, und er war genau das, was Lizzy brauchte.

Und dann kam Rae.

Das Sonnenlicht schimmerte durch den weißen Schleier hindurch auf ihr kastanienbraunes Haar, während sie ihren Weg zum Altar antrat; eine sanduhrförmige Göttin in Weiß, nach der sich alle umdrehten.

Sie schritt in genau dem richtigen Tempo den Gang entlang. Ihr Cousin Craigh eskortierte sie durch die Reihen der aufgestandenen Hochzeitsgesellschaft.

Als sie Wulf erreichte, konnte er ihre warmen braunen Augen hinter dem Schleier sehen, und sie lächelte ihn an.

Jedes Mal, wenn sie ihn anlächelte, schlug sein Herz ein kleines bisschen schneller, und er fühlte sich lebendiger.

EINE LETZTE SACHE

RAE STONE-VON HANNOVER

Der Pastor hatte seine kleine Predigt beendet und segnete die Ringe.

Rae atmete tief ein, speicherte jeden Moment, jeden Anblick in ihrem Herzen. Ja, sie waren bereits monatelang auf dem Papier verheiratet gewesen, aber für sie machte erst diese Zeremonie alles wirklich real.

Es war schon irgendwie lustig, denn sie hatte eigentlich immer gedacht, dass dieser Moment in der kleinen Holzkirche in ihrer Heimatstadt stattfinden würde und nicht in einer extravaganten Kathedrale – sie war sich ziemlich sicher, dass diese Kirche als Kathedrale durchging – in der Schweiz.

Der Schweiz. Sie lächelte noch etwas breiter.

Sie würde sich daran gewöhnen, hatte Wulf ihr versichert, aber in diesem Moment erschien ihr alles einfach nur magisch.

Besonders Wulf. *Er* erschien ihr magisch. Nur Magie könnte sie zwei zusammengebracht haben.

Im hinteren Teil der Kirche wurde plötzlich die Tür aufgeschlagen.

Oh, Gott.

Unzählige Möglichkeiten schossen ihr durch den Kopf: Wulfs Vater Phillip, der zum Altar stampfte, um gegen ihre Verbindung zu protestieren, ihr eigener Vater, der mit einer Pistole reinstürmte und Wulf erschießen würde, bevor er selbst von Wulfs Security erschossen wurde, eine Ex-Freundin von Wulf, die Rae die Augen auskratzen würde, oder einfach irgendein Wahnsinniger mit einer Waffe. Das war es, was ihr am meisten Angst machte: ein wahlloser Verrückter, dessen Handlungen man nicht vorhersehen konnte.

Aber die Gestalt, die von der hinter ihr hereinfallenden Sonne in Schatten gehüllt wurde, war schlank und schwankte auf den Füßen. Ein langer geflochtener Zopf fiel über ihren Rücken hinunter.

Rae schirmte mit einer Hand ihre Augen ab, um besser sehen zu können, und rief über die Menge hinweg: *„Georgie?"*

Ja, Georgie war hier, und damit war alles perfekt.

UNTER DER HAUBE
RAE STONE-VON HANNOVER

I n diesem bedeutsamen Moment habe ich alles, was ich will: meinen Mann vor mir, der meine Hände in seinen hält, all meine Freunde um mich herum – selbst diejenigen, die wir für eine Weile vermisst haben –, meinen Cousin, der an meiner Seite steht und sein Handy hochhält, um die Hochzeit für meine Mutter live zu filmen, – die sich in der Scheune versteckt, um zuschauen zu können – und ein Kind, das in mir heranwächst.

Die Autismusklinik, zu der ich mir in langweiligen Vorlesungen vage Pläne überlegt habe, wird in ein paar Wochen eröffnen. Sobald ich mein Studium beendet habe, werde ich den Schlüssel in der Eingangstür umdrehen und hineingehen.

Ich habe Liebe gefunden, ich habe eine gute Arbeit und ich habe mein Leben. Ich bin frei und werde gleichzeitig in starken Armen gehalten und geliebt.

Meine verzweifeltsten, unmöglichsten Hoffnungen sind meine Zukunft geworden.

WACHSAM

WULF VON HANNOVER

Ich halte ihre Hände in diesem unmöglichen Moment, einem Moment, von dem ich nie geglaubt hätte, dass ich ihn erleben würde. Und mein Herz ist voller Glück.

Hinter Rae — meiner Rae, meiner Frau — lächelt meine Schwester Flicka mich an. Das Kind, das ich vom Kindergartenalter an großgezogen habe, ist nun eine junge Frau und verheiratet. Sie braucht mich nicht länger, was bedeutet, dass ich einen guten Job geleistet habe. Früher habe ich dafür gebetet, dass ich so lange leben würde, bis sie allein zurechtkommt.

Jetzt gibt Rae mir eine zweite Chance, Vater zu sein. Diesmal werde ich das Kind vom Säuglingsalter an heranwachsen sehen. Jeder Tag, an dem ich Veränderungen an Rae bemerke, ist wie eine Offenbarung. Jeder Moment ist wie ein Gebet.

Ich bin wachsam, lausche auf das Klicken einer entschärften Waffe, halte Ausschau nach dem Aufblitzen eines Zielfernrohrs, aber da ist nichts. Nichts außer der Musik, dem Leuchten der Kerzen und winziger Lichter, sowie dem Gefühl ihrer zierlichen Hände in meinen.

Lange Zeit war ich ein Geist, aber jetzt bin ich lebendig.
Und Gott stehe mir bei, es fühlt sich so an, als könnte ich
wieder leben.

TRÄUMT WEITER

HEIMLICHE MILLIARDÄRE: RAE UND WULF

EPILOG #8
(DIESMAL IST ES WIRKLICH DAS LETZTE MAL.)

WULF

Der Aufwachraum roch nach scharfem Desinfektionsmittel und Blut.

Wulf schluckte schwer, versuchte sich von den Erinnerungen zu distanzieren, die der kupferhaltige, salzige Geruch in ihm hervorrief.

Die Krankenschwester legte das winzige Bündel in Wulfs Arme. Die pink-blaue Decke war eng um das Baby herum gewickelt, und nur dessen winziges, zerknittertes Gesicht lugte aus dem Baumwollstoff heraus.

Sie war das schönste Wesen, das er jemals gesehen hatte.

Die Muskeln in Wulfs Armen schienen für den Säugling zu hart zu sein, als könnte er seinem kleinen Mädchen wehtun, indem er es nur hielt. Das süße Gesicht des Kindes bewegte sich, als würde es etwas damit ausdrücken wollen, oder als würde es gerade erst bemerken, dass es ein Gesicht hatte. Sein Kopf war kleiner als Wulfs Faust.

Seine Hände kamen ihm riesig vor.

Plötzlich zog sich etwas in seiner Brust zusammen, und seine Lunge schmerzte.

Wulf schlang seine Arme ums Baby, beschützte es vor der ganzen Welt, und ging zurück zu Rae, die erschöpft auf dem Bett lag. Schweiß verdunkelte ihr kastanienbraunes Haar und schimmerte auf ihrem Gesicht. Ihre Atmung ging genauso unregelmäßig wie sein Herzschlag.

„Sie haben sie zurückgebracht", sagte er zu Rae. Das Krankenhauspersonal hatte das Baby nach dem Notfall-Kaiserschnitt sofort mit sich genommen und ihm versichert, dass sie nur seine Vitalzeichen überprüfen und ihm eine Vitamin-K-Injektion geben würden.

Rae nickte, ein schwaches Lächeln lag auf ihrem Gesicht, und sie streckte die Arme nach ihrem Baby aus.

Wulf schob seine Hände unter dieses neue Wunder des Lebens und legte es in Raes Arme. Raes erschöpftes Lächeln erhellte ihr Gesicht.

„Kannst du deine Beine wieder bewegen?", fragte er und strich mit seinen Fingern über die gewobene Krankenhausdecke.

„Noch nicht. Sie kribbeln etwas. Als sie mir die Spinalanästhesie gegeben haben, meinten sie, es würde eine Weile dauern."

Sie hatten Wulf aus dem Operationszimmer geschoben, als der Narkosefacharzt die Rückenmarknarkose injizieren wollte, und Wulf hätte beinahe auf seine hohe Stellung und Privilegien angespielt, um bleiben zu dürfen, auch wenn solche Taktiken in einem amerikanischen Krankenhaus wahrscheinlich nicht funktionierten.

Rae schaute lächelnd auf ihr gemeinsames Kind

in ihren Armen runter, ihr braunes Haar klebte an ihrer Wange und ihrem Hals. Wulf strich es ihr zurück, löste es von ihrer verschwitzten Haut. Ihre Wehen waren bereits stärker gewesen, als sie nach außen hin gezeigt hatte, während der Rettungshubschrauber sie ins Krankenhaus gebracht hatte. Als die Geburtshelferin sie dort untersucht hatte, war ihr der Schock anzusehen gewesen, dass Rae bereits so weit fortgeschritten war.

Rae hatte früh in der Schwangerschaft geblutet. Es hatte sich herausgestellt, dass sich die Plazenta des Babys in der Nähe des Gebärmutterhalses eingenistet hatte, was man in der Medizin eine Placenta praevia nannte. Und eine natürliche Geburt hätte sie umbringen können. Also hatte sie nach ihrer Ankunft im Krankenhaus direkt für den nächsten Tag einen Termin für einen Kaiserschnitt bekommen.

Als Wulf die Panik im Gesicht des Arztes gesehen hatte, war sein Herz stehengeblieben und er war vollkommen erstarrt.

Seine Frau. Seine Tochter. Seine Familie.

Sein ganzes *Leben*.

Er beugte sich runter und gab Rae einen Kuss auf den Scheitel, bevor er seine Wange auf ihren feuchten Kopf legte und ihre Tochter beobachtete. Die graublauen Augen des Babys bewegten sich, registrierten vielleicht das Licht.

„Ich sage das zwar nur ungern …" Die hörbare Erschöpfung in Raes Stimme traf Wulf direkt ins Herz.

„Aber viele weiße Babys haben blaue Augen. Sie könnten später ihre Farbe ändern."

Wulf lächelte. Seine eigensinnige kleine Rae war

so temperamentvoll wie immer. Er hoffte, die Augenfarbe des Babys würde ein warmes Braun werden, so
wie die von Rae. Der weiche Flaum auf dem kleinen
Köpfchen wirkte etwas dunkler als das Platinblond,
das seine jüngere Schwester Flicka bei ihrer Geburt
gehabt hatte. Er hatte Flicka das erste Mal mit drei
Monaten gesehen, weil er weit weg im Internat
gewesen war. Später, als Flicka fünf und er fünfzehn
Jahre alt gewesen waren, hatte er sie allein großgezogen. Er zählte einige dieser Erinnerungen, wie er mit
ihr gespielt hatte, immer noch zu den glücklichsten
Momenten seines Lebens.

Er durfte jetzt nicht an seine Schwester denken.
Flicka wurde seit vier Monaten vermisst.

Die rosafarbenen Lippen des Babys kräuselten
sich, während es die Lichter anschaute und blinzelte.

Er legte eine Hand auf Raes Schulter und
betrachtete stolz ihr Kind, jedes noch so kleine
Zucken faszinierte ihn.

Die Ärzte und Krankenschwestern überprüften,
ob die Monitore alle Zahlen korrekt anzeigten und
verließen dann das Zimmer. Zuvor hatten sie etwas
zu ihm gesagt, und er hatte zivilisierte Erwiderungen
von sich gegeben und Hände geschüttelt. Ein Teil
seines Gehirns würde ihn später darüber informieren, was er gesagt hatte, aber in diesem Moment war
sein Kopf voll mit Rae und ihrem kleinen Mädchen
gewesen.

Fürs Erste hieß sie Victoria Augusta, Prinzessin
von Hannover. Den Rest ihrer Namen würde sie bei
der Taufe von ihren Großmüttern erhalten.

Er hoffte, dass einer der Namen Friederike sein
würde, wenn Flicka bis dahin gefunden wurde.

Dieses Szenario wurde allerdings mit jedem

verstreichenden Tag unwahrscheinlicher, und Wulf hielt seine Frau und sein Kind enger in seinen Armen.

Victorias faszinierende kleine Lippen wölbten sich und öffneten sich leicht.

Wulf sah sich um, vergewisserte sich, dass sie allein waren. Dann gab er Rae einen weiteren Kuss auf den Kopf. „Ich liebe dich so sehr."

Rae löste einen Arm vom Baby und berührte seine Hand. „Ich liebe dich auch." Sie schaute zu ihm auf. Ihre lebhafte Intelligenz wurde immer sichtbarer in ihrem Blick, während die Wirkung der Medikamente nachließ.

„Ich kann nicht aufhören, sie anzusehen", sagte er.

Wulf verlagerte sein Gewicht und legte sich neben Rae auf das schmale Bett. Da sie beide nicht gerade klein waren, mussten sie sich etwas zusammenquetschen. Er schlang seine Arme um seine beiden Mädchen, einen über Raes Brust und um das Baby und den anderen hinten um Rae. Ihr Kopf ruhte an seiner Schulter

Raes Mundwinkel hoben sich zu einem Lächeln. „Du schirmst mich schon wieder ab."

„Ja, das tue ich."

Rae legte ihren Kopf zurück und schaute seine Stirn an. „Was geht da drinnen vor sich?"

Alles, von dem sie beschloss, dass sie es wissen sollte, würde sie irgendwann aus ihm herausbekommen. Frühe Kapitulation war seine beste Option, wie sehr es ihn auch schmerzte.

Er hob eine Seite seines Mundes, in dem Versuch, den typisch deutschen Fatalismus herunterzuspielen. „Ich hätte nicht gedacht, dass ich lang genug leben würde, um mein eigenes Kind kennen-zulernen."

„Oh, Wulf." Rae schaute auf das Baby runter, aber Victoria hatte gerade die Augen geschlossen. Rae hob den Säugling in die Kuhle zwischen ihren Körpern.

„Es erschien mir so, als hätte das Universum mir Flicka zum Aufziehen gegeben, weil ich keine andere Chance bekommen würde, Vater zu sein." Er lehnte sich nach vorne, lehnte seinen Kopf gegen den von Rae, wie er es immer tat, wenn ihn seine Gefühle übermannten und beinahe zusammenbrechen ließen.

Sie presste ihre Hand dort auf seine Brust, wo sein Herz pulsierte. „Du sagst die traurigsten Dinge, die einem das Herz brechen."

Er wiegte sie beide in seinen Armen. „Ich werde nie zulassen, dass euch etwas passiert."

„Ich weiß", erwiderte Rae.

Jeder Moment des Lebens war kostbar und musste ausgekostet und wertgeschätzt werden. Ganz egal, wie viel oder wie wenig Zeit ihm noch blieb, Wulf *lebte* diesen Moment, wie auch jeden folgenden.

RAE

Ein Baby.

Wir haben ein Baby.

Vor einem Jahr, als ich noch im Wohnheim gelebt habe, hat meine verrückte, religiöse Familie jeden Aspekt meines Lebens kontrolliert, mich sogar dazu gezwungen, mir ein Zimmer mit meiner Cousine zu teilen, die mich für sie überwacht hat. Sie haben mir mit Exkommunikation gedroht, wenn ich gegen irgendeine ihrer verrückten Überzeugungen verstieß oder sie auch nur in Frage stellte. Sie hatten so viele verrückte Überzeugungen, unzählbar viele. Ich habe Psychologie im Hauptfach studiert und verzweifelt versucht, etwas Gutes in dieser Welt zu bewirken. Einer meiner Cousins war Autist, ein schwerer Fall. Ich hatte eine Idee für eine Autismusklinik für Kinder, die alle relevanten Therapieformen anbot, aber ich hatte keinen genaueren Plan, wie ich das erreichen sollte, außer meinen Abschluss zu machen und zu hoffen, dass ich danach irgendwie einen Weg finden würde.

Dann ging alles den Bach runter, und zwar rasend schnell.

Ich dachte, ich hätte verloren. Dachte, alles wäre unter mir eingestürzt und meine einzige Chance vertan.

Aber so war es nicht.

Wulf hat mich gerettet. Eine zufällige Begegnung endete damit, dass wir einen völlig unvernünftigen Quickie hatten und uns dann ineinander verliebten.

Jetzt bin ich mit einem Prinzen verheiratet, einem waschechten *Prinzen*, auch wenn seine Familie vor über einem Jahrhundert abgesetzt wurde und er jeglichen Versuch, die Hannover-Monarchie wiederherzustellen, mit allen ihm zur Verfügung stehenden rechtlichen Mitteln – und davon hat er viele – bekämpfen würde. Und jetzt haben wir ein Baby.

Victoria ist so winzig. Natürlich wusste ich, dass sie klein sein würde, etwas über sechs Pfund, aber sie ist so *winzig*.

Und schrumpelig.

Ich glaube, ich bin immer noch high von den Schmerzmedikamenten.

Natürlich bin ich das.

Als wir allein waren, hat Wulf Victoria auf dieselbe Art angesehen, wie er mich ansieht, mit diesem sanften Leuchten in seinen dunklen, kristall-blauen Augen.

Als Georgie und Alexandre reinkamen, stand Wulf auf, seine Körperhaltung versteifte sich, und er nahm ihre Glückwünsche mit gefasster Miene entgegen. Er stellt sich der Welt immer mit diesem verschlossenen, kalten Gesicht.

Nur wenn er bei mir ist, lässt er seine Hülle fallen

und zeigt, wie verletzlich er unter all dem ist und wie einsam er all die Zeit über war.

Lizzy und Georgie sind jetzt auch hier, zusammen mit ihren Ehemännern, Theo und Alexandre, und sie lachen und versuchen, lässig zu wirken, während sie das Baby aneinander weiterreichen, aber natürlich sind sie das nicht. Ich habe selbst immer noch Angst, ich könnte sie zerbrechen, oder das hätte ich, wenn ich nicht vom Morphium so benebelt wäre.

Victoria ist das erste Baby in unserer kleinen Runde – Lizzy, Georgie und ich – aber ich habe so ein Gefühl, dass sie nicht das letzte bleiben wird.

Lizzy hatte etwas in der Richtung angedeutet, „dass bald ein Baby kommen würde", also könnte Victoria die älteste in einer ganz neuen Gruppe von Freunden werden.

Sie wird sie brauchen.

Ich bin umgeben von meinen Cousins und Cousinen aufgewachsen, eine Menge Cousins und Cousinen, alle mit leicht anderen Überzeugungen und Einstellungen. Ohne sie hätte ich wahrscheinlich nie den Schritt gewagt, zur Uni fortzugehen, hätte nie Lizzy und Georgie getroffen, die meine Schwestern wurden, und nie Wulf kennengelernt, meinen Beschützer und Seelenverwandten.

Ich will nicht, dass Victoria allein aufwächst.

Der Großteil meiner Familie redet nicht mehr mit mir, weil ich mich von ihnen abgewandt habe, weil ich mein Leben nicht so leben will, wie sie es gerne hätten: unterwürfig, verängstigt und mit leerem Kopf und leerem Herzen.

Familie bedeutet mehr, als eine ähnliche DNA oder dasselbe Blut in sich zu tragen.

Familie bedeutet Liebe, ganz egal, wo wir sind, wohin wir auch gehen werden, ob Lizzy eines Tages die First Lady im Weißen Haus wird, Georgie immer noch mit einer Rockband tourt oder ich eine Prinzessin in einem deutschen Schloss bin. Wir werden immer füreinander da sein.

Victoria wird immer von Liebe umgeben sein.

❧

Die Tür zum Flur öffnete sich knarrend, als Lizzy gerade Victoria an Rae zurückreichte.

Rae nahm das Baby in die Arme, passte ihren Griff um das warme, weiche Bündel an und gurrte ihrer Tochter einen Moment beruhigend zu, bevor sie sich die Mühe machte, zum Arzt oder der Krankenschwester aufzuschauen, die wahrscheinlich reingekommen waren, um ihr Blut abzunehmen oder die Angaben auf den Monitoren zu überprüfen.

Daher sah sie zunächst nicht, wer da war.

Wulf, der neben ihrem Bett saß, fragte: „Warum hast du nicht angerufen? Es sind *Monate* vergangen."

So etwas würde er zu keinem Arzt sagen. Seine tiefe Stimme war so laut, als würde er mit jemandem reden, der an der Tür stehengeblieben war, und er klang gestresst. Wulf klang *nie* gestresst.

Rae schaute auf.

Der große, stämmige Mann, der schwankend im Türrahmen stand, trug einen dunklen Anzug. Ausbeulungen unter den Armen seiner Anzugjacke deuteten an, dass darunter Pistolen in Holstern steckten. Sein zerzaustes, blondes Haar und der kurze Bart waren so fremd, dass Rae ihn beinahe nicht erkannt hätte.

„Ich muss mit dir reden", sagte Dieter zu Wulf. Sein Schweizer Akzent klang wie undeutliches Deutsch, vermischt mit Französisch. Erschöpfung machte seine Stimme ganz rau.

Wulf schaute zu Rae.

„Geh. *Geh!*", sagte sie. Während ihr Mann mit ausholenden Schritten zur Tür ging, rief sie Dieter, der sich ebenfalls zum Gehen wandte, zu: „Hast du sie gefunden?"

Dieter schaute zurück. „Ich muss zuerst mit ihm reden. Dann werde ich dich informieren."

„Ist Flicka am Leben?", rief Rae so gut sie konnte. Ihre Stimme war von der Operation noch geschwächt.

„Wahrscheinlich. Gestern war sie es." Damit führte Dieter Wulf aus dem Krankenzimmer heraus.

Rae hielt ihre Tochter enger umklammert. Die Welt war ein schrecklicher Ort, wo selbst jemand so gut Bewachtes wie Wulfs Schwester Flicka so vollständig vom Erdboden verschwinden konnte, dass nicht einmal Dieter und seine Sicherheitsagentur – was die nettere Umschreibung für seine umfangreiche Truppe aus Söldnern und ehemaligen Mitgliedern von Spezialeinheiten war – sie finden und nach Hause bringen konnte.

Victoria Augusta von Hannover schloss müde blinzend die Augen und schlummerte ein.

WAS KOMMT ALS NÄCHSTES?

Harte Arbeit von Blair Babylon!

Rox hat ein Problem: Als sie in der Anwaltskanzlei eingestellt wurde, hat sie ihrem unglaublich heißen Boss Cash erzählt, dass sie verheiratet wäre. Was nicht stimmt. Jetzt, drei Jahre später, wohnt sie notgedrungen bei ihm, und er ist der perfekte Gentleman – leider ...

Die Heimliche-Milliardäre-Buchreihe geht mit Casimirs Geschichte weiter! Hol ihn dir schnell! Klicke hier, um dir das Buch jetzt zu holen!

Rote Warnzettel

Rox stand wieder einmal in Cash Amsbergs Eckbüro in der Anwaltskanzlei und hörte zu, wie er laut vor sich hin schimpfte – *wieder einmal.*

Wenn er nicht so verdammt sexy wäre, hätte sie das hier wahrscheinlich nicht lange hingenommen. Aber er war sexy, also machte sie bei seiner Schimpftirade mit.

Es war irgendwie Teil ihrer Routine.

Zumindest würde Rox nicht dafür gefeuert werden, dass sie ein „Hitzkopf" war. Nicht dass sie das wäre. Sie war eine Südstaatenlady mit einem feurigen Temperament. Die Tradition dieser sogenannten „Southern Belle" reichte bis zur Gründung von Virginia zurück. In längst vergangenen Epochen wäre Rox gut klargekommen. Sie hätte unter ihren großen Reifröcken mit dem Fuß aufgestampft und ihrem Unmut mit milden Flüchen wie „Schnickschnack!" oder „Papperlapapp!" Luft gemacht.

Nun, vielleicht stimmte das nicht so ganz. Rox fluchte gern und heftig, wenn die Situation es erforderte. Nicht dass das zu oft der Fall war. Aber manchmal fuhr sie mit geradezu biblischem Zorn auf Menschen hinab, die dringend mal hören mussten, dass sie sich zusammenreißen sollten.

Cash Amsberg deutete auf einen Satz im Vertrag, stach mit dem Zeigefinger auf den dicken Papierstapel ein. „Was zum Teufel hat Monty sich bei diesem Abschnitt bloß gedacht? Er muss gewusst haben, dass wir das rausstreichen würden. Das ist nicht verhandelbar. Nie im Leben würden wir zulassen, dass Gina Watson so einen Mist unterschreibt. Warum sollte er so etwas auch nur vorschlagen?"

Sie standen beide auf derselben Seite von Cashs Mahagoni-Schreibtisch. Er beugte sich über den Vertrag, stützte sich mit beiden Händen auf der Kante ab. Deckenhohe Fenster an zwei Wänden hellten den Raum auf. Die kalifornische Nachmittagssonne knallte herein, funkelte auf dem scharlachroten Design des orientalischen Teppichs, welcher den Großteil des Bodens bedeckte. Cashs riesiges Diplom von der Yale Law School hing über den Sofas an der hinteren Seite des Büros.

Dunkle Regale, gefüllt mit ledergebundenen Büchern, säumten die zwei anderen Wände. Die meisten dieser Bücher waren nur fürs Ambiente da, weil die Anwaltskanzlei seit Jahren all ihre Nachforschungen über das Online-Recherche-Tool „LexisNexis" anstellte. Allerdings hatte Rox Cash manchmal dabei erwischt, wie er spät abends in den Bänden stöberte, während er sich die müden Augen rieb.

Jetzt fuhr er sich gerade mit einer Hand durchs

Haar, ein Zeichen, dass er kurz davorstand, die Fassung zu verlieren. Sie hatte ihn das bisher nur wenige Male tun sehen, einmal, als ein taiwanesischer Filmdirektor darauf bestanden hatte, dass Cash mit ihm Golf spielte. Cash hatte sich zwar gut gelaunt gegeben und beim Spiel respektable zweiundneunzig Punkte erzielt, sobald er aber zurück im Hotel war, hatte er eine halbe Stunde lang über *das verfluchte Spiel der Schotten* geschimpft. Rox hatte über seinen Wutanfall gelacht, bis er sich schließlich wieder beruhigt hatte und mit etwas Humor erzählte, wie sein Ball am siebten Loch dreimal ins Wasser geflogen war.

Rox gestikulierte mit ihren Händen in der Luft, verfehlte dabei nur knapp Cashs breite Schultern. „Ich kann nicht glauben, dass er so eine linke Nummer versuchen würde. Deshalb habe ich einen roten Warnzettel drangeklebt, damit du den Teil zuerst sehen würdest. Hält er uns etwa für einfältige *Hinterwäldler?*" Sie betonte das Wort mit ihrem Südstaatenakzent.

Cash machte ein grimmiges Gesicht. „Er muss uns für Idioten halten. Er muss glauben, wir wären *alle* Idioten, jeder *einzelne* von uns, wenn er auch nur eine Sekunde lang geglaubt hat, dass wir so etwas übersehen würden." Cashs nobler britischer Akzent erweckte den Eindruck, als würde sich hier gerade der König von England mit einem hinterwäldlerischen Kolonisten unterhalten.

Wenn Cash sich so aufregte, erhöhte sich seine Körpertemperatur und der subtile Duft des Parfüms, das er trug, – Sandelholz, Zimt und Vanille – stieg unter seinem perfekt sitzenden Designeranzug und faltenfreiem weißen Hemd hervor.

Rox kämpfte gegen den Impuls an, sich näher zu ihm zu lehnen, aber sie konnte den Duft nur riechen, wenn er sich stark aufregte. Sie konnte schon beinahe die Vanille auf ihrer Zunge schmecken, so als würde sie ihren Mund auf seinen Hals pressen.

„Das ist einer von Valeries Verträgen", erinnerte Rox ihn.

Cash fuhr sich mit einer Hand durchs Haar. „Sicherlich hat Monty nicht geglaubt, dass Valerie das übersehen würde. Hat er darauf vertraut, dass uns ihre Erkrankung ins Chaos stürzen würde?"

„Die Papiere wurden uns an dem Morgen geschickt, als Val den Herzinfarkt hatte. Ich wüsste nicht, wie Monty das hätte voraussehen können. Nichtsdestotrotz ist er immer noch ein erstklassiges Arschloch, weil er sowohl geglaubt hat, dass Valerie und ihre Rechtsassistenten das übersehen würden, *und* weil er versucht hat, Watson das anzutun. Ich meine, diese verfluchten Autobiografierechte haben nichts mit dem Film zu tun. Das ist einfach nur ein arschiger Rechteraub."

„Das ist ungeheuerlich", murmelte Cash mit zunehmend stärkerem britischen Akzent. „Monty muss senil geworden sein oder so etwas. Ruf Patty an. Erwähne es nebenbei. Schau, was du aus ihr rausbekommen kannst."

Patty war Montys Rechtsassistentin. Sie und Rox gingen manchmal zusammen mit ein paar anderen Mädels gemeinsam essen oder ins Kino – meistens, um Liebesfilme anzusehen. Rox schloss sich ihnen an, wenn sie es mal schaffte, dem arbeitssüchtigen Cash zu entkommen, der gerne Mittagspausen, Nächte und andere Termine durcharbeitete.

Er schüttelte den Kopf. „Vielleicht kann sie uns ein paar Einblicke in seine Denkprozesse geben."

Rox riss sich zusammen, nicht mit den Augen zu rollen, und hätte sich von der Anstrengung beinahe eine Augenbraue gezerrt. „Ich glaube nicht, dass Patty für uns industrielle Spionage betreiben wird. Nicht nachdem du sie am nächsten Morgen nicht angerufen hast, beziehungsweise *niemals wieder.*"

„Es hat ihr nichts bedeutet", meinte er abwinkend.

„Oh, ich *versichere* dir, es hat ihr durchaus etwas bedeutet", widersprach Rox ihm.

Cash hob eine Augenbraue. Er wirkte aufrichtig überrascht. „Ach ja?"

„Oh ja." Rox hatte sich wochenlang von Patty anhören müssen, was für ein Mistkerl ihr Boss war, und Rox hatte nicht widersprochen, da sie wusste, dass „Ghosten" Cashs bevorzugte Strategie war, wenn er eine Beziehung beenden wollte. Er führte Frauen auf ein paar Dates aus, schlief ein paarmal mit ihnen, hielt vielleicht einige Wochen lang den Anschein aufrecht, dass es eine Art Beziehung gab, und löste sich dann in Luft auf. Er wurde unerreichbar, reagierte weder auf Anrufe noch auf Textnachrichten, machte sich rar. Für die Frauen hätte er genauso gut ein Geist sein können, selbst wenn sie im selben Büro arbeiteten und ihn täglich sahen.

Das war einer der vielen Gründe, warum Rox niemals mit ihm ausgehen würde.

Einer von unsagbar vielen Gründen.

Andere Frauen schauten in Cashs strahlend grüne Augen, sahen die dunkelblonden Strähnen in seinem kastanienbraunen Haar, seine hellen Bartstoppeln und die markanten Züge seines Kiefers und seiner Wangenknochen.

Sie warfen ihm ihre Höschen hinterher, bevor er auch nur seinen perfekt geschnittenen Anzug und das Seidenhemd auszog, um seine breiten, runden Schultern, den anbetungswürdigen Waschbrettbauch und die V-Linien seiner Hüften zu enthüllen, die unter seinen engen Boxershorts zusammenliefen.

Es war bereits um sie geschehen, noch bevor er ihnen in seinem kultivierten, sexy Akzent etwas zuwisperte und lange bevor sie den schicken Mercedes Maybach sahen, mit dem er zu seinem angeblich riesigen, eindrucksvollen Anwesen in den Hügeln fuhr. Niemand war jemals dort gewesen, aber alle erzählten sich ohne irgendwelche Beweise, dass sein Haus gigantisch groß war.

Jepp, Cash war über ein Meter neunzig groß, hatte grüne Augen, Muskeln bis zum Abwinken, trug maßgeschneiderte Anzüge für seinen athletischen Körper und konnte zudem noch einen britischen Akzent und ein dickes Bankkonto aufweisen.

Wenig überraschend, dass ihm alle Frauen zu Füßen lagen.

Selbst nachdem er sie geghostet hatte, flirtete jede Verwaltungsmitarbeiterin und Rechtsassistentin mit ihm. Wenn er an ihren Tischen vorbeilief, schoben sie ihre Brüste mit den Ellenbogen zusammen und lächelten ihn mit kokettem Wimpernaufschlag an.

Einmal, als er eine leichte Hautabschürfung an seinem Ellenbogen hatte, nachdem er auf dem Dach des Parkhauses Basketball gespielt hatte, betüdelten sie ihn überschwänglich und brachten am nächsten Tag sogar Kekse mit, um ihn aufzumuntern, obwohl er die Sache lachend als eine Kleinigkeit abgetan hatte.

Aber nicht Rox. *Niemals.*

Die Nachmittagssonne erhitzte das Eckbüro, und Cash hatte bereits seine Anzugjacke ausgezogen und seine Ärmel hochgekrempelt, wodurch er die starken Muskelstränge seiner Unterarme, die kleinen Härchen auf seiner gebräunten Haut und seine Tattoos entblößte. An der Innenseite seines rechten Unterarms, über seinem Handgelenk, umgaben drei Schilde eine Art dreieckiges, keltisches Knotending. Das Tattoo war klein, vielleicht acht Zentimeter im Durchmesser. Auf dem orangefarbenen Schild, der auf seine Hand runterzeigte, war ein weißer Löwe abgebildet, der sich mit erhobenen Klauen aufbäumte. Der zweite Schild war blau, mit drei Kronen, und der letzte Schild hatte ein rotweißes, schräges Karomuster.

An seinem linken Arm zogen sich schwarze Flammen bis zu seinem Handgelenk runter.

Er funkelte den Watson-Vertrag an, als hätte das Papier ihn persönlich beleidigt.

Andere Frauen würden sich über seinen Schreibtisch beugen, ihre Kostümröcke hochschieben und sich mit dem Gesicht nach unten auf der grünen Schreibunterlage von Cash nehmen lassen.

Aber vor drei Jahren hatten die anderen weiblichen Büroangestellten Rox vor Cash gewarnt.

Casanova.

Frauenheld.

Herzensbrecher.

Er hätte eine ganze Panzerrüstung aus roten Warnzetteln verdient.

Und Rox war Frischfleisch gewesen.

Zuerst hatte sie angenommen, dass er kein Interesse an einer molligen, kurzgeratenen Brünetten aus dem Süden haben würde, nicht in einem Büro voller schlanker Kalifornien-Blondinen.

Als er an jenem ersten Morgen um zehn Uhr an ihrem Schreibtisch vorbeigekommen war, hatte Rox all ihre Selbstbeherrschung aufbringen müssen, um nicht laut aufzukeuchen.

Als er sich zu ihr umgedreht und tief in ihre Seele geblickt hatte, war feurige Hitze durch ihre Adern gerauscht. Aus Angst, vom Stuhl runterzufallen, hatte sie sich an ihrer Computermaus festgeklammert.

Später hatte sie Schweißtropfen von der Maus abwischen müssen.

Umwerfend, hatte sie gedacht, nachdem ihr Gehirn sich wieder neu gestartet hatte. Er war *einfach nur umwerfend*. Wenn man ihn ansah, war es, als würde die Welt stehenbleiben.

Kein Wunder, dass er mit seiner wankelmütigen Aufreißermasche stets davonkam.

„Wieso?", fragte Rox schließlich irgendwann Melanie, eine der wunderschönen Verwaltungsblondinen. Rox konnte Melanie anhand ihrer roten Strähnen von der restlichen Horde blonder Schönheiten unterscheiden. „Wieso lassen Frauen sich auf unverbindlichen Sex mit ihm ein, wenn sie wissen, dass er sie danach einfach wieder abservieren wird?"

„Nun", sinnierte Melanie, deren Lächeln sentimental und vage wurde. „Er ist niemals gemein. Es gibt keinen Streit. Kein Drama. Er nennt die Frauen danach nicht Flittchen und erzählt auch nichts Schlechtes über sie. Zumindest soweit wir wissen, und wir reden *viel*. Er bestätigt nichts, streitet aber auch nichts ab. Und er ist …" Sie räusperte sich. „Aufmerksam."

Rox runzelte die Stirn. „Also hört er gut zu?"

„Ja, das auch." Melanie spielte mit einem der Papiere auf ihrem Tisch herum und vermied es, Rox anzusehen.

„Du meinst, er hat dir gesagt, dass er dich liebt?"

„Oh, nein. Er ist gar nicht sentimental. Alle können eine tolle Zeit mit ihm haben, und er lügt ihnen nicht vor, dass es mehr wäre als das. Von ‚Liebe' spricht er nie."

„Aber da ist noch etwas anderes", hakte Rox nach. „Du hast gesagt, er wäre *aufmerksam* …"

Mel räusperte sich. „Im Bett. Ich meine, *du weißt schon*. Er ist gut im Bett."

Rox zuckte mit den Schultern, wollte die Hand ausstrecken und der Blondine das zerrupfte Blatt Papier wegnehmen. „Viele Kerle sind gut im Bett."

Mel schaute zu Rox hoch, ihr Blick war ernst und fest. „Nicht so wie er."

An diesem ersten Arbeitstag hatte Rox ihr Sommerkleid tiefer über ihre Schenkel runtergezogen und danach immer professionelle Kostüme getragen, entweder mit Röcken oder mit Hosen, aber definitiv immer Kostüme – sowie ihre zwei Ringe: einen Verlobungs- und einen Ehering.

Während der folgenden drei Jahre, in denen Rox als Rechtsassistentin mit Cash zusammengearbeitet hatte, hatte er mindestens fünfzig Frauen in sein Bett geholt und danach wieder abserviert. Und das waren nur diejenigen, von denen sie sicher wusste. Die tatsächliche Zahl musste viel höher sein.

Er schien auch keinen wirklichen „Typ" zu haben. Er mochte große, gertenschlanke Frauen, kleine, kurvige Frauen, blasse Rothaarige sowie zierliche Blondinen und klassisch schöne Brünetten, Frauen mit porzellanfarbener, goldgebräunter oder dunkler Haut, die sexy neunzehnjährigen Praktikantinnen wie auch die silberfüchsigen Teilhaberinnen – und alle Frauen dazwischen.

Cash streckte sogar diskrete, nicht bedrohliche Sex-Fühler zu den sieben Lesben im Anwaltsbüro aus, nur für den Fall, dass eine von ihnen doch näher an der Mitte der Kinsey-Skala dran war, als sie bisher geglaubt hatte. Bei einer war das so. Zweieinhalb Wochen lang erklärte Ginger sich ungeniert bi-für-einen-bestimmten-Kerl. Selbst nach der ganzen Sache verstand sie sich besser mit Cash als jede seiner anderen Eroberungen.

Rox hatte mitangesehen, wie sie alle zuerst in Cashs Bett sprangen und dann unwiderruflich aus seinem Leben verschwanden.

All die weiblichen Verwaltungsangestellten starrten Cash mit glänzenden Rehaugen an. Den anderen Rechtsassistentinnen stiegen Tränen in die Augen oder sie erröteten, wenn sie ihn durchs Büro laufen sahen. Die Anwältinnen gingen professionell und höflich mit ihm um, aber ihre Blicke verfinsterten sich hinter seinem Rücken.

Die Klientinnen umschwirrten ihn jedoch nach wie vor, flirteten mit ihm und meldeten sich in Rekordzahlen für Runde zwei.

Und dann ghostete er sie wieder.

Die Schauspielerinnen schienen sich an seinem taktischen Rückzug nicht großartig zu stören. Wahrscheinlich, weil sie schon von der Arbeit neunzigtägige Drehtage gewöhnt waren und danach den Schlussstrich zogen.

Die Models hatten nicht die nötige Aufmerksam-
keitsspanne, um seine Abwesenheit zu bemerken.

Und aus irgendeinem unheiligen Grund *vergöt-
terten* ihn die Männer im Büro. Man sollte meinen,
dass die Kerle angesichts von Cashs Annäherungs-
versuchen bei jeder verfügbaren Frau entweder mit
ihm konkurrieren wollten oder ihn abfällig behan-
deln würden, aber sie waren beste Kumpel. Cash
war ein toller Typ, der gerne mit ihnen ein Bier
trank, ein Spiel anschauen ging oder in einem
Amateurteam mitspielte.

Sie waren seinem Charme ebenfalls erlegen.

Rox war die einzige Person im Büro, die mit ihm
arbeiten konnte.

Wenn sie jetzt, nach drei Jahren, zu den viertel-
jährlichen Bewertungsgesprächen mit den Senior-
partnern ging, wurde ihr Gehaltscheck jedes Mal
dicker, wenn sie auch nur beiläufig erwähnte, dass
sie eventuell daran dachte, sich andere Anwalts-
kanzleien mit einem weniger stürmischen Büro-
leben anzusehen. Sie konnten Rox nicht gehen
lassen, nicht wenn fast alle anderen Angestellten
emotional unfähig waren, mit Cash zusammen zu
arbeiten.

Einige der Frauen warfen sich ihm praktisch an
den Hals, in der Hoffnung, erneut in den Genuss
seiner Gesellschaft zu kommen. Zwar akzeptierte er
meistens ihre Angebote, aber seine geisterhaften
Ausweichtaktiken traten beim zweiten oder dritten
Mal schneller in Aktion.

Manche Frauen starrten in seiner Gegenwart
den Boden an und murmelten leise vor sich hin,
schauten verstohlen seine Brust oder tiefer liegende
Körperteile an, wichen ihm aber aus, wenn er näher

kam, da sie das Ganze nicht noch einmal durchmachen wollten.

Es stellte ein Konzentrations- und Effizienzproblem dar. Die Frauen fantasierten stundenlang davon, wie er ihnen Papierstapel aus den Händen reißen würde, wie seine Finger sie beiläufig berühren würden, und versäumten es aufgrund ihrer Tagträumerei, ihre verdammte Arbeit zu erledigen.

Daher stand Rox umso besser da und wurde großzügig belohnt.

Sie hatte sich letzten Monat einen schicken Sportwagen gegönnt, obwohl sie wusste, dass sie eigentlich für die Anzahlung auf ein Haus sparen sollte. Allein bei dem Gedanken an die Rückfahrt zu ihrer Wohnung in ihrem neuen Gefährt musste sie grinsen.

Aber mit dem attraktiven, brillanten Cash Amsberg schlafen?

Niemals.

Und er hatte sie sowieso nie angebaggert. Nicht einmal. Nicht mal ansatzweise.

Zumindest nicht ernsthaft. Er machte nur Spaß.

Da war sie sich sicher, es war ziemlich offensichtlich.

Cash stand sowieso nicht sonderlich auf Pummelchen. Nicht, wenn er jede Frau haben konnte, die er wollte, und sie vielmehr auch *alle* gehabt hatte, eine nach der anderen.

„Nun, sprich trotzdem mit Patty", meinte er und zeigte wieder auf den Watson-Vertrag. „Vielleicht würde sie es für dich tun."

Rox schnippte gegen den roten Plastikstreifen, der am Seitenrand klebte. Das durch die Fenster hereinfallende Sonnenlicht brach sich in den funkelnden Steinen an ihren Ringen und warf einen Moment lang kleine Reflektionen auf den Schreibtisch und auf Cashs entblößte Unterarme.

Er bemerkte das Glitzern auf seinem Arm, verfolgte die Spur des Lichtes zu ihren Ringen zurück und lehnte sich von ihr weg.

Es gab nur einen Typ Frau, an dem Cash Amsberg nicht interessiert war.

Verheiratete Frauen rührte er nicht an, niemals.

„Na gut", meinte Rox. „Ich werde Patty anrufen und schauen, ob sie Lust hat, heute nach der Arbeit etwas trinken zu gehen."

„Wir wissen dein Opfer fürs Team zu schätzen."

Und etwas anderes würde Rox auch nicht für das Team Arbeitman, Silverman und Amsberg opfern. „Ja, wie auch immer."

Cash lächelte sie an, seine sinnlichen Lippen enthüllten seine geraden, weißen Zähne, und seine grünen Augen funkelten humorvoll. „Danke, meine Arbeitsehefrau. Habe ich dir heute schon gesagt, dass ich dich liebe?"

Diesmal ließ Rox ihn noch mit einem epischen Augenrollen davonkommen. „Ich wette, das sagst du zu allen Mädchen."

Er lachte so herzhaft, dass seine breiten Schultern sich auf und ab bewegten. „Nur zu dir, Rox. Du bist mein Fels in der Brandung."

„Eher der Klotz am Bein, der dich an diese Anwaltskanzlei fesselt. Ohne mich wärst du wahrscheinlich mittlerweile der Richter im Obersten Gerichtshof und würdest dir fachkundige Notizen dazu machen, welche der vor dir plädierenden Anwältinnen besser im Bett wäre; die Rothaarige mit den falschen Brüsten oder die dunkelhäutige Frau mit dem tiefen Ausschnitt."

Jetzt musste er noch heftiger lachen. „Sicherlich bin ich nicht *so* schlimm."

„Schlimmer sogar. Du würdest wahrscheinlich alle Anwältinnen in deine Richterkammer rufen und eine Art Orgie auf deinem riesigen Schreibtisch veranstalten. Nach einem letzten Küsschen würden sie sich alle versöhnen und keinen Gedanken mehr an den Fall verschwenden. Es wäre der einzige Oberste Gerichtshof, an dem es niemals zu einem Urteil kommt, und du würdest als ‚Vögeln-statt-Pöbeln-Hof' in die Geschichte eingehen."

Casimir ließ sich rücklings aufs Sofa fallen, streckte seine langen Beine aus und hielt sich mit beiden Händen den Bauch, während er vor Lachen fast keine Luft mehr bekam. „*Stopp.*"

„Ich höre schon auf. Aber ernsthaft, zumindest kriegst du mit mir die Arbeit erledigt."

„Ja, auf dich kann ich mich verlassen." Er beugte sich nach vorne, stützte sich mit den Ellenbogen auf seinen Knien ab und schüttelte den Kopf. „Apropos Arbeit: Hat Bessie von Universal uns schon den DiCaprio-Vertrag geschickt?"

„Jepp. Heute Morgen." Sie schwenkte ihr Handy, um auf die erhaltene E-Mail anzuspielen.

„Wann kann ich ihn sehen?"

„Sobald ich ihn gelesen und alles markiert habe."

„Also heute Abend?"

„Nicht wenn ich Patty nach Informationen über Monty aushorchen soll."

Er zuckte mit den Schultern, sein weißes Hemd glitt über seine straffen Brust- und Armmuskeln, spannte sich um seine schmale Taille. „Komm danach zurück. Wir können uns von dem thailändischen Restaurant um die Ecke etwas liefern lassen und beim Essen den Vertrag durchgehen."

Rox hielt ihre linke Hand hoch und wackelte mit den Fingern, versuchte wieder das Sonnenlicht in ihren rechteckigen Zirkoniasteinen einzufangen und seine strahlend grünen Augen mit der Reflektion zu blenden. „Ich muss ab und zu auch mal zu meinem Mann zurück. Ich werde die Akte auschecken, bevor ich gehe, damit ich sie mir später zu Hause anschauen kann."

Das drakonische Sicherheitssystem der Anwaltskanzlei ließ es nur zu, dass man Akten aus dem Büro mitnahm, wenn man sie zuvor ausgecheckt hatte – ein nerviger Prozess, bei dem man rasend schnell Sicherheitscodes eintippen musste.

„Ach, *Grant.* Verlass ihn für mich, Rox. Ich entführe dich für unsere Flitterwochen auf die Fidschi-Inseln."

Dieses Spielchen spielten sie auch oft, manchmal jeden Tag. „Niemals. Er ist zwei Meter groß und ein nordischer Gott mit blondem Bart."

Cash strich nachdenklich über die weichen Stoppeln seines eigenen kurzen Bartes. „Letzte Woche meintest du noch, er wäre ein ein Meter neunzig großer, muskelbepackter Latin Lover."

„Grant kann alles sein, was eine Frau gerade braucht", erwiderte Rox mit hochgerecktem Kinn.

„Kommt er dieses Wochenende zum Büro-Volleyballturnier? Wir könnten einen Blocker gebrauchen, wenn er wirklich so groß ist."

Eine weitere Gelegenheit für Rox und alle anderen weiblichen Angestellten, Cash mit freiem Oberkörper zu sehen und seinen eindrucksvollen

Waschbrettbauch sowie die schwarzen Tattoos zu bewundern. Ein tribalähnliches Tattoodesign verzierte die linke Seite seines Körpers. Ein Wirbel aus schwarzem Feuer auf seinem runden Brustmuskel fächerte sich in lechzende Flammen auf, die über seine Schulter bis zum Handgelenk seines Arms hinunterwanderten, von dort auf seinen durchtrainierten Bauch übersprangen und sich dann unter dem Bund seiner Hose verloren.

Gerüchten zufolge verlief die schwarze Farbe entlang der V-Linie seines Unterleibes zur Mitte seines Oberschenkels hinunter, aber Rox hatte noch nie so viel von seiner Haut gesehen.

„Nein", erwiderte sie blinzelnd. „Er ist damit beschäftigt, an seinem Drehbuch zu arbeiten, und das nimmt einen Großteil seiner Zeit in Anspruch. Zudem beginnt eine der Serien, für die er die Stunts macht, nächsten Monat mit den Dreharbeiten. Daher muss er bis dahin mit dem Skript fertig werden, weil die Stuntarbeit sonst seinem Schreiben in die Quere kommt. Nachdem er den ganzen Tag lang geschlagen und angezündet wurde, tut ihm immer alles weh. Und er spielt mit dem Gedanken, dieses Jahr für ‚American Obstacle Course Warrior' vorzusprechen."

Cash runzelte die Stirn. „Ich habe schon mal einen ihrer Verträge gesehen. Unterste Schublade. Lass ihn nichts unterschreiben, bevor wir es uns nicht angesehen haben."

„Josie Silverman schaut immer über seine Verträge."

Er nickte. „Josie ist gut. Dann ist ja alles klar. Komm heute Abend aber zurück ins Büro."

Um auf einem dieser Sofas hier eine weitere

lange Nacht zu verbringen, in der sie einander mit Essstäbchen oder Plastikgabeln füttern, ihr rechtliches Wissen messen und Witze reißen würden, während dieser hinreißende Mann harmlos mit ihr flirtete? Dieser umwerfende Mann, der von außen so köstlich aussah, aber pures Gift war?

Nicht, wenn sie es verhindern konnte.

„Ich muss auch etwas Zeit mit meinem tatsächlichen Ehemann verbringen und nicht nur mit meinem Arbeitsehemann."

Cash lachte. „Dann morgen früh?"

„Du bekommst den Vertrag, wenn ich fertig bin. Du weißt, dass Bessie mindestens eine Sache wie diese hier versuchen wird." Sie tippte auf den roten Plastikstreifen. „Vielleicht wird sie versuchen, Leo durch ein fünfzigjähriges Vorkaufsrecht oder so etwas an ihr Studio zu binden."

Cash schüttelte den Kopf. „Warum müssen wir jedes Mal diese Spielchen spielen? Es endet sowieso immer gleich."

Rox musterte ihn wachsam, aber der ernste Ausdruck in seinen Augen bestätigte ihr, dass er von den vertraglichen Faxen der Filmstudios sprach. „Ich weiß es nicht, Cash", erwiderte sie.

Er stemmte sich mit den Armen vom Sofa hoch, wobei sich sein Bizeps unter dem weißen Hemd anspannte, und fuhr sich danach mit einer Hand durch sein goldbronzenes Haar. „Dann bis morgen. Was würde ich nur ohne dich tun?"

Rox reckte ihre Nase hoch in die Luft, während sie davonging und meinte: „Verzweifeln und früh sterben, schätze ich. Gute Nacht, Cash."

Sie ging in ihr eigenes Büro zurück, ein viel kleineres Zimmer. Das einzige Fenster befand sich neben der Tür und blickte auf den Flur zwischen den Trennwänden der Arbeitsbereiche hinaus. Keiner der anderen Rechtsassistenten hatte ein separates Büro, sie arbeiteten alle in der Arbeitskabinenfarm im Hauptraum. Rox hingegen bekam von der Personalabteilung, was immer sie wollte.

Sie atmete tief durch.

Manchmal war es sehr anstrengend, in seiner Nähe zu sein und zu wissen, dass sie nicht schwach werden sollte, nicht schwach werden durfte, und vergeblich auf eine Berührung oder einen Blick von ihm zu warten.

Harte Arbeit von Blair Babylon.

Klicke hier, um dir das Buch jetzt zu holen!

Erste Edition: September, 2020

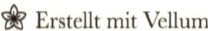 Erstellt mit Vellum